FISCH AUS GOLD

J.M.G. LE CLÉZIO

FISCH AUS GOLD

ROMAN

Aus dem Französischen
von
Uli Wittmann

Kiepenheuer & Witsch

Die Verse aus *Zurück ins Land der Geburt*
von Aimé Césaire wurden zitiert in der Übersetzung
von Jahnheinz Jahn, Insel Verlag 1962.

1. Auflage 2003

Titel der Originalausgabe: *Poisson d'or*

Aus dem Französischen von Uli Wittmann

Lektorat: Bärbel Flad

Umschlaggestaltung: Rudolf Linn, Köln
Umschlagfoto: © getty images
Gesetzt aus der Walbaum Standard (Berthold)
bei Kalle Giese, Overath
Druck und Bindearbeiten: GGP Media, Pössneck
ISBN 3-462-03219-4

Quem vel ximimati in ti teucucuitla michin.

O Fisch, kleiner Fisch aus Gold, pass auf dich auf!
Denn es gibt so viele Lassos und Netze,
die in dieser Welt nach dir ausgeworfen werden.

1

Als ich sechs oder sieben war, wurde ich geraubt. Ich erinnere mich nicht mehr recht daran, denn ich war zu jung, und alles, was ich anschließend erlebt habe, hat diese Erinnerung ausgelöscht. Es ist eher wie ein Traum, ein schrecklicher Albtraum aus fernen Zeiten, der in manchen Nächten wiederkehrt und mich sogar am Tag verfolgt. Da ist diese gleißend helle, staubige, leere Straße, der blaue Himmel, der schrille Schrei eines schwarzen Vogels, und da sind plötzlich Männerhände, die mich in einen großen Sack stecken, dass ich fast ersticke. Lalla Asma hat mich gekauft.

Deshalb kenne ich meinen richtigen Namen nicht, den Namen, den mir meine Mutter bei der Geburt gegeben hat, und auch nicht den meines Vaters oder den des Ortes, wo ich geboren bin. Ich weiß nur, was Lalla Asma mir erzählt hat, dass ich nämlich eines Nachts bei ihr angekommen bin, und deswegen hat sie mich Laïla genannt, die Nacht. Ich stamme aus dem Süden, aus weiter Ferne, vielleicht aus einem Land, das nicht mehr existiert. Für mich gab es vorher nichts außer dieser staubigen Straße, dem schwarzen Vogel und dem Sack.

Anschließend bin ich auf einem Ohr taub geworden. Das geschah, als ich vor der Haustür auf der Straße spielte. Ein Lieferwagen fuhr mich an und verletzte mich am linken Ohr, brach mir ein Knöchelchen.

Ich hatte Angst vor der Dunkelheit, Angst vor der Nacht. Ich erinnere mich noch, ich wachte manchmal auf, spürte die Angst, die wie eine kalte Schlange in mir hochkroch. Ich wagte nicht mehr zu atmen. Dann schlüpfte ich in das Bett meiner Herrin und Lehrmeisterin und schmiegte mich an ihren kräftigen Rücken, um nichts mehr zu sehen, nichts mehr zu spüren. Ich bin sicher, dass Lalla Asma aufgewacht ist, aber nicht ein einziges Mal hat sie mich verscheucht, und deshalb war sie wirklich meine Großmutter.

Lange fürchtete ich mich vor der Straße. Ich wagte nicht, den Innenhof zu verlassen. Ich wollte nicht einmal durch die große blaue Tür gehen, die auf die Straße hinausführt, und wenn man versuchte, mich nach draußen mitzunehmen, klammerte ich mich an die Wände und schrie und weinte, oder ich versteckte mich schnell unter einem Möbelstück. Ich hatte oft schreckliche Kopfschmerzen, und das Sonnenlicht tat mir in den Augen weh, durchbohrte mich bis tief ins Innere.

Selbst die Geräusche von draußen machten mir Angst. Das Geräusch von Schritten auf der Straße im Mellah oder die laute Stimme eines Mannes, die hinter der Mauer ertönte. Aber gern mochte ich die Vogelschreie im Morgengrauen, das Knerbeln der Mauersegler im Frühling knapp über den Dächern. In diesem Teil der Stadt gibt es keine Dohlen, nur Wild- und Haustauben. Und manchmal im Frühling durchziehende Störche, die sich hoch oben auf einer Mauer niederlassen und mit den Schnäbeln klappern.

Jahrelang habe ich nichts anderes gekannt als den kleinen Innenhof des Hauses und Lalla Asmas Stimme, die meinen Namen rief: »Laïla!« Wie schon gesagt, ich kenne meinen richtigen Namen nicht, und ich habe mich an den Namen gewöhnt, den mir meine Herrin gegeben hat, als sei es der, den meine Mutter für mich ausgesucht hat. Doch ich denke, dass eines Tages jemand meinen richtigen Namen nennt und ich dann erschauere und den Namen wieder erkenne.

Lalla Asma war auch nicht ihr richtiger Name. Sie hieß Azzema, sie war eine spanische Jüdin. Als der Krieg zwischen Juden und Arabern am anderen Ende der Welt ausbrach, war sie die Einzige, die das Mellah nicht verließ. Sie verbarrikadierte sich hinter der großen blauen Tür und verzichtete darauf, nach draußen zu gehen. Bis zu der Nacht, in der ich ankam und sich alles in ihrem Leben änderte.

Ich nannte sie »Lehrmeisterin« oder »Großmutter«. Sie mochte es gern, wenn ich sie »Lehrmeisterin« nannte, denn sie hatte mir Lesen und Schreiben beigebracht, auf Französisch und auf Spanisch, sie hatte mich Kopfrechnen und Erdkunde gelehrt und die Grundlagen der Religion – ihrer Religion, in der Gott keinen Namen hat, und meiner, in der er Allah heißt. Sie las mir Passagen aus ihrer Heiligen Schrift vor und lehrte mich all das, was man nicht tun darf, zum Beispiel ist es verboten, etwas, was man essen will, anzuhauchen, das Brot auf die Schnittfläche zu legen oder sich mit der rechten Hand den Hintern abzuputzen. Und sie lehrte mich, dass man immer die Wahrheit sagen und sich jeden Tag von Kopf bis Fuß waschen soll.

Als Gegenleistung arbeitete ich von morgens bis abends im Hof, fegte, spaltete Kleinholz für das Feuerbecken oder wusch die Wäsche. Ich stieg gern aufs Dach, um die Wäsche aufzuhängen. Von dort aus sah ich die Straße, die Dächer der Nachbarhäuser, die Leute, die vorbeigingen, die Autos und sogar zwischen zwei Hauswänden ein Stück des großen blauen Flusses. Von dort oben kamen mir die Geräusche nicht mehr ganz so Furcht erregend vor. Ich hatte das Gefühl, außer Reichweite zu sein.

Wenn ich zu lange auf dem Dach blieb, rief Lalla Asma meinen Namen. Sie verbrachte den ganzen Tag im großen Wohnzimmer, das mit Lederkissen ausgestattet war. Sie gab mir ein Buch, damit ich ihr daraus vorlas. Sie ließ mich Diktate schreiben oder fragte mich die schon behandelten Lektionen ab. Zur Belohnung erlaubte sie mir, mich im Wohnzimmer neben sie zu setzen, und legte Platten von den Sängern und Sängerinnen auf, die sie gern mochte: Oum Kalsoum, Said Darwich, Hbiba Msika und vor allem Fayrouz mit der tiefen, rauen Stimme, die schöne Fayrouz Al Halabiyya, die *Ya Koudsou* singt, und immer, wenn Lalla Asma den Namen Jerusalem hörte, weinte sie.

Einmal am Tag öffnete sich die große blaue Tür und ließ eine schwarzhaarige, hagere Frau herein, die Zohra hieß und kinderlos war. Sie war Lalla Asmas Schwiegertochter. Sie kam, um etwas für ihre Schwiegermutter zu kochen und vor allem, um das Haus zu inspizieren. Lalla Asma sagte, dass sie es inspiziere wie etwas, das sie eines Tages erben würde.

Lalla Asmas Sohn kam seltener. Er hieß Abel. Er war ein großer, starker Mann und trug einen schönen grauen Anzug. Er war reich, leitete ein Tiefbauunternehmen und arbeitete sogar im Ausland, in Spanien, in Frankreich. Aber nach dem, was Lalla Asma sagte, zwang ihn seine Frau, bei seinen Schwiegereltern zu leben, unerträglich eingebildeten Leuten, die die Neustadt auf der anderen Seite des Flusses vorzogen.

Ich habe ihm nie getraut. Als ich noch klein war, habe ich mich hinter den Vorhängen versteckt, sobald er kam. Das brachte ihn zum Lachen: »Was für ein Wildfang!« Als ich größer war, flößte er mir noch mehr Angst ein. Er sah mich ganz seltsam an, als sei ich ein Objekt, das ihm gehörte. Auch Zohra machte mir Angst, aber auf andere Art. Als ich eines Tages nicht den Staub im Hof zusammengekehrt hatte, kniff sie mich so heftig, dass ich blutete, und sagte: »Du elendes kleines Waisenkind, nicht mal zum Fegen bist du gut!« Ich schrie: »Ich bin kein Waisenkind, Lalla Asma ist meine Großmutter.« Sie machte sich über mich lustig, wagte aber nicht, mich weiterzuquälen.

Lalla Asma nahm mich immer in Schutz. Aber sie war alt und müde. Sie hatte ganz dicke, mit Krampfadern bedeckte Beine. Wenn sie abgespannt war oder klagte, fragte ich sie: »Sind Sie krank, Großmutter?« Sie forderte mich auf, mich kerzengerade vor sie hinzustellen, und betrachtete mich. Sie wiederholte das arabische Sprichwort, das sie gern mochte und ein wenig feierlich sagte, als suche sie jedes Mal die richtige Übersetzung ins Französische: »Die Gesundheit ist eine Krone auf den Köpfen gesunder Menschen, die nur die Kranken sehen.«

Jetzt hielt sie mich nicht mehr so oft zum Lesen oder zum Lernen an, ihr fiel nichts mehr ein, was sie mir als Diktat geben konnte. Sie verbrachte fast den ganzen Tag im leeren Wohnzimmer vor dem Fernseher. Oder sie bat mich, ihr das Schmuckkästchen und ihr silbernes Besteck zu holen. Einmal zeigte sie mir ein Paar goldene Ohrringe und sagte: »Siehst du, Laïla, diese Ohrringe sind für dich, wenn ich tot bin.«

Sie steckte die Ohrringe in die Löcher in meinen Ohrläppchen. Die Ohrringe waren alt und abgestoßen, sie hatten die Form einer Mondsichel, die umgekehrt am Himmel steht. Und als Lalla Asma mir den Namen sagte, Hilal, glaubte ich, meinen Namen zu hören, ich stellte mir vor, es seien die Ohrringe, die ich trug, als ich im Mellah ankam.

»Sie stehen dir gut. Du siehst aus wie Balkis, die Königin von Saba.«

Ich legte die Ohrringe in ihre Hand, faltete ihre Finger darüber und küsste ihre Hand.

»Danke, Großmutter. Sie sind gut zu mir.«

»Los, los.« Sie fuhr mich an. »Noch bin ich aber nicht tot.«

Ich habe Lalla Asmas Mann nicht gekannt, habe nur ein Foto von ihm gesehen, das sie im Wohnzimmer aufbewahrte und das auf einer Kommode neben einer Pendeluhr thronte, die nicht mehr ging. Ein schwarz gekleideter Herr mit strenger Miene. Er war Rechtsanwalt gewesen, sehr reich, aber untreu, und als er starb, hinterließ er seiner Frau nur das Haus im Mellah und etwas Geld beim Notar. Er lebte noch, als ich ins Haus kam, aber ich war noch zu klein, um mich an ihn erinnern zu können.

Ich hatte gute Gründe, Abel zu misstrauen.

Ich war elf oder zwölf, Zohra hatte ausnahmsweise einmal ihre Schwiegermutter in die Stadt mitgenommen, um zum Arzt zu gehen oder Einkäufe zu machen. Abel hatte das Haus betreten, ohne dass ich es merkte, und hatte mich wohl gesucht, schließlich entdeckte er mich in dem kleinen Schuppen hinten im Hof, wo sich die Latrinen und der Waschtrog befinden.

Er war so groß und so breit, dass er die ganze Türöffnung ausfüllte, ich konnte ihm nicht entkommen. Ich war starr vor Entsetzen, aber ich hätte mich sowieso nicht rühren können. Er kam näher. Seine Gesten waren nervös und brutal. Vielleicht sagte er etwas, aber ich hatte den Kopf so gedreht, dass ich ihm mein linkes Ohr zuwandte, um nichts zu hören. Er war groß, breitschultrig, und seine Stirnglatze glänzte im Licht. Er kniete sich vor mich hin, betastete mich unter meinem Kleid, berührte meine Schenkel, mein Geschlecht, seine Hände waren vom Zement verhärtet. Ich hatte den Eindruck, als versteckten sich zwei kalte, raue Tiere unter meinem Kleid. Ich hatte solche Angst, dass ich spürte, wie mir das Herz im Hals pochte. Plötzlich kam es mir wieder in den Sinn, die gleißend helle Straße, der Sack, die Schläge auf den Kopf. Und dann Hände, die mich berührten, die mir auf den Unterleib drückten, mir wehtaten. Ich weiß nicht, wie ich es angestellt habe. Ich glaube, ich habe vor Angst uriniert, wie eine Hündin. Und er ist zurückgewichen, hat die Hände weggezogen, und ich habe es geschafft, mich an ihm vorbeizudrängen, ich schlüpfte hinaus wie ein Tier, rannte schreiend durch den Hof und schloss mich im Badezimmer ein, weil es der einzige Raum war, den man abschließen konnte. Ich presste mein gesundes Ohr an die Tür und wartete, während mein Herz rasend klopfte.

Abel kam. Er klopfte an die Tür, erst leise mit den Fingerspitzen, dann stärker mit den Fäusten. »Laïla! Mach auf! Was machst du da? Mach auf, ich tu dir nichts!« Dann ist er wohl fortgegangen. Und ich setzte mich auf die Fliesen, den Rücken an die Badewanne aus Marmor gelehnt, die Abel für seine Mutter gebaut hatte.

Nach langer Zeit kam jemand an die Tür. Ich hörte laute Stimmen, aber ich verstand nicht, was sie sagten. Es wurde wieder an die Tür geklopft, doch diesmal erkannte ich Lalla Asmas Hand. Als ich die Tür öffnete, sah ich wohl so erschrocken aus, dass sie mich in die Arme nahm. »Was haben sie dir getan? Was ist passiert?« Ich drückte mich an sie, während ich an Zohra vorbeiging. Aber ich sagte nichts. Zohra schrie: »Sie ist verrückt geworden, das ist alles.« Lalla Asma stellte mir keine weiteren Fragen. Aber von dem Tag an hat sie mich nicht mehr allein gelassen, wenn Abel ins Haus kam.

Als ich eines Tages gerade in der Küche Gemüse für Lalla Asmas Suppe wusch, hörte ich ein lautes Geräusch im Haus, so als ob ein schwerer Gegenstand auf die Fliesen gefallen wäre und die Stühle umgeworfen hätte. Ich rannte hin und fand die alte Frau lang auf dem Boden ausgestreckt. Ich glaubte, sie sei tot, und wollte schon wegrennen, um mich irgendwo zu verstecken, als ich hörte, wie sie stöhnte und ächzte. Sie war nur besinnungslos. Beim Sturz war sie mit dem Kopf gegen eine Stuhlkante geschlagen, und etwas dunkles Blut rann ihr über die Schläfe.

Sie zitterte krampfartig, ihre Augen waren verdreht. Ich wusste nicht, was ich tun sollte. Nach einer Weile näherte ich mich und berührte ihr Gesicht. Ihre Wangen waren schlaff, seltsam kalt. Aber sie atmete kräftig, der Brustkorb hob sich, und beim Ausatmen bebten ihre Lippen mit einem komischen Gurgeln, als schnarche sie.

»Lalla Asma! Lalla Asma!«, flüsterte ich ihr ins Ohr. Ich war mir sicher, dass sie mich hören konnte, dort, wo sie war. Sie war nur nicht fähig zu sprechen. Ich sah, wie ihre halb geschlossenen Lider vor den weißen Augen zitterten, und ich wusste, dass sie mich hörte. »Lalla Asma! Sie dürfen nicht sterben.«

Unterdessen war Zohra hinzugetreten, aber ich hatte mich so sehr auf Lalla Asmas langsamen Atem konzentriert, dass ich sie nicht hatte kommen hören.

»Du dumme kleine Hexe, was machst du da?«

Sie zerrte so heftig an meinem Ärmel, dass mein Kleid zerriss. »Hol den Arzt! Du siehst doch, dass es meiner Mutter schlecht geht!« Es war das erste Mal, dass sie Lalla Asma Mutter nannte. Und da ich wie versteinert auf der Türschwelle stehen blieb, zog sie ihren Schuh aus und warf damit nach mir. »Nun geh schon! Worauf wartest du?«

Da lief ich durch den Hof, stieß die schwere blaue Tür auf und rannte die Straße entlang, ohne zu wissen, wohin. Es war das erste Mal, dass ich draußen auf der Straße war. Ich hatte nicht die leiseste Ahnung, wo ich einen Arzt finden konnte. Ich wusste nur eins: Lalla Asma würde sterben, und ich würde daran schuld sein, wenn ich niemanden fand, der ihr helfen konnte. Atemlos rannte ich weiter durch die verschlafenen, engen Gassen, die in der Sonne lagen. Es war sehr heiß, der Himmel sehr klar, die Hauswände strahlten weiß.

Ich bog von einer Straße in die andere, bis ich an eine Stelle gelangte, von der aus man den Fluss sehen konnte und weiter hinten das Meer und die Flügel der Schiffe. Es war so schön, dass ich überhaupt keine Angst mehr hatte. Ich machte im Schatten einer Mauer Halt und betrachtete alles so genau wie möglich. Es war der gleiche Anblick wie oben von Lalla Asmas Dach, außer dass man sehr viel weiter sah. Unten auf der Straße fuhren viele Autos, Lastwagen und Busse. Es war wohl die Zeit, zu der die Kinder am Nachmittag zur Schule gehen; sie liefen die Straße entlang, die Mädchen in blauem Rock und weißer Bluse, die Jungen hatten kahl geschorene Köpfe und waren nicht ganz so gut angezogen. Sie trugen Schulmappen oder Bücher, die mit einem Gummiband zusammengehalten wurden.

Es war, als wachte ich nach einem langen Schlaf auf. Als sie an mir vorbeigingen, glaubte ich zu hören, wie sie lachten und sich über mich lustig machten, aber wenn ich es recht bedenke, muss ich wohl sehr seltsam ausgesehen haben, als käme ich von einem anderen Stern, mit meinem Kleid in französischem Stil mit zerrissenem Ärmel und meinem zu langen gekräuselten Haar. Im Schatten der Mauer wirkte ich wohl erst recht wie eine Hexe.

Ich folgte den Schülern, bog aufs Geratewohl in eine Straße ein, dann in eine andere, die sehr belebt war. Dort befand sich ein Markt mit aufgespannten Planen, die vor der Sonne schützten. In einem Hauseingang arbeitete ein alter Mann in einer Bretterbude, er saß, umgeben von Lederpantoffeln, im Schneidersitz auf einem niedrigen Tisch. Mit einem kleinen Kupferhammer schlug er winzige Nägel in die Sohlen. Da ich stehen geblieben war, um ihm zuzusehen, fragte er mich: »Willst du eine *belra?*«

Er sah natürlich, dass ich barfuß war.

»Was willst du? Bist du stumm?«

Schließlich konnte ich etwas hervorbringen.

»Ich suche einen Arzt für meine Großmutter.«

Ich sagte das auf Französisch, wiederholte es dann auf Arabisch, weil er mich verständnislos ansah.

»Was hat sie?«

»Sie ist gefallen. Sie liegt im Sterben.«

Ich wunderte mich, dass ich so ruhig war.

»Hier gibt es keinen Arzt. Aber dahinten im Fondaco wohnt Madame Jamila. Sie ist Hebamme. Vielleicht kann sie etwas tun.«

Ich rannte in die Richtung, in die er zeigte. Der Schuster saß noch immer regungslos mit erhobenem Kupferhammer da. Er rief etwas hinter mir her, das ich nicht verstand und das die Leute zum Lachen brachte.

Madame Jamila wohnte in einem Haus, wie ich es mir nie hätte vorstellen können. Es war ein verfallener Palast mit hohen Lehmmauern und einem Tor, dessen zwei Flügel schon so lange offen standen, dass man sie nicht mehr schließen konnte, sie waren durch Schlamm und Schutt blockiert. Putzreste auf der Fassade deuteten an, dass das Haus früher einmal rosafarben gewesen war. Es hatte vorspringende Holzfenster und wurmstichige Balkons. Trotz meiner Furcht betrat ich den Innenhof.

Lalla Asmas Hof war wohlgeordnet, aufgeräumt und blitzsauber, und ich hatte geglaubt, das sei bei allen Häusern so. Aber hier, im Fondaco, herrschte ein unglaubliches Durcheinander. Überall waren Leute, die im Schatten der Vordächer oder unter kümmerlichen Akazien dösten. Ziegen, Hunde, Kinder, Holzkohlebecken, in denen sich die Glut verzehrte, und hier und dort Abfallhaufen, in denen alte Hühner scharrten, Geiern gleich. Vor den Mauern rings im Hof, im Schatten der Vordächer, hatten fliegende Händler ihre Ballen aufgestapelt und sich darauf gelegt, um sie vor Diebstahl zu schützen. Ich verstand nicht, was all diese Leute dort machten. Ich wusste nicht einmal, was ein Hotel war. Als ich langsam durch den Hof ging und zögerte, in welche Richtung ich mich wenden sollte, winkte mich jemand oben von einem Balkon des Innenhofs mit großen Gesten herbei. Von der Sonne geblendet starrte ich in den Schatten der Galerie. Ich hörte eine helle Stimme: »Wen suchst du?«

Schließlich entdeckte ich eine Frau mittleren Alters in einem langen türkisfarbenen Kleid. Sie hatte sich auf das Geländer gelehnt und rauchte, während sie mich ansah. Ich nannte Madame Jamilas Namen, und sie gab mir ein Zeichen und sagte: »Komm hoch, die Treppe ist hinten im Hof, vor deinen Augen.«

Da ich nicht zu begreifen schien, rief sie: »Warte, ich komme.«

Sie führte mich durch einen großen dunklen Raum, in dem sich weitere Ballen befanden und Leute, die sich ausruhten. Alte Männer spielten auf einem niedrigen Tisch Domino, neben ihnen stand eine große Wasserpfeife. Niemand schien auf mich zu achten.

Die Galerie, zu der die Treppe führte, war an den Stellen, wo die Fensterläden fehlten, von sonnigen Flecken erhellt. Das ganze obere Stockwerk wurde von seltsamen Frauen bewohnt. Manche schienen jung zu sein, andere waren in Zohras Alter oder älter. Sie waren ziemlich dick, hatten einen hellen Teint, mit Henna gefärbtes rötliches Haar, sehr dunkel geschminkte Lippen und mit Lidstrich umrandete Augen. Sie saßen im Schneidersitz vor den Zimmertüren auf dem Boden und rauchten. Der Rauch ihrer Zigaretten zog aus dem Dunkel der Galerie und tanzte in der Sonne.

»Ich hole Madame Jamila.«

Ich blieb auf der obersten Stufe stehen, einen Fuß auf den Boden der Galerie gesetzt. Nur die Angst, ohne Arzt zu Lalla Asma zurückzukehren, hielt mich wohl davon ab, wegzurennen. Die Frauen kamen herbei und umringten mich. Sie redeten laut, lachten. Der Zigarettenrauch erfüllte die Luft mit einem süßlichen Geruch, von dem mir schwindlig wurde.

Sie streichelten mein Haar, berührten es, als hätten sie noch nie so etwas gesehen. Eine von ihnen, eine üppig mit Schmuck behängte junge Frau mit langen, schmalen Händen, begann, mir kleine Zöpfe oben auf dem Kopf zu flechten, und flocht dabei einen roten Faden in mein Haar. Ich wagte mich nicht zu rühren.

»Seht mal, wie hübsch sie ist, eine richtige Prinzessin!«

Ich verstand nicht, was sie sagte. Ich fragte mich, ob sich diese schönen Frauen mit all ihrem Schmuck und ihrer Schminke nicht über mich lustig machten, ob sie mich nicht gleich kneifen und an den Haaren ziehen würden. Sie sprachen schnell, mit leiser Stimme, und wegen meines tauben Ohres bekam ich nicht alle Worte mit.

Dann erschien Madame Jamila. Ich hatte mir eine große, kräftige Hebamme mit abstoßendem Gesicht vorgestellt, doch ich sah eine kleine, schmächtige Frau mit kurz geschnittenem Haar auf mich zukommen, die europäisch gekleidet war. Sie betrachtete mich einen Augenblick. Sie schob die Frauen zur Seite und beugte sich zu mir herab, als habe sie mein Hörproblem begriffen, und sagte langsam: »Was willst du?«

»Meine Großmutter liegt im Sterben. Können Sie nicht mit mir kommen?«

Sie zögerte. Dann sagte sie: »Das stimmt, ich bin für die Kinder da, aber auch für sterbende Großmütter.«

Sie ging mit großen Schritten durch die schmalen Gassen, und ich trippelte hinter ihr her. Ohne sie hätte ich den Heimweg nie gefunden, aber Madame Jamila kannte Lalla Asmas Haus.

Als wir zu Hause ankamen, schnürte sich mir das Herz zusammen. Ich fürchtete, dass Lalla Asma in der langen Zeit, in der ich fort gewesen war, gestorben war und dass ich das schrille Geschrei ihrer Schwiegertochter hören würde. Doch Lalla Asma lebte. Sie saß in ihrem Sessel, an ihrem üblichen Platz, und hatte die Füße auf einen Stuhl gelegt. Sie hatte nur etwas geronnenes Blut auf der Schläfe, an der Stelle, wo sie bei ihrem Sturz mit dem Kopf aufgeschlagen war.

Als Lalla Asma mich sah, erhellte sich ihr Blick. Sie zitterte noch ein wenig. Sie drückte mir ganz fest die Hand. Ich sah, dass sie etwas sagen wollte, aber nicht dazu fähig war. Ich hatte nicht gewusst, dass sie mich so sehr liebte, und auf einmal kamen mir die Tränen.

»Bleiben Sie sitzen, Großmutter. Ich koche Ihnen einen Tee, so wie Sie ihn mögen.«

Dann sah ich Madame Jamila auf der Türschwelle zum Wohnzimmer. Da Lalla Asma nicht im Sterben lag, brauchte sie niemanden mehr. Lalla Asma hatte es nicht gern, wenn Fremde in ihr Haus kamen. Ich sagte zu Madame Jamila: »Es geht ihr schon besser. Sie braucht Sie jetzt nicht mehr.« Ich begleitete sie zur Tür. Ich wollte ihr ein paar Dirham aus der Haushaltskasse für ihren Besuch geben, doch sie weigerte sich. Sie blickte mich fest an und sagte: »Vielleicht solltest du einen richtigen Arzt kommen lassen. Irgendetwas in ihrem Kopf ist zerbrochen, deshalb ist sie gefallen.«

Ich fragte: »Wird sie wieder sprechen können?«

Madame Jamila schüttelte den Kopf. »Sie wird sich nie ganz davon erholen. Eines Tages fällt sie um und kommt nicht wieder zu sich. So ist das nun mal. Aber du musst bis zu ihrem letzten Atemzug bei ihr bleiben.« Sie wiederholte den Satz auf Arabisch, und ich habe ihn nie vergessen: »*Kherjat er rohe ...*«

Wenig später kam Zohra zurück. Ich erzählte ihr nichts von Madame Jamila. Sie hätte mich geohrfeigt, wenn sie erfahren hätte, dass ich nicht mehr erreicht hatte, als eine Hebamme aus einem alten Fondaco zu holen. Ich log sie an: »Der Arzt hat gesagt, dass es ihr bald besser geht, er kommt nächste Woche wieder.« »Und die Medikamente? Hat er keine Medikamente dagelassen?«

Ich schüttelte den Kopf.

»Er hat gesagt, es sei nicht schlimm. Sie wird sich schnell erholen.«

Zohra schrie Lalla Asma ins Ohr, als sei sie taub.

»Hören Sie, Mutter? Der Arzt hat gesagt, dass es Ihnen bald wieder gut geht.«

Doch schon seit Monaten sprach Lalla Asma nicht mehr mit ihrer Schwiegertochter, daher merkte Zohra nichts. Als sie fort war, half ich Lalla Asma, zu ihrem Bett zu gehen. Sie hatte einen seltsamen Gang, hüpfend wie eine Amsel. Und ihre grünen Augen waren durchsichtig geworden, der Blick war traurig und abwesend.

Plötzlich bekam ich Angst vor dem, was mich erwartete. Bisher hatte ich mir nie die Frage gestellt, was aus mir werden sollte, wenn Lalla Asma eines Tages nicht mehr da sein würde. Weil ich hier in diesem Haus lebte, hinter den hohen Mauern mit der großen blauen Tür, und oben vom Dach, auf dem ich die Wäsche aufhängte, die Stadt erahnen konnte, hatte ich geglaubt, dass mir nie etwas zustoßen könnte.

Ich betrachtete meine Herrin, ihr altes aufgeschwemmtes Gesicht mit Augen wie farblosen Schlitzen, und ihr schütteres, unter dem Henna weiß schimmerndes Haar.

»Großmutter, Großmutter, Sie verlassen mich doch nie?« Tränen rannen mir über die Wangen, ich konnte sie nicht zurückhalten. »Nicht wahr, Großmutter, Sie verlassen mich nie?« Ich glaube, dass sie hörte, was ich zu ihr sagte, denn ich sah, wie sich ihre Lider auf und ab bewegten und ihre Lippen bebten. Ich legte meine Hände in die ihren, damit sie sie fest drückte. »Ich kümmere mich um Sie, Großmutter, und lasse niemanden in Ihre Nähe kommen, vor allem nicht Zohra. Ich koche Ihnen Tee, ich bringe Ihnen zu essen, ich kaufe Brot und Gemüse für Sie ein. Jetzt habe ich keine Angst mehr, nach draußen zu gehen, jetzt brauchen wir Zohra nicht mehr.«

Ich redete, und die Tränen rannen mir noch immer übers Gesicht. Ich kann sagen, es war das erste Mal. Noch nie hatte ich wegen irgendetwas geweint, nicht einmal, wenn Zohra mich kniff, bis ich blutete.

Aber Lalla Asma erholte sich nicht. Im Gegenteil, mit jedem Tag ging es weiter abwärts. Sie aß nichts mehr. Wenn ich versuchte, ihr etwas zu trinken einzuflößen, rann ihr der kalte Tee aus beiden Mundwinkeln und bekleckerte ihr Kleid. Sie hatte rissige, aufgesprungene Lippen. Ihre Haut wurde ganz trocken und sandfarben. Und ich muss sagen, dass sie sich in die Hose machte. Sie, die immer so sauber, so gewissenhaft gewesen war. Ich wechselte ihre Kleider. Ich wollte nicht, dass Zohra und Abel sie in diesem Zustand sahen. Ich war mir sicher, dass sie sich schämte und alles mitbekam. Wenn Zohra ins Zimmer kam, rümpfte sie die Nase und sagte: »Was stinkt hier denn so?« Ich erwiderte, dass im Nachbarhaus die Abortgrube geleert werde. Zohra blickte Lalla Asma unschlüssig an. Sie schimpfte mich aus: »Das kommt nur daher, weil du die Wohnung nicht richtig putzt, sieh dir doch mal diese Unordnung an.« Sie versuchte herauszufinden, was nicht in Ordnung war. Damit sie nicht erriet, wie es um Lalla Asma stand, kämmte ich sie morgens, puderte ihr die Wangen, damit sie rosa aussahen, und cremte ihre Lippen mit Kakaobutter ein. Ich stellte das Kupfertablett mit der Teekanne und den Gläsern neben sie auf den Tisch, und ich goss etwas gezuckerten Tee in die Gläser, als habe Lalla Asma daraus getrunken.

Ich ließ sie nie mehr allein. Nachts rollte ich mich in eine Bettdecke und schlief neben ihr auf dem Fußboden. Ich erinnere mich noch, es waren Mücken da, die ganze Nacht lauschte ich ihrem Sirren an meinem Ohr, und morgens drehte ich mich auf die andere Seite, um etwas zu schlafen. Ich vergaß Lalla Asmas schmerzhaften Atem, träumte, dass wir wegführen, dass wir endlich das sagenhafte Schiff nähmen, von dem sie immer erzählt hatte, von Melilla nach Malaga und noch weiter, bis nach Frankreich.

Eines Nachts wurde alles schlimmer. Ich habe es nicht sogleich gemerkt. Lalla Asma bekam keine Luft mehr. Ihr Atem ging rasselnd, und bei jedem Ausatmen war ein blubberndes Geräusch zu hören. Ich blieb regungslos auf dem Boden liegen, wagte mich nicht zu rühren. Im Schlafzimmer war es dunkel, nur in den Hof fiel etwas Mondlicht. Aber ich war nicht fähig, nach draußen zu gehen. Ich wartete, wünschte mir, es wäre Tag. Ich dachte: Sobald die Sonne aufgeht, wacht Lalla Asma auf, dann hört sie auf zu schnarchen und dieses blubbernde Geräusch zu machen, dann bekommt sie wieder Luft.

Doch ich bin schließlich am frühen Morgen eingeschlafen, so müde war ich. Vielleicht ist Lalla Asma in diesem Augenblick gestorben, und ich konnte deswegen endlich einschlafen.

Als ich aufwachte, war es heller Tag. Zohra stand neben dem Bett und weinte laut. Plötzlich entdeckte sie mich, und ihr Mund verzerrte sich wütend. Sie schlug mit allem, was sie fand, nach mir, mit einem Handtuch, Zeitschriften, dann zog sie einen Schuh aus, um mich damit zu schlagen, und ich flüchtete in den Hof. Sie schrie: »Du elende kleine Hexe! Meine Mutter ist gestorben, und du schläfst da ganz ruhig! Du bist eine Mörderin!« Ich versteckte mich in der Küche unter einem Tisch, wie zu der Zeit, als ich noch klein war. Ich zitterte vor Angst. Zum Glück kam in diesem Augenblick eine Nachbarin dazu, die durch das Geschrei aufmerksam geworden war. Dann kam auch Abel, und gemeinsam beruhigten sie Zohra. Sie hatte ein Messer in der Hand, als wolle sie mich umbringen. Sie schrie immer wieder: »Du Hexe! Du Mörderin!« Sie sorgten dafür, dass sie sich im Hof hinsetzte, und gaben ihr ein Glas Wasser.

Ich schlich mich aus der Küche, glitt auf allen vieren im Schatten an der Mauer entlang durch den Hof. Ich war barfuß, hatte nur das zerknitterte Kleid an, in dem ich geschlafen hatte, und mein Haar war zerzaust, ich muss wirklich wie eine Mörderin ausgesehen haben.

Es gelang mir, durch die große blaue Tür zu schlüpfen, die halb offen stand. Dann rannte ich durch die Straßen wie an dem Tag, als ich die Hebamme geholt hatte. Ich hatte große Angst, dass sie mich einholen und ins Gefängnis stecken würden, weil ich Lalla Asma hatte sterben lassen.

So verließ ich das Haus im Mellah auf Nimmerwiedersehen. Ich hatte nichts, kein Geld, war barfuß, trug mein altes Kleid und hatte nicht einmal die goldenen Ohrringe, meine Mondsicheln Hilal, die ich, wie Lalla Asma mir versprochen hatte, nach ihrem Tod bekommen sollte. Ich fühlte mich völlig allein, noch hilfloser als an dem Tag, als mich die Kindesräuber an Lalla Asma verkauft hatten.

2

Der Fondaco war ganz anders als alles, was ich bisher kennen gelernt hatte.

Es war ein Haus, in dem die Leute ein und aus gingen, an einer belebten Straße voller Lieferwagen, Autos und Mopeds. Der Markt war nur wenige Schritte entfernt, ein großes Gebäude aus Beton, in dem man alles fand, was man wollte, Fleisch vom Schlachter, Gemüse wie auch Lederpantoffeln, Teppiche oder Plastikeimer.

Als ich Lalla Asmas Haus verließ, wusste ich nicht, wohin ich gehen sollte. Ich wusste nur, dass ich mich an einem Ort verstecken musste, wo Zohra und Abel mich nie finden würden, selbst wenn sie mich von der Polizei suchen lassen sollten. Ich lief im Schatten durch die Straßen, schlich dicht an den Mauern entlang wie eine Katze, die sich verirrt hat. Zohras Geschrei hallte mir noch in den Ohren: »Du Hexe! Du Mörderin!« Ich war sicher, dass sie mich ins Gefängnis stecken lassen würde, wenn sie mich erwischte. Unwillkürlich ging ich auf die Straße zu, wo ich einen Arzt für Lalla Asma gesucht hatte. Als ich das Haus mit den beiden weit offen stehenden Torflügeln wieder erkannte, hüpfte mein Herz vor Freude. Dort würde Zohra mich nicht finden, da war ich mir sicher.

Madame Jamila war nicht im Fondaco. Sie war geholt worden, um sich irgendwo um einen dringenden Fall zu kümmern. Daher setzte ich mich brav auf den Balkon, lehnte mich an dic Wand und wartete neben ihrer Tür auf sie.

Als ich das erste Mal hergekommen war, war ich zu sehr in Eile gewesen, hatte nicht die Zeit gehabt zu beobachten, was in dem Hotel vor sich ging. Jetzt sah ich mir alles genau an: die Leute, die unentwegt in den Hof kamen oder auf die Straße gingen, die zerlumpten, wie Packesel beladenen Hausierer, die Händler, die ihre Bündel unter den Arkaden abluden. Dort waren Gemüsehändler, Dattelverkäufer und junge Männer, die auf Fahrrädern seltsame Ladungen balancierten, Kisten mit Plastikspielzeug, Musikkassetten, Armbanduhren, Sonnenbrillen. Ich kannte all ihre Waren, weil die jungen Männer oft bei Lalla Asma angeklopft hatten, und da sie nicht mehr in die Stadt gehen konnte, um Einkäufe zu machen, hatte sie sich die Waren im Hof zeigen lassen und Dinge gekauft, die sie nicht brauchte, Kugelschreiber oder Seife, was ihre Schwiegertochter zornig machte: »Mutter, was wollen Sie denn damit?« Lalla Asma nickte und sagte: »Vielleicht bin ich eines Tages froh darüber, dass ich das gekauft habe.« Ich hätte nie gedacht, dass sich die fliegenden Händler an einem Ort wie diesem Hof trafen.

Im oberen Stockwerk wohnten die jungen Frauen, die ich beim ersten Mal gesehen hatte und die so elegant und schön waren, dass ich sie, naiv wie ich war, für Prinzessinnen hielt. Um diese Zeit schliefen sie noch in ihren Zimmern, hinter den hohen Türen, dic nur angelehnt waren.

Als ich durch den Türspalt spähte, sah ich eine der Prinzessinnen, die in einem großen Bett lag. Nach einer Weile konnte ich ihre Gestalt erkennen. Sie lag ganz nackt auf den Laken, das Gesicht unter dem Haar verborgen, und ich wunderte mich, als ich sah, dass ihr Bauch ganz weiß und ihre Scham völlig enthaart war. So etwas hatte ich noch nie gesehen. Lalla Asma hatte mich nie mitgenommen, wenn sie ins Bad ging, und bis zum Schluss wollte sie nicht, dass ich sie nackt sah. Und mein magerer, schwarzer Körper hatte keinerlei Ähnlichkeit mit diesem weißen Fleisch und diesem schlafenden Geschlecht. Ich glaube, ich bin ein wenig erschrocken zurückgewichen, in meinen Handflächen bildete sich Schweiß.

Ich wartete lange auf der Galerie und beobachtete aufmerksam das Kommen und Gehen der Händler im Hof. Ich hatte seit dem Vortag nichts gegessen, hatte großen Hunger und war schrecklich durstig.

Unten im Hof war ein Brunnen, und ich hatte unter den Arkaden einen halb geöffneten Sack mit Dörrobst gesehen, an dem die Spatzen pickten. Ich schlich die Treppe hinunter zu dem Sack. Ich schämte mich ein bisschen, weil Lalla Asma mir immer gesagt hatte, dass es nichts Schlimmeres gäbe, als jemanden zu bestehlen, nicht so sehr wegen dem, was man ihm wegnimmt, sondern wegen der Unehrlichkeit. Aber ich hatte Hunger, und Lalla Asmas gute Worte lagen schon lange zurück.

Ich hockte mich neben den offenen Sack und aß Datteln, getrocknete Feigen und mehr als eine Hand voll Rosinen, die ich aus einer Plastikverpackung hervorholte. Ich glaube, ich hätte den größten Teil des Dörrobsts gegessen, wenn nicht der Besitzer der Waren auf leisen Sohlen von hinten gekommen wäre und mich gepackt hätte. Er hielt mich mit der linken Hand an den Haaren fest und schwang in der anderen Hand einen Riemen: »Du diebische kleine Negerin! Ich werde dir zeigen, was ich mit Leuten wie dir mache!« Was mich am meisten demütigte, ich erinnere mich noch, war nicht der Umstand, dass ich auf frischer Tat ertappt worden war, sondern die Art, wie sich der Händler mit den Fingern in meinem dichten Haar festkrallte und schrie:

»*Saouda!*« Denn das war etwas, was noch niemand zu mir gesagt hatte, selbst Zohra nicht, wenn sie wütend war. Sie wusste, dass Lalla Asma das nicht geduldet hätte.

Ich wehrte mich und biss ihn, bis er blutete, damit er mich losließ. Ich stellte mich vor ihn hin und schrie ihn an: »Ich bin keine Diebin! Ich bezahle für das, was ich gegessen habe!«

Im gleichen Augenblick kam Madame Jamila in den Hof, und die Frauen aus dem oberen Stockwerk beugten sich über die Brüstung und beschimpften nun den fliegenden Händler, sie überhäuften ihn mit Schimpfworten, die ich noch nie gehört hatte. Und eine der Prinzessinnen bewarf ihn sogar mit kleinen Zehn- oder Zwanzigcentime-Münzen, weil sie kein besseres Geschoss fand, und schrie dabei: »Hier hast du dein Geld, du Dieb, du Hundesohn!« Und er wich wie benommen unter dem Gespött der Frauen und dem Münzenregen zurück, bis mich Madame Jamila am Arm packte und ins obere Stockwerk mitnahm. Ich glaube, ich hatte noch die Hände voller Rosinen, die ich nicht losgelassen hatte, selbst als mich der Händler an den Haaren gezerrt und mit dem Riemen geschlagen hatte.

Aber plötzlich bekam ich furchtbare Angst, oder vielleicht lag es auch daran, dass in der letzten Zeit so viel geschehen war, Lalla Asma, die auf die Fliesen gefallen war, und Zohra, die mich aus dem Haus gejagt und die Ohrringe gestohlen hatte, die mir gehörten. Ich begann auf der Treppe zu weinen, und zwar so heftig, dass ich nicht mehr die Stufen hinaufgehen konnte. Und Madame Jamila, die nicht größer war als ich, trug mich buchstäblich nach oben, als wäre ich ein kleines Kind. Sie sagte mir immer wieder ins Ohr: »Meine Tochter, meine Tochter«, und ich weinte noch stärker, weil ich am selben Tag meine Großmutter verloren und eine Mutter gefunden hatte.

Oben vor der Treppe warteten die Prinzessinnen (denn so nannte ich sie insgeheim selbst dann noch, als ich begriffen hatte, dass sie nicht gerade Prinzessinnen waren) mit überschwänglicher Zärtlichkeit und freundschaftlichen Gesten auf mich. Sie fragten mich nach meinem Namen und nannten ihn immer wieder: Laïla, Laïla. Sie brachten mir starken Tee und Honiggebäck, und ich aß, so viel ich konnte. Anschließend richteten sie mir aus Kissen, die auf der Erde lagen, ein Bett in einem großen, dunklen, kühlen Zimmer her, und ich schlief im Lärm des Hotels sofort ein, von der kreischenden Musik aus einem Radio im Hof in den Schlaf gewiegt. So trat ich in das Leben der Engelmacherin Madame Jamila und das ihrer sechs Prinzessinnen.

3

Mein Leben im Fondaco verlief bemerkenswert ruhig, und ich kann ohne Übertreibung sagen, dass es die glücklichste Zeit meines Daseins war. Ich kannte keinerlei Zwang, hatte keine Sorgen und fand bei Madame Jamila und den Prinzessinnen all die Annehmlichkeiten und die Zuneigung, die mir bis dahin gefehlt hatten.

Wenn ich hungrig war, aß ich, wenn ich müde war, schlief ich, und wenn ich nach draußen gehen wollte (was sehr oft der Fall war), ging ich nach draußen, ohne irgendjemanden um Erlaubnis fragen zu müssen. Die vollkommene Freiheit, die ich im Fondaco genoss, war die der Frauen, deren Leben ich teilte. Sie kannten keine festen Zeiten und waren daher glücklich. Sie hatten mich angenommen, als sei ich ihre Tochter oder eher eine Puppe, eine ganz junge Schwester, und so nannten sie mich auch. Madame Jamila sagte: »Meine Tochter.« Fatima, Zoubeïda, Aïcha, Selima, Houriya und Tagadirt sagten: »Kleine Schwester.« Aber Tagadirt sagte auch manchmal »meine Tochter«, weil sie vom Alter her durchaus meine Mutter hätte sein können. Ich schlief abwechselnd in einem der jeweils von zwei Prinzessinnen bewohnten Zimmer, nur Tagadirt, die das große fensterlose Zimmer hatte, in dem ich am ersten Tag geschlafen hatte, wohnte allein. Madame Jamila hatte eine Wohnung auf der anderen Seite der Galerie, mit einem Fenster, das zur Straße hinausging. Auch dort schlief ich manchmal, aber seltener, wegen Madame Jamilas Beschäftigung und ihres Sprechzimmers, in dem sie Frauen unterbrachte, die Schwangerschaftsprobleme hatten. Ich wusste, dass ich nicht bei ihr anklopfen durfte, wenn Patientinnen da waren. An solchen Abenden verriegelte sie ihre Tür, und ich sah durch die Vorhänge die Laterne, die sie im Sprechzimmer brennen ließ. Das war ein Zeichen, das ich schnell verstand.

Die Prinzessinnen mochten mich gern. Sie beauftragten mich damit, Einkäufe für sie zu machen, Dinge für sie zu erledigen. Ich holte ihnen Tee aus dem Hof oder kaufte auf dem Markt Gebäck und Zigaretten für sie. Ich brachte ihre Briefe zur Post. Manchmal nahmen sie mich mit in die Stadt, wenn sie Einkäufe machten, nicht um ihre Taschen zu tragen (dafür standen ihnen immer kleine Jungen zur Verfügung), sondern um ihnen beim Kaufen behilflich zu sein und die Preise herunterzuhandeln. Lalla Asma hatte mir beigebracht, beim Kaufen mit den Händlern und Hausierern, die an ihre Tür klopften, zu feilschen, und ich hatte mir ihre Ratschläge gut gemerkt.

Zoubeïda ging gern mit mir auf den Markt. Sie suchte nach Baumwollstoffen für ein Kleid oder eine Tagesdecke. Sie war groß und schlank, hatte eine milchweiße Haut und pechschwarzes Haar. Sie hüllte sich in einen Stoff, trat damit ins Licht und fragte: »Wie findest du mich?« Ich ließ mir mit der Antwort Zeit. Ich sagte mit großem Ernst: »Das ist schön, aber Dunkelblau steht dir noch besser.«

Die Händler kannten mich. Sie wussten, dass ich unerbittlich feilschte, als müsse ich selbst bezahlen. Sie konnten mich nicht hinsichtlich der Qualität täuschen, auch das hatte ich von Lalla Asma gelernt. Eines Tages hielt ich Fatima davon ab, einen goldenen Armbandanhänger mit einem Türkis zu kaufen.

»Fatima, sieh doch nur, das ist kein richtiger Stein, das ist nur ein Stück bemaltes Metall.« Ich ließ den

Anhänger gegen meine Zähne klimpern. »Hörst du? Da ist nichts drin.« Der Händler war wütend, aber Fatima fuhr ihn an: »Sei still. Meine kleine Schwester sagt immer die Wahrheit. Sei froh, dass ich dich nicht vor den Kadi bringe.«

Von dem Tag an waren die Prinzessinnen noch aufmerksamer zu mir. Sie erzählten allen Leuten von meinen Heldentaten, und jetzt grüßten mich sogar die fliegenden Händler des Fondacos respektvoll. Sie kamen zu mir und baten mich, bei der einen oder anderen Prinzessin ein gutes Wort für sie einzulegen, sie versuchten, mich mit Geschenken zu bestechen, aber ich fiel nicht darauf herein. Ich nahm die Bonbons und das Gebäck an und sagte zu Fatima oder Zoubeïda: »Trau diesem Mann nicht, er ist bestimmt ein Betrüger.«

Madame Jamila war über alles informiert, was dort vor sich ging. Sie sagte nichts, aber ich merkte wohl, dass sie nicht mit mir zufrieden war. Wenn ich einkaufen ging oder wenn eine der Prinzessinnen mich in die Stadt mitnahm, blickte sie mir nach. Sie sagte zu Fatima: »Nimmst du sie schon wieder mit?« Es klang wie ein Vorwurf. Oder sie versuchte, mich zurückzuhalten, stellte mir Hausaufgaben, ein paar Seiten Schönschrift, Rechnen oder naturwissenschaftliche Aufgaben. Sie wollte mir die arabische Schrift beibringen, hatte ehrgeizige Pläne für mich.

Aber ich gab kaum auf das Acht, was sie mir zu verstehen geben wollte. Ich war berauscht von der Freiheit, hatte zu lange in großer Einsamkeit gelebt. Ich war bereit, wegzurennen, falls jemand mich zurückhalten sollte.

Noch heute fällt es mir schwer zu glauben, dass die Prinzessinnen keine Prinzessinnen waren. Ich amüsierte mich gut mit ihnen. Vor allem mit Zoubeïda und

Selima, die noch jung waren. Sie waren unbekümmert, lachten die ganze Zeit. Sie stammten aus Dörfern in den Bergen, waren von zu Hause ausgerissen. Sie waren von einem Schwarm von Männern umgeben, stiegen in schöne amerikanische Autos, die am Eingang des Fondacos auf sie warteten. Eines Abends, ich erinnere mich noch, fuhr ein langer schwarzer Wagen vor, mit getönten Scheiben und zwei Fähnchen auf den Kotflügeln, grün-weiß-roten Fähnchen, die auch etwas Schwarz enthielten. Tagadirt sagte zu mir: »Das ist ein reicher, mächtiger Mann.« Ich versuchte, ins Innere des Autos zu blicken, aber durch die schwarzen Scheiben ließ sich nichts erkennen. »Ist das ein König?« Ohne sich über mich lustig zu machen, erwiderte Tagadirt: »Das ist jemand, der ebenso bedeutend ist wie ein König.«

Ich mochte Tagadirts Gesicht gern. Sie war nicht mehr ganz jung, hatte ausgeprägte Falten um die Augenwinkel, als lächele sie, eine sehr dunkle, fast schwarze Haut wie ich und kleine Motive auf die Stirn tätowiert. Mit ihr ging ich zweimal in der Woche ins Bad. Es lag an der Flussmündung, in der Nähe der Landungsbrücke. Tagadirt gab mir ein großes Handtuch, nahm eine Tasche mit sauberer Kleidung, und dann gingen wir gemeinsam los. Als ich noch bei Lalla Asma lebte, hätte ich mir nicht vorstellen können, dass es so einen Ort gibt, und ich hätte nie geglaubt, dass ich mich vor anderen Frauen nackt ausziehen würde.

Tagadirt kannte keine Scham. Sie ging völlig unbekleidet vor mir hin und her, rieb sich den Körper mit einem Bimsstein ab, frottierte sich mit einem Massagehandschuh. Sie hatte schwere Brüste mit violetten Brustwarzen, und auf ihren Hüften und auf dem Bauch legte sich die Haut in Falten. Sie enthaarte sorgsam ihre

Scham, die Achseln, die Beine. Neben ihr wirkte ich wie ein schmächtiges kleines Negermädchen, und trotz allem fühlte ich mich gezwungen, meinen Unterleib mit einem Handtuch zu verhüllen.

Tagadirt wollte, dass ich ihr den Rücken und den Nacken mit Kopraöl massierte, das sie auf dem Markt kaufte und das einen ekelhaften Vanillegeruch verbreitete. Im großen Gemeinschaftsbaderaum zogen Dampfschwaden über die Körper, man hörte Stimmenlärm, Schreie, Rufe. Kleine splitternackte Jungen rannten kreischend an dem Becken mit heißem Wasser entlang. Von alldem drehte sich mir der Kopf, wurde mir schlecht.

»Mach weiter, Laïla. Du hast kräftige Hände, das tut mir gut.«

Ich wusste nicht, ob ich das mochte. Ich rieb Tagadirts Rücken weiter mit Öl ein, atmete den Geruch nach Vanille und Schweiß ein. Um mich aus meiner Trägheit herauszureißen, spritzte mich Tagadirt dann mit kaltem Wasser nass und lachte, wenn ich wegrannte und sich die Härchen an meinem ganzen Körper aufrichteten.

Ich war zum Maskottchen des Fondacos geworden. Vielleicht war Madame Jamila deshalb nicht mit mir zufrieden. Sie dachte wohl, dass ich von den Prinzessinnen zu viel gestreichelt und zu sehr verwöhnt wurde und dass das meinen Charakter zu verderben drohte.

Da ich den ganzen Tag lang hörte, wie diese Frauen in Entzücken über mich ausbrachen, »Seht nur, wie hübsch sie ist!«, und ich mich von ihnen ganz nach ihrem Geschmack verkleiden ließ, glaubte ich schließlich, was sie sagten. Ich überließ mich selbstgefällig ihren Launen. Sie staffierten mich mit langen Kleidern aus, lackierten mir die Nägel zinnoberrot, malten mir die Lippen karminfarben an, sie schminkten mich, umrandeten meine Augen mit einem Khôlstrich. Selima, die sudanesisches Blut in den Adern hatte, kümmerte sich um meine Frisur. Sie teilte meine Haare in kleine Quadrate auf und flocht sie mit roten Fäden oder mit farbigen Perlen zu kleinen Zöpfen. Oder sie wusch mir das Haar mit Kokosseife, damit es spröder wurde und sich aufbauschte wie eine Löwenmähne. Sie sagte mir, das Schönste an mir seien meine Stirn, meine herrlich langen, geschwungenen Brauen und meine mandelförmigen Augen. Vielleicht sagte sie das, weil ich ihr ähnelte.

Tagadirt bemalte meine Hände mit Henna, oder sie zeichnete mir mit einem Strohhalm, den sie in Lampenruß tauchte, die gleichen Zeichen, die sie trug, auf Stirn und Wangen. Sie brachte mir bei, Darbuka zu spielen und dabei mitten in ihrem Zimmer zu tanzen. Wenn die anderen Frauen das Geräusch der kleinen Trommeln hörten, kamen sie herbei, und ich tanzte mit nackten Füßen auf den Fliesen für sie und drehte mich im Kreis, bis mir schwindlig wurde.

Mit solchen Kindereien verbrachte ich den größten Teil des Nachmittags. Abends schickten mich die Prinzessinnen weg, damit sie ihre Besucher empfangen konnten, oder ich ging in das Zimmer derer, die mit dem Auto fortfuhren. Madame Jamila wischte mir das Gesicht mit einem feuchten Handtuchzipfel ab und sagte: »Was haben sie bloß wieder mit dir gemacht! Sie sind verrückt!« Mit meinem aufgebauschten Haar, dem verlaufenen Khôlstrich und dem zu breit aufgetragenen Lippenrot glich ich wohl einer missratenen Puppe, und Madame Jamila musste ungewollt über mich lachen. Eingelullt vom Trubel der Erinnerungen all dieser Tage, dieser Tage, die so lang waren, dass ich mich nicht mehr entsinnen konnte, wie sie angefangen hatten, schlief ich ein.

Am liebsten von allen mochte ich Houriya. Sie war die Jüngste und als Letzte in den Fondaco gekommen. Sie war nur ein paar Tage vor mir eingetroffen. Sie stammte aus einem weit entfernten Berberdorf im Süden. Man hatte sie mit einem reichen Mann aus Tanger verheiratet, der sie schlug und mit Gewalt nahm. Eines Tages hatte sie einen kleinen Koffer gepackt und war ausgerissen. Tagadirt hatte sie auf einer Straße in der Nähe des Bahnhofs aufgelesen und hierher gebracht, damit sie sich verstecken und den Abgesandten ihres Mannes entkommen konnte. Madame Jamila war misstrauisch. Sie hatte ja gesagt, aber nur unter der Bedingung, dass Houriya wieder fortging, sobald die Gefahr vorüber war. Sie wollte keine Scherereien mit der Polizei haben.

Houriya war klein und schlank, wirkte fast noch wie ein Kind. Wir freundeten uns sehr bald an, und sie nahm mich überallhin mit, selbst abends in die Restaurants und Nachtlokale. Sie stellte mich ihren Freunden als ihre kleine Schwester vor. »Das ist meine Schwester Oukhti. Findet ihr nicht, dass sie mir ähnelt?«

Sie hatte ein hübsches, ebenmäßiges Gesicht, ausgeprägte Brauen und die schönsten grünen Augen, die ich je gesehen habe. Ich fragte sie nicht, wie sie ihr Geld verdiente. Ich dachte, sie erhalte Geschenke, weil sie tanzen und singen konnte, weil sie hübsch war. Ich hatte keine Vorstellung davon, was ein Beruf war, was gut und was böse war. Ich lebte wie ein kleines Haustier und fand gut, was mir schmeichelte und mich verwöhnte, und böse all das, was gefährlich war und mir Angst machte, wie etwa Abel, der mich ansah, als wolle er mich fressen, oder Zohra, die mich von der Polizei suchen ließ und erzählte, ich hätte ihre Schwiegermutter bestohlen.

Die größte Angst hatte ich vor der Einsamkeit. Im

Traum erlebte ich manchmal das noch einmal, was vor langer Zeit geschehen war, als ich geraubt wurde. Ich sah das Licht auf einer gleißend hellen Straße, hörte den grimmigen Schrei des schwarzen Vogels. Oder ich hörte das Knacken des Knöchelchens in meinem Ohr, als der Lastwagen mich anfuhr.

Dann schlüpfte ich in Houriyas Bett und schmiegte mich eng an sie, klammerte mich an ihren Rücken, als würde ich gleich in Ohnmacht fallen. Sie sprach als Erste mit mir über meine Herkunft. Als ich ihr von den Ohrringen erzählte, die Zohra mir gestohlen hatte, sagte sie, sie wisse, wo die Leute aus meinem Stamm wohnten, die Hilal, die Mondsichelmenschen, jenseits der Berge, am Ufer eines ausgetrockneten großen Flusses. Und ich träumte, ich ginge dorthin, in dieses Dorf, ginge über die Straße, und am Ende der Straße würde meine Mutter auf mich warten.

Aber Houriya blieb nicht lange im Fondaco. Eines Morgens war sie fort. Doch daran war nicht ihr Mann schuld, sondern ich.

Eines Abends war ich mit Houriya und ihren Freunden ans Meer gefahren, in ein Restaurant. Wir fuhren lange durch die Dunkelheit, bis wir an einen großen leeren Strand kamen. Ich saß hinten im Mercedes, neben der Tür, und Houriya in der Mitte neben einem Mann. Vorn saßen noch zwei Männer und eine blonde Frau. Sie redeten laut, in einer Sprache, die ich nicht verstand, ich nahm an, dass es Russisch war. Ich erinnere mich noch gut an den Mann, der am Steuer saß, er war groß und stark wie Abel, mit starkem Haarwuchs und einem schwarzen Bart. Ich entsinne mich auch noch, dass er zwei verschiedenfarbige Augen hatte, das eine war blau, das andere dunkelbraun. Wir blieben eine ganze Weile im Restaurant, es dürfte etwa Mitternacht gewesen sein.

Es war ein vornehmes Restaurant mit Fackeln, die den Sandstrand beleuchteten, und Kellnern in weißen Anzügen. Ich betrachtete den ganzen Abend das schwarze Meer, die Lichter der heimkehrenden Fischerboote und das Aufblitzen des Leuchtturms in der Ferne. Die blonde Frau redete und lachte sehr laut, und die Männer umringten Houriya. Der Wind, der durch ein offenes Fenster drang, wehte den Zigarettenrauch fort. Ich hatte heimlich Wein getrunken, der Chauffeur des Mercedes hatte mich aus seinem Glas trinken lassen, ein sehr milder, süßer Wein, der die Kehle entflammte. Der Mann sprach Französisch mit mir, mit einem ulkigen, etwas schwerfälligen Akzent und schleppendem Tonfall. Ich war so müde, dass ich auf einer Bank vor dem Fenster einschlief.

Dann wachte ich im Auto auf. Ich war allein auf dem Rücksitz. Der Chauffeur beugte sich über mich, ich sah sein lockiges Haar, das vom Licht des Restaurants beleuchtet wurde. Ich begriff nicht sogleich, aber als er die Hand unter mein Kleid schob, wachte ich richtig auf. Ich war betrunken, hatte den Drang, mich zu übergeben. Unwillkürlich begann ich laut zu schreien. Ich hatte Angst, und da der Chauffeur versuchte, mir die Hand auf den Mund zu legen, biss ich ihn. Ich schrie, kratzte und biss.

Houriya kam sogleich angelaufen. Sie war noch wütender als ich, riss den Mann nach hinten, schlug mit den Fäusten auf ihn ein. Sie überhäufte ihn mit Schimpfworten. Der Mann versuchte etwas zu erwidern, wich auf dem Strand zurück, da hob Houriya einen großen Stein auf und hätte ihn erschlagen, wenn nicht die anderen hinzugekommen wären. Weinend beschimpfte sie immer noch den Chauffeur, und auch ich weinte. Der Chauffeur flüchtete auf die andere Seite des Autos, zündete sich eine Zigarette an, als sei nichts geschehen. Nach einer Weile beruhigte sich Houriya, und wir konnten wieder zurückfahren. Der Chauffeur hatte eine Zigarette im Mundwinkel, würdigte uns keines Blickes, und niemand sagte etwas, sogar die Russin schwieg.

Der Mercedes brachte uns zum Souikha, und wir gingen zu Fuß zum Fondaco zurück. Es waren noch viele Leute auf der Straße, es muss wohl ein Samstagabend gewesen sein. Die Allee der Verliebten war sehr belebt, unter jeder Magnolie stand ein Liebespaar. Houriya kaufte zwei Gläser Tee und Gebäck an der Straße. Wir waren ganz schwach, zitterten beide wie nach einem Unfall. Sie sprach nicht darüber, was geschehen war, nur einmal sagte sie: »Dieser Hundesohn hat zu mir gesagt: Lass sie schlafen, ich wache über sie wie ein Vater.«

Madame Jamila erfuhr, was am Strand geschehen war. Aber sie forderte Houriya nicht auf, wegzugehen. Am folgenden Morgen packte Houriya ihren Koffer, denselben, den sie in der Hand hatte, als sie in der Nähe des Bahnhofs herumgeirrt war und Tagadirt sie gefunden hatte. Sie ging weg ohne eine Erklärung. Vielleicht ist sie zu ihrem Mann nach Tanger zurückgekehrt. Ich hörte monatelang nichts mehr von ihr, aber ich war ziemlich traurig über ihr Weggehen, denn sie war wirklich ein bisschen wie eine Schwester für mich.

Danach versuchte Madame Jamila zwar, mich daran zu hindern, mit den anderen Prinzessinnen auszugehen, aber ich hatte mich mit Houriya an die Freiheit gewöhnt, und ich tat nur noch das, was mir gefiel. Mit Aïcha und Selima gewöhnte ich mir etwas anderes an: Ich begann zu stehlen.

Bei Selima habe ich damit angefangen. Wenn sie ihren Freund im Fondaco empfing oder ins Restaurant ging, begleitete ich sie. Ich setzte mich in eine Ecke an eine Tür, zusammengekauert wie ein Tier, und wartete auf den geeigneten Augenblick. Selimas Freund war Franzose, Erdkundelehrer an einem Gymnasium oder so etwas, jemand mit einem guten Posten. Er war ein gut gekleideter Herr, trug einen grauen Flanellanzug mit Weste und blank geputzte schwarze Schuhe.

Er hatte seine festen Gewohnheiten mit Selima, erst ging er mit ihr in einem Restaurant der Altstadt zu Mittag essen, dann brachte er sie wieder in den Fondaco und zog sich mit ihr in das fensterlose Zimmer zurück. Er brachte mir Bonbons mit, manchmal gab er mir ein paar Geldstücke. Ich blieb wie ein Wachhund vor dem Zimmer sitzen. In Wirklichkeit wartete ich eine ganze Weile, bis sie richtig beschäftigt waren, und kroch dann auf allen vieren ins Zimmer. Ich schlich im Halbdunkel bis zum Bett. Ich interessierte mich nicht dafür, was Selima mit dem Franzosen machte. Ich suchte seine Kleider. Der Lehrer war ein sorgfältiger Mensch. Er faltete seine Hose zusammen und hängte seine Jacke und seine Weste auf eine Stuhllehne. Dann glitten meine Finger wie ein kleines, gewandtes Tier in die Taschen und holten alles heraus, was sich darin befand: eine Taschenuhr, einen goldenen Trauring, ein mit Banknoten und Geldstücken gefülltes Portemonnaie oder einen hübschen, goldverzierten blauen Füller. Ich brachte meine Beute auf die Galerie, um sie bei Tageslicht zu untersuchen, nahm mir ein paar Scheine, ein paar Münzen, und manchmal behielt ich einen Gegenstand, der mir gefiel, Manschettenknöpfe aus Perlmutt oder den kleinen blauen Füller.

Ich glaube, dass der Lehrer nach einer gewissen Zeit

etwas gemerkt hat, denn eines Tages brachte er mir ein Geschenk mit, ein hübsches silbernes Armband in einem Kästchen, und als er es mir gab, sagte er zu mir: »Das gehört dir wirklich.« Er war ein liebenswürdiger Mann, ich schämte mich für das, was ich getan hatte, dennoch konnte ich nicht umhin, wieder anzufangen. Ich tat das nicht mit böser Absicht, sondern eher im Spiel. Ich brauchte kein Geld. Höchstens, um für Selima, Aïcha oder die anderen Prinzessinnen Geschenke zu kaufen, ansonsten hatte ich für Geld keine Verwendung.

Mit Aïcha stahl ich dann in den Geschäften. Ich begleitete sie in die Innenstadt, betrat mit ihr einen Laden, und während sie Süßigkeiten kaufte, füllte ich meine Taschen mit allem, was ich fand, Schokolade, Sardinenbüchsen, Keksen, Rosinen. Sobald ich in der Stadt war, suchte ich nach einer Gelegenheit. Ich war nicht einmal mehr auf ihre Begleitung angewiesen. Ich war klein und schwarz, ich wusste, dass sich die Leute nicht um mich kümmerten. Ich war unsichtbar. Aber auf dem Markt war nichts zu machen. Die Händler waren auf mich aufmerksam geworden, ich spürte, wie sie jede meiner Bewegungen mit den Augen verfolgten.

Dann ging ich mit Aïcha weit weg, bis ins Océan-Viertel, dorthin, wo es schöne Villen, ganz neue große Häuser und Parks gab. Aïcha schlenderte gern durch die Einkaufszentren, und währenddessen ging ich auf den Friedhof, um das Meer zu betrachten.

Dort fühlte ich mich in Sicherheit. Alles war ruhig und still, man sah nicht das emsige Treiben der Stadt. Es kam mir vor, als wäre das schon immer mein Reich gewesen. Ich setzte mich auf die Grabhügel, sog den Honiggeruch der kleinen Fettpflanzen mit den rosafarbenen Blüten ein. Ich legte die Hand flach auf die Erde neben den Gräbern.

An diesem Ort konnte ich mit Lalla Asma sprechen. Ich habe nie erfahren, wo sie beerdigt worden ist. Sie war Jüdin, und deshalb ist sie wohl nicht inmitten der Muslime begraben worden. Aber das war unwichtig, ich spürte, dass ich ihr auf dem Friedhof ganz nah war, dass sie mich hören konnte. Ich erzählte ihr mein Leben. Nicht alles, nur Teile, ich wollte nicht auf die Einzelheiten eingehen. »Großmutter, Sie wären nicht stolz auf mich. Sie haben mir immer gesagt, dass man das Eigentum der anderen achten und die Wahrheit sagen soll, und nun bin ich die größte Diebin und die größte Lügnerin der Welt geworden.«

Es machte mich traurig, so durch die Erde zu Lalla Asma zu sprechen. Ich vergoss eine Träne, aber der Wind trocknete sie sogleich. Alles war hier so schön, die mit kleinen rosa Blumen bewachsenen Hügel, die weißen Steine der Gräber ohne Namen, auf denen die Suren des Korans verblassten, und in der Ferne das blaue Meer, die Möwen am Himmel, die im Wind segelten und mich mit ihren bösen, roten Augen durchbohrten. Es gab viele Eichhörnchen auf dem Friedhof. Sie schienen aus den Gräbern zu kommen. Sie lebten mit den Toten, vielleicht knackten sie deren Zähne wie Nüsse.

Ich hatte überhaupt keine Angst vor dem Tod. Der Anblick von Lalla Asma, die schnaufend und gurgelnd auf die Fliesen im Wohnzimmer gefallen war, hatte in mir die Vorstellung erweckt, dass der Tod einem tiefen Schlaf glich. Vor den Toten brauchte man sich auf dem Friedhof nicht zu fürchten.

Eines Tages tauchte ein würdiger alter Mann mit weißem Bart auf. Er hatte mir wohl schon seit langem nachspioniert und stand aufrecht neben einem Grab, als sei er gerade daraus hervorgekommen. Als ich ihn ansah, schob er die Hand unter seinen Umhang, hob ihn hoch und zeigte mir sein Geschlechtsteil mit einer glänzenden Eichel, violett wie eine Aubergine. Er glaubte vielleicht, ich würde Angst haben und schreiend wegrennen. Aber im Fondaco sah ich fast jeden Tag nackte Männer und hörte, wie die Prinzessinnen über das Geschlechtsteil der Männer, das sie im Allgemeinen als etwas unzulänglich beurteilten, ihre Scherze machten.

Ich begnügte mich damit, mit einem Kieselstein nach dem Alten zu werfen, und lief zwischen den Gräbern fort, während er mich beschimpfte und beim Versuch, mir zu folgen, über seine Lederpantoffeln stolperte.

»Du kleine Hexe!«

»Alter Hund!«

An jenem Tag begriff ich, dass der Schein manchmal trügt und dass ein alter Mann in einem weißen Umhang und mit einem schönen Bart durchaus ein lüsterner alter Hund sein kann.

Das Océan-Viertel war gut zum Stehlen. Es gab dort schöne Geschäfte, die nur Dinge für die Reichen führten, wie man sie in der Marktgegend der Altstadt nicht fand. Im Souikha gab es nur eine Sorte Kekse, eine Sorte Kaugummi und als Getränk nur Fanta mit Orangengeschmack oder Pepsi. In den Geschäften des Océan-Viertels fand man Fruchtsäfte in Dosen, auf denen japanische, chinesische oder deutsche Namen standen und die einen ganz neuen, unbekannten Geschmack hatten, Tamarinde, Tangerine, Passionsfrucht, Guajave. Es gab dort auch Zigaretten aus allen Ländern, sogar lange, schwarze mit einem goldenen Mundstück, die ich für Aïcha kaufte, und Schweizer Schokolade, die ich aus den Auslagen stahl.

Ich betrat hinter Aïcha das Geschäft, machte einmal

die Runde und ging mit vollen Taschen wieder hinaus. Die Leute kannten mich nicht, brachten mir kein Misstrauen entgegen. In meinem blauen Kleid mit weißem Kragen, mit der weißen Schleife in meinem dichten Haar und meinen treuherzigen Augen wirkte ich wie ein braves kleines Mädchen. Sie glaubten, dass ich neu im Viertel sei und meine Mutter begleitete, die in den Villen arbeitete. Ich stellte fest, dass viele Leute einfältig sind und nicht so schnell begreifen wie ich, sie glauben erst mal das, was sie sehen, was man ihnen sagt, was man ihnen einredet. Ich war vierzehn, sah aus wie zwölf und war bereits ebenso schlau wie der Teufel. Tagadirt sagte das zu mir. Vielleicht hatte sie Recht. Sie stritt sich mit Selima, mit Aïcha, beschimpfte sie als *alcahuetes*, als Puffmütter.

Ich glaube, ich besaß nicht mehr den geringsten Sinn für Maß und Autorität. Ich lief Gefahr, in ernste Schwierigkeiten zu geraten. In dieser Phase meines Lebens bildete sich mein Charakter heraus, wurde ich gegen jede Form von Disziplin allergisch, ich war nur noch willens, meinen eigenen Gelüsten nachzugeben, und bekam einen harten Blick.

Madame Jamila merkte durchaus, dass ich auf die schiefe Bahn geraten war. Aber sie war den Umgang mit Kindern nicht gewöhnt, auch wenn die Prinzessinnen in gewisser Weise ihre Kinder waren. Um zu versuchen, dem schlechten Einfluss, dem ich erlag, entgegenzuwirken, wollte sie mich in einer Schule anmelden. Ich sprach nicht genug Arabisch, um in eine Grundschule zu gehen, und war zu alt, um eine ausländische Schule zu besuchen. Außerdem besaß ich keinerlei Ausweispapiere. Sie entschied sich für eine Privatschule, eine Art Internat, in der eine hagere, schroffe Frau namens Mademoiselle Rose ein gutes Dutzend schwer erziehbarer Mädchen in ihrer Obhut hatte. In Wirklichkeit handelte es sich eher um eine Besserungsanstalt. Mademoiselle Rose war Französin und eine ehemalige Nonne, die mit einem Mann zusammenlebte, der jünger war als sie und sich um die Verwaltung und die Finanzen kümmerte.

Die meisten Mädchen hatten mehr auf dem Kerbholz als ich. Sie waren von zu Hause ausgerissen, hatten Liebhaber gehabt, oder man hatte sie verheiraten wollen, und ihre Familien hatten sie zu Hause eingeschlossen, um sicherzustellen, dass es zu der Heirat kam. Im Vergleich zu ihnen war ich frei, unbekümmert, hatte vor nichts Angst. Ich blieb nur ein paar Monate bei Mademoiselle Rose.

Der wesentliche Teil der Erziehung im Internat bestand darin, die Mädchen mit Nadelarbeiten, Bügeln und der Lektüre von Büchern zur sittlichen Belehrung zu beschäftigen. Mademoiselle Rose unterrichtete ein paar Stunden Französisch, und ihr schöner Verwalter ließ sich manchmal dazu herab, ein paar Grundbegriffe des Rechnens und der Geometrie zu erklären.

Wenn ich den Prinzessinnen die Sklavenarbeit der Mädchen beschrieb, die gezwungen waren, die Fußböden des Internats zu fegen und zu scheuern oder sich die Finger an einem Bügeleisen oder am Stiel eines Topfes zu verbrennen, waren sie empört. Was mich anging, kam es nicht in Frage, dass ich irgendetwas stickte oder irgendwelche Arbeiten im Haushalt verrichtete. All das hatte ich früher für Lalla Asma getan, weil sie meine Großmutter war und ich ihr das Leben verdankte. Es kam nicht in Frage, dass ich wieder damit anfing, um einer alten Jungfer zu gefallen, die sich noch dazu dafür bezahlen ließ. Ich begnügte mich damit, auf meinem Stuhl zu sitzen und Mademoiselle Rose zuzuhören, die mit heiserer Stimme *Die Grille und die Ameise* oder *Der Traum des Jaguars* vorlas. Ich habe bei Mademoiselle Rose nicht viel gelernt, aber ich habe gelernt, meine Freiheit zu schätzen, und damals schwor ich mir, mir diese Freiheit nie rauben zu lassen, komme, was da wolle.

Nach dem ersten Halbjahr in diesem Internat kam Mademoiselle Rose persönlich in den Fondaco, vermutlich, um das Milieu kennen zu lernen, das so ein Monster wie mich hervorgebracht hatte. Madame Jamila war bei einer Patientin zu Besuch, und so empfingen Selima, Aïcha und Zoubeïda sie in langen pastellfarbenen Musselin-Morgenröcken und mit Khôl umrandeten Augen auf der Galerie. »Wir sind ihre Tanten«, sagten sie. Und dann erzählten sie Mademoiselle Rose, die weder ihren Augen noch ihren Ohren trauen wollte, die übelsten Dinge über mich: Ich sei eine Lügnerin, eine Diebin, ich gäbe Widerworte, sei faul, und wenn ich bei ihr bliebe, könne es passieren, dass ich all ihre anderen Zöglinge vertreiben oder mit einem Bügeleisen das Internat in Brand stecken würde. Und so wurde ich vor die Tür gesetzt. Es tat mir ein wenig Leid wegen des vielen Geldes, das Madame Jamila für meine Erziehung ausgegeben hatte, aber ich konnte mich schließlich nicht zur Zwangsarbeit verurteilen lassen, nur um Madame Jamila einen Gefallen zu tun.

So fand ich nach mehrmonatiger Unterbrechung mein freies Leben wieder, die Spaziergänge in den Souikha, das reiche Océan-Viertel und den großen Friedhof über dem Meer. Aber mein Glück währte nicht lange. Als ich eines Mittags von einer Expedition zurückkam, die Taschen voller Kleinigkeiten für meine Prinzessinnen, wurde ich von zwei Männern in grauen Anzügen am Eingang des Fondacos ergriffen. Ich hatte keine Zeit zu schreien oder um Hilfe zu rufen. Sie packten mich jeweils an einem Arm, hoben mich hoch und warfen mich in einen blauen Lieferwagen mit vergitterten Fenstern. Es war, als beginne alles von vorn, ich war wieder einmal vor Angst wie gelähmt. Ich sah die gleißend helle Straße, die vor meinen Augen dunkel wurde, und den Himmel, der plötzlich verschwand. Ich lag mit geschlossenen Augen zusammengerollt auf dem Boden des Lieferwagens, die Knie an den Unterleib gedrückt, die Hände auf die Ohren gepresst, und war wieder in dem großen schwarzen Sack, der mich verschlang.

4

Ich hatte nicht die geringste Ahnung, was mit mir passierte. Später begriff ich, was geschehen war. Zohras Polizei war mir gefolgt und hatte mir eine Falle gestellt. All die Geschäfte, in denen ich gestohlen hatte, hatten nach mir gefahndet. Ich wurde einem Jugendrichter vorgeführt, einem sehr ruhigen Mann, der so leise sprach, dass ich ihn nicht verstehen konnte. Da ich auf all seine Fragen mit Ja antwortete, hatte er den Eindruck, dass ich fügsam war. Aber er wollte mich auch nach dem Fondaco befragen, wollte wissen, was Madame Jamila und die Prinzessinnen machten. Und da ich nicht antwortete, geriet er in Wut, aber wiederum sehr verhalten. Er zerbrach nur den Bleistift, den er in den Fingern drehte, während er mich ansah, als wolle er mir zu verstehen geben, dass er auch mich mit einer Handbewegung zerbrechen könne. Ich wurde mehrere Tage verhört, und anschließend schickte man mich in mein Zimmer, dessen Fenster vergittert waren. Es war wie in einer Schule oder im Nebengebäude eines Krankenhauses.

Dann lieferte er mich Zohra aus. Wenn er mich zwischen Zohra und dem Gefängnis hätte wählen lassen, hätte ich das Gefängnis gewählt, aber er ließ mir keine Wahl.

Zohra und Abel Azzema wohnten jetzt in einem neuen Etagenhaus am Rande der Stadt, mitten zwischen großen Gärten. Sie hatten das Haus im Mellah verkauft, und Zohra hatte sich darauf eingelassen, bei ihren Eltern auszuziehen, um in diesem vornehmen Viertel zu leben.

Anfangs waren Zohra und Abel liebenswürdig zu mir. Es war, als hätten sie beschlossen, die ganzen Vorwürfe, die ganze Vergangenheit auf sich beruhen zu lassen und von Grund auf neu zu beginnen. Vielleicht fürchteten sie sich auch vor Madame Jamila und fühlten sich beobachtet.

Aber die natürliche Veranlagung setzte sich bald wieder durch. Nach einiger Zeit wurde Zohra erneut bösartig. Sie schlug mich, schrie mich an, ich sei nur ein Dienstmädchen, und selbst dazu tauge ich nicht. Bei dem geringsten Anlass geriet sie in Wut: weil ich eine blaue Schale zerbrochen, weil ich die Linsen nicht gewaschen, weil ich Spuren auf den Fliesen in der Küche hinterlassen hatte.

Sie ließ mich nicht nach draußen gehen. Sie sagte, der Richter habe angeordnet, dass ich keinen schlechten Umgang haben dürfe. Wenn sie das Haus verlassen musste, schloss sie mich mit einem Stapel Bügelwäsche in der Wohnung ein und drehte zweimal den Schlüssel um. Eines Tages sengte ich den Kragen eines Oberhemds von Abel leicht an, und um mich zu bestrafen, verbrannte mir Zohra die Hand mit dem Bügeleisen. Mir standen die Tränen in den Augen, aber ich biss die Zähne mit aller Kraft zusammen, um nicht zu schreien. Ich bekam keine Luft mehr, als würde mir die Kehle zugeschnürt, fiel beinah in Ohnmacht. Noch heute habe ich auf dem Handrücken ein kleines weißes Dreieck, das nie verschwinden wird.

Ich glaubte, ich würde bald sterben. Ich bekam nichts zu essen. Zohra kochte Reis für ihren kleinen Hund, ein langhaariges japanisches Chin-Hündchen mit gelblichweißem Fell. Sie begoss den Reis mit Hühnerbrühe, und das war alles, was sie mir gab. Ich bekam weniger zu essen als ihr kleiner Hund. Ab und zu stibitzte ich etwas Obst in der Küche. Ich fürchtete mich davor, was geschehen würde, wenn sie es merkte. Meine Arme und Beine waren voller blauer Flecken, weil sie mich mit einem Gürtel schlug. Aber ich hatte solchen Hunger, dass ich weiterhin Zucker, Kekse oder Obst aus dem Küchenschrank stahl.

Eines Tages hatte sie Gäste zum Mittagessen, Franzosen, die Delahaye hießen. Für sie hatte Zohra in einem Supermarkt des Océan-Viertels schöne blaue Weintrauben gekauft. Während sie die Vorspeisen aßen, blieb ich in der Küche und naschte. Bald sah ich, dass ich alle unteren Trauben gegessen hatte. Um den Augenblick hinauszuzögern, in dem mein Vergehen bemerkt werden würde, schob ich Papierkügelchen unter die große Traube, damit sie auf dem Teller noch schön vollständig aussah. Ich wusste, dass es früher oder später ans Licht kommen würde, aber das war mir egal. Die Weintrauben waren zuckersüß, aromatisch wie Honig.

Gegen Ende der Mahlzeit brachte ich die Weintrauben herein, und ausgerechnet in diesem Moment baten mich die Gäste zu bleiben. Sie sagten zu Zohra: »Ihr kleiner Schützling.«

Zohra fühlte sich geschmeichelt. Sie hatte darauf bestanden, dass ich statt meiner Lumpen das blaue Kleid mit dem weißen Kragen anzog, das ich bei Lalla Asma getragen hatte. Es war ein bisschen kurz und zu eng, aber Zohra hatte den Reißverschluss offen gelassen und eine Schürze darüber gebunden. Und außerdem hatte ich stark abgenommen.

»Sie ist reizend, sie ist bezaubernd! Herzlichen Glückwunsch.« Die Franzosen machten einen liebenswürdigen Eindruck. Monsieur Delahaye hatte leuchtend blaue Augen, die in starkem Kontrast zu seinem gebräunten Gesicht standen. Madame war blond mit etwas rötlicher, aber noch sehr frischer Haut. Ich hätte sie gern gebeten, mich mitzunehmen, mich zu adoptieren, aber ich wusste nicht, wie ich es ihnen sagen sollte. Ich wünschte mir, sie würden mir meine Verzweiflung ansehen, alles begreifen.

Als sie mit dem Nachtisch begannen, sah Zohra natürlich, dass der untere Teil der Weintrauben schon aufgegessen war, und entdeckte die Papierkügelchen. Sie schrie meinen Namen. Die kleinen Stiele ohne Trauben standen hoch wie Härchen. Die ganze Traube schien sich zu schämen.

»Schimpfen Sie nicht mit ihr. Sie ist noch ein Kind, haben wir nicht alle so etwas getan, als wir noch Kinder waren?«, sagte Madame Delahaye. Ihr Mann lachte rundheraus, und Abel lächelte flüchtig. Zohra zwang sich nicht zum Lachen, sondern warf mir nur einen langen, bösen Blick zu, und nachdem die Franzosen gegangen waren, holte sie den Gürtel mit der schweren kupfernen Schnalle. »Für jede Traube einen! *Chouma!*« Sie schlug mich, bis ich blutete.

Den Delahayes hatte ich es zu verdanken, dass ich die Wohnung verlassen konnte. Madame Delahaye rief Zohra an und sagte: »Sagen Sie, meine Liebe, leihen Sie mir doch mal Ihren kleinen Schützling aus, Sie wissen ja, wie sehr ich Hilfe im Haus brauche, und gleichzeitig kann sich die Kleine etwas Taschengeld damit verdienen.«

Zunächst weigerte sich Zohra unter allen möglichen Vorwänden, aber Madame Delahaye machte ihr schließlich Vorwürfe: »Ich hoffe, Sie sperren sie nicht ein!« Zohra bekam Angst, sie glaubte, eine Drohung aus der scherzhaften Bemerkung herauszuhören, und ließ mich gehen. Erst einmal und dann zweimal in der Woche.

Die Delahayes hatten ein hübsches Haus im Océan-Viertel gemietet. Abels Firma hatte die Maler- und Renovierungsarbeiten ausgeführt. Ein ruhiges Fleckchen mit einem Garten voller Orangen- und Zitronenbäume und einer Oleanderhecke. Es gab dort viele Vögel. Ich fühlte mich im Haus der Delahayes sehr wohl. Es kam mir vor, als fände ich die friedliche Atmosphäre wieder, die ich in meiner Kindheit im Mellah erlebt hatte, als die Welt für mich noch auf den weißen Hof von Lalla Asmas Haus beschränkt war.

Juliette Delahaye war freundlich zu mir. Wenn ich nachmittags gegen zwei Uhr ankam, bot sie mir Tee und Gebäck aus einer schönen roten Blechdose an. Als sie sah, wie ich mich auf die Kekse stürzte, muss sie wohl geahnt haben, dass ich bei Zohra nicht genug zu essen bekam. Ich glaube, sie wusste von meiner Vergangenheit, aber sie sprach nicht darüber. Wenn ich in ihrem Schlafzimmer Staub wischte, ließ sie all ihren Schmuck und kleine Silberschälchen mit Geldstücken gut sichtbar auf der Kommode stehen. Ich vermutete, dass sie mich auf die Probe stellte, und hütete mich davor, die Sachen anzurühren. Sie zählte die Münzen, nachdem ich das Zimmer verlassen hatte, und an ihrer fröhlichen Stimme merkte ich, wie sie sich freute, dass noch alles da war. Aber während sie das tat, konnte ich die Taschen von der Jacke ihres Mannes durchsuchen, die dieser im Flur auf einen Kleiderständer gehängt hatte.

Monsieur Delahaye war ein etwas ältlicher Mann mit großer Nase und einer Brille, die seine blauen Augen vergrößerte. Er war immer gut gekleidet, trug einen dunkelgrauen, dreiteiligen Anzug, der mit einer kleinen roten Rosette im Knopfloch geschmückt war, und dazu blank geputzte schwarze Lederschuhe. Er war früher ein bedeutender Mann gewesen, ein Botschafter, ein Minister, ich weiß es nicht mehr. Ich war von ihm beeindruckt, er sagte zu mir »mein Kleines« oder »Mademoiselle«. Niemand hatte je so mit mir gesprochen. Er duzte mich, aber er gab mir nie Bonbons oder Geld. Seine Leidenschaft war die Fotografie. Überall im Haus hingen Fotos, auf den Fluren, im Wohnzimmer, in den Schlafzimmern, sogar auf der Toilette.

Eines Tages lud er mich in sein Atelier ein. Es war ein kleines fensterloses Gebäude hinten im Garten, das früher wohl als Garage gedient und das er sich als Fotolabor eingerichtet hatte. Dort entwickelte er seine Fotos und machte Abzüge.

Besonders erstaunten mich in seinem Atelier die an die Wände gehefteten Fotos seiner Frau. Es waren schon ältere Fotos, sie wirkte darauf noch sehr jung. Sie war nackt, mit Blüten in ihrem blonden Haar, oder im Badeanzug am Strand. Das war in einem anderen Land, auf einer fernen Insel, man sah Palmen, den weißen Sand, das türkisfarbene Meer. Er nannte mir den Namen, ich meine, es sei Manureva oder so ähnlich gewesen. An der Wand hing auch ein seltsames, mit Kupfernägeln verziertes Ding aus schwarzem Leder, das ich zunächst für eine Waffe hielt, eine Art Schleuder oder einen Maulkorb. Als ich die Fotos betrachtete, stellte ich erstaunt fest, dass es Madame Delahayes Tanga war, den ihr Mann wie eine Trophäe dort hingehängt hatte.

Ich war den Anblick nackter Frauen gewohnt, wenn ich mit Tagadirt im Dampfbad war oder wenn Aïcha oder Fatima durchs Zimmer gingen. Und trotzdem schämte ich mich beim Anblick dieser Fotos, auf denen Madame Delahaye nichts anhatte. Auf einem Schwarzweißfoto lag sie ganz nackt auf einer Terrasse in der

Sonne, und auf ihrem Unterleib hob sich ihre Scham wie ein großer, dreieckiger schwarzer Fleck ab, der im Kontrast zu ihrer Haarfarbe stand. Monsieur Delahaye beobachtete mich hinter seinen Brillengläsern mit einem leichten Lächeln. Ich nahm an, dass er mich auch damit auf die Probe stellen wollte, und verbarg meine Verlegenheit. Ich hatte ein solches Bedürfnis, ihnen zu gefallen.

Ich bin mehrmals in das Atelier zurückgekehrt. Monsieur Delahaye erklärte mir die Technik des Entwickelns, zeigte mir die Säurebäder und wie man die Abzüge mit einer Zange ergreift und sie an einer Leine zum Trocknen aufhängt. Es machte mir Spaß, die Gesichter in den Schalen sichtbar werden zu lassen, zuzusehen, wie sie sich langsam immer schwärzer färbten. Es waren Frauengesichter, Kinder, Straßenszenen. Und auch Mädchen in seltsamen Posen, mit aufgeknöpften Kleidern, die von den Schultern herabhingen, und zerzausten Haaren.

Monsieur Delahaye sagte zu mir, ich sei intelligent und für die Fotografie begabt. Er erzählte Madame Delahaye ganz begeistert von mir, sagte, man müsse mich in einem Fotolabor ausbilden lassen, ich könne das zu meinem Beruf machen. Ich betrachtete diese äußerst vornehme Frau und versuchte dabei, nicht an das mit Nägeln verzierte Stück Leder, das im Atelier an der Wand hing, zu denken. Ich sagte mir, das sei unwichtig, sie hatten es wohl dort vergessen, so wie man im Vorübergehen einen Hut an einen Nagel hängt.

Eines Nachmittags, es war zu Beginn des Sommers, und draußen war es sehr heiß, ging ich wie gewöhnlich, nachdem ich meine Arbeit erledigt hatte, ins Labor, um dort ein paar Abzüge zu machen. Monsieur Delahaye war in Hemdsärmeln, hatte seine Jacke auf einen Bügel gehängt. Er hatte die rote Lampe nicht angeknipst. Er sagte zu mir: »Heute möchte ich dich gern fotografieren.« Er blickte mich seltsam an. Er hatte das gesagt, als sei das eine besprochene Sache. Ich wollte nicht fotografiert werden. Ich habe das nie gemocht. Ich erinnere mich, dass Lalla Asma gesagt hatte, es sei nicht gut, sich fotografieren zu lassen, es nutze das Gesicht ab.

Zugleich fühlte ich mich ziemlich geschmeichelt, dass ein Mann wie Monsieur Delahaye Lust hatte, ein kleines schwarzes Mädchen wie mich zu fotografieren.

Er knipste die Klemmlampen an, stellte einen Hocker vor ein großes weißes Laken, das mit Nägeln an der Wand befestigt war. Alle Vorbereitungen waren getroffen, er muss die Sache wohl schon seit langem geplant haben. Sein Gesicht wirkte ernst und konzentriert, seine Stirn glänzte von der Hitze der Lampen vor Schweiß. Er forderte mich auf, mich schön aufrecht auf den Hocker zu setzen.

Dann begann er mit einem auf einem Stativ befestigten Apparat, an dem ein rotes Lämpchen leuchtete, Fotos zu machen. Ich hörte das Klicken des Verschlusses. Ich glaubte auch das Geräusch seiner Atemzüge zu hören, sein asthmatisches Rasseln. Es war seltsam. Ich hatte überhaupt keine Angst vor ihm, und zugleich spürte ich, wie mein Herz ganz heftig klopfte, als täte ich etwas Verbotenes, Gefährliches.

Er hielt inne. Er fand, dass meine Frisur nicht in Ordnung war. Oder besser gesagt, er fand, dass mein Haar nicht zerzaust genug war. Er bat mich, das Band abzunehmen, das Zohra mich zu tragen zwang, besprühte mein Haar mit kaltem Wasser und bauschte es dann mit einem Föhn der Marke Babyliss auf. Ich spürte den heißen Luftstrom im Nacken und zugleich das kalte Wasser, das mir am Hals entlangrann und mein Kleid nass machte. Jetzt war Monsieur Delahaye wirklich seltsam, er glich Abel, als dieser mich im Waschhaus in Lalla Asmas Hof in die Enge getrieben hatte. Er schwitzte, hatte einen glänzenden, unsteten Blick, und das Weiß in seinen Augen war leicht rötlich gefärbt. Ich dachte daran, dass seine Frau jeden Augenblick hereinkommen konnte und ihn das möglicherweise beunruhigte. Irgendwann ging er zur Tür, blickte nach draußen und drehte den Schlüssel um. Es war merkwürdig, dass alle, von Madame Jamila bis hin zu Mademoiselle Rose und Zohra, mich einschließen wollten. Von diesem Augenblick an fühlte ich mich nicht gut. Mein Herz klopfte zu schnell, und ich spürte, wie mir Angstschweiß auf den Seiten und im Rücken prickelte.

Monsieur Delahaye machte wieder Aufnahmen. Er sagte etwas zu mir über mein Kleid, dass es mir nicht stehe, dass es zu nass sei. Er wolle etwas, das zu meinem Gesicht passe, etwas Wilderes, Barbarischeres, Animalischeres. Er hatte mein Kleid aufgeknöpft, den Ausschnitt vergrößert. Ich spürte seine Hände im Nacken, auf meinen Schultern. Ich spürte seinen Atem, rückte zur Seite, und er schob meinen Oberkörper hin und her, als suche er eine Bewegung, eine Pose. In meinen Augen muss wohl Wut zu sehen gewesen sein, denn er wich zurück, machte eine Reihe von Fotos und sagte immer wieder: »So ist das wunderbar, du bist wunderbar!« Ab und zu stellte er sich hinter mich, knöpfte noch einen Knopf auf und schob das Kleid noch ein wenig weiter von meinen Schultern. Aber er berührte mich kaum mehr, ich spürte nur seinen Atem im Nacken.

Irgendwann ertrug ich es nicht mehr. Mir war übel. Ich sprang auf und rannte, ohne mein Kleid in Ordnung zu bringen, zur Tür. Da der Schlüssel nicht im Schloss steckte, wandte ich mich um. Monsieur Delahaye stand hinter seinem Fotoapparat und schien nachzudenken. Auf seinem Gesicht lag ein seltsamer Ausdruck, als leide er sehr. Ich weiß nicht mehr, was ich mit wütender Stimme gesagt habe, wahrscheinlich, »Wenn Sie mich nicht rauslassen, schreie ich«. Er schloss die Tür auf. Er wich zurück, als sei ich ein Skorpion, und sagte: »Was hast du denn? Was habe ich denn getan? Ich wollte dir keine Angst einflößen, ich wollte nur ein paar Aufnahmen von dir machen.« Ich habe nicht zugehört und bin weggerannt. Ich habe das Haus verlassen, ohne Madame Delahaye auf Wiedersehen zu sagen. Mein Herz pochte schnell, ich spürte ein Brennen auf Wangen und Hals, da, wo mich dieser Mann mit den Fingerspitzen berührt hatte.

Ich kehrte schließlich in Zohras Haus zurück. Es war niemand da. Ich wartete auf dem Treppenabsatz, bis sie zurückkam. Seltsamerweise schlug sie mich nicht und stellte auch keine Fragen. Ich bin einfach nicht mehr zu den Delahayes zurückgekehrt. Ich glaube, an diesem Tag habe ich beschlossen, wegzugehen, so weit wie möglich, ans Ende der Welt, und nie zurückzukommen. Zu jener Zeit hatte Zohra wohl auch beschlossen, mich zu verloben.

Ich begriff nicht sogleich, dass sie diesen Plan geschmiedet hatte, aber ich bemerkte, dass Zohra freundlicher zu mir war, seit ich nicht mehr zu den Delahayes ging. Sie schloss mich weiterhin in der Wohnung ein, aber sie schlug mich nicht mehr. Sie gab mir sogar mehr zu essen, und außer dem üblichen Gericht, das ich mit dem Chin-Hündchen teilte, bekam ich ab und zu etwas Obst, eine Banane, einen Apfel oder gefüllte Datteln. Eines Tages gab sie mir sogar ganz feierlich das Kästchen mit den Ohrringen, den Mondsicheln, die den Namen meines Stammes tragen und die die Kindesräuber mir gelassen hatten, als sie mich an Lalla Asma verkauft hatten. »Die gehören dir. Ich habe sie für dich aufbewahrt, damit du sie nicht verlierst. Das hat meine Mutter so gewollt, wie sollte ich mich ihrem Willen widersetzen?« Ich habe mich immer gefragt, warum sie das wohl tat. Ich konnte es mir nicht anders erklären, als dass Lalla Asma ihr im Traum erschienen war und ihr befohlen hatte, es zu tun. Denn Zohras Aberglaube war ebenso ausgeprägt wie ihre Boshaftigkeit.

Madame Delahaye war mehrmals gekommen, um nach mir zu fragen. Aber Zohra wollte nicht, dass ich sie sah, und mir war das im Übrigen sehr recht. Ich hatte plötzlich eine Abneigung gegen Menschen entwickelt, die so schön und feinsinnig waren, sich aber mit Tangas aus Leder, seltsamen Fotos und ähnlichen Dingen abgaben.

Und außerdem war da noch dieser Mann, der jetzt ins Haus kam.

Er war noch relativ jung und von Beruf Bankangestellter oder irgend so etwas. Er war sehr zeremoniell. Zohra muss ihm wohl gesagt haben, dass ich ziemlich schlecht Arabisch sprach, daher richtete er sich in einem altertümlichen, feierlichen Französisch an mich, das mich zum Lachen reizte. Zohra lud ihn ins Wohnzimmer zu einem Tee ein und brachte einen Aschenbecher mit, damit er die Zigarettenasche nicht auf den Teppich fallen ließ. Er hielt seine Zigarette senkrecht wie einen Bleistift und wirkte unbeholfen und aufrichtig.

Wenn Zohra seinen Besuch erwartete, musste ich das blaue Kleid mit dem Spitzenkragen anziehen, das Monsieur Delahaye nicht mochte und das ich hatte ausziehen sollen, als er die Fotos machte. Ich brachte das

Tablett mit den kleinen goldverzierten Gläsern und der Zuckerdose ins Zimmer, und Monsieur Jamah (den ich sogleich Monsieur Nie und Nimmer getauft hatte) blickte mich mit sanften Augen an. Sein feines, weißes Gesicht zeigte eine starke Erregung, und wenn ich mich ihm gegenüber auf die Kissen setzte, überraschte ich ihn manchmal dabei, wie er einen raschen Blick über meine Beine schweifen ließ. So ging das mehrere Monate, und mir machten diese Begegnungen schließlich sogar Spaß. Ich gab mich kokett und spielte ab und zu mit Andeutungen, um ihn aufzureizen. Währenddessen wurde Abel eifersüchtig und gemein, und auch das war für mich ein Spiel, eine Gelegenheit, mich für all das an ihm zu rächen, was er mir früher angetan hatte. Ihm gegenüber tat ich so, als freute ich mich über die angekündigte Verlobung. Wenn er da war, fragte ich Zohra nach Monsieur Jamah aus, erkundigte mich nach seinem Vermögen, seinem Haus, der Stellung seiner Brüder und so weiter.

Eines Tages warf mir Abel im Vorübergehen einen giftigen Blick zu und sagte: »Du bleibst sowieso nicht mehr lange hier.« Dann kündigte er mir an, dass die Vorstellung, die der Verlobung vorausging, im Oktober stattfinden solle, und fügte hinzu: »Da du Hotels ja so gern magst, findet es in einem Hotel am Meer statt. Der Saal ist schon gemietet.«

Ich packte meine Sachen absichtlich nicht, um die beiden nicht misstrauisch zu machen. Ich verbarg all meine Ersparnisse in meinen Kleidern, all das Geld, das ich gestohlen oder mir bei den Delahayes mit meiner Arbeit verdient hatte und das hinter einer Fußleiste in dem Zimmer, in dem ich schlief, versteckt war. Ich tat die Münzen in die Tasche und nähte die Scheine in meine Bluse ein, direkt vor dem Bauch. Die Hilal-Ohrringe steckte ich von innen an mein Haarband.

Dann wartete ich, bis Zohra vom Einkaufen zurückkam, und ließ durch das Fenster in der Waschküche ein Wäschestück in den Hof fallen. Ich sagte zu Zohra, ich würde es holen. Mir klopfte das Herz, ich wollte nicht, dass sie am Klang meiner Stimme etwas merkte. Nachmittags war Zohra schläfrig. Sie zögerte erst, aber sie war zu müde. Sie gab mir den Schlüssel und sagte: »Nutz es nicht aus, um dich draußen herumzutreiben!«

Ich konnte es kaum fassen, so einfach war es also.

»Nein, Tante Zohra, ich komme gleich wieder.«

Sie gähnte.

»Zieh die Tür hinter dir zu. Und wasch alles noch einmal.«

Ich ging auf den Treppenflur. Um mich zu rächen, nahm ich den Hund mit und schloss die Tür zweimal ab. Abel hatte den zweiten Schlüssel, aber ich wusste, dass er nicht vor Beginn des Abends heimkommen würde.

Unten vor dem Haus verscheuchte ich das Chin-Hündchen mit einem Fußtritt und warf den Schlüssel in die Mülltonne. Ich stopfte ihn tief in die Abfälle hinein, um sicher zu sein, dass niemand ihn wieder fand. Dann ging ich ohne Eile durch die menschenleeren Straßen, die in der Sonne lagen.

5

Mein erster Gedanke galt, wie Sie sich vorstellen können, dem Fondaco, ich wollte unverzüglich Madame Jamila und die Prinzessinnen besuchen. Es war schon fast ein Jahr her, dass mich die Polizei auf Drängen von Zohra und Abel festgenommen hatte. Doch als ich vor dem Fondaco stand, erkannte ich nichts wieder. Es war, als hätte es ein Erdbeben gegeben. Die hohe Einfassungsmauer und das Tor mit den zwei Flügeln waren verschwunden, und dort, wo der Hof gewesen war, in dem die fliegenden Händler Halt gemacht hatten, war der Boden asphaltiert und ein Parkplatz für die Autos und Lieferwagen angelegt worden, die zum Markt wollten. Die Räume im Erdgeschoss waren zugemauert oder mit eisernen Rollläden fest verschlossen. Nur das Obergeschoss war noch fast unverändert, bis auf die Tatsache, dass es unbewohnt, verfallen und verlassen wirkte. Der Putz fiel von der Fassade, die Fensterläden waren zerbrochen. Unter der Decke der Galerie hatten sogar ein paar Schwalben ihre Nester gebaut. Ich begriff überhaupt nichts, ich war niedergeschmettert. Ich hatte den Eindruck, verraten worden zu sein.

An der Einfahrt zum Parkplatz saß ein Wärter. Ein großer, hagerer Mann mit einem braun gebrannten Gesicht wie ein Soldat, in einem langen grauen Kittel und mit einem locker gebundenen Turban auf dem Kopf. Im Hof hinter ihm waren kleine, mit Eimern ausgerüstete Jungen damit beschäftigt, die Scheiben der Autos mit Seifenwasser und einem alten Lappen zu reinigen. Der

Wärter betrachtete mich zunächst mit misstrauischer Miene. Ich wagte ihm keine Fragen zu stellen. Vielleicht würde er mich bei der Polizei anzeigen. Doch was wusste er schon? Der Gedanke, schuld daran zu sein, dass es den Fondaco nicht mehr gab, brachte mich zur Verzweiflung. Der Besitzer hatte seine Drohung wahr gemacht, hatte Madame Jamila und die Prinzessinnen wegen unmoralischen Lebenswandels ausweisen lassen und das Haus an eine Bank verkauft.

Der alte Rommana, der Händler, bei dem ich immer amerikanische Zigaretten für Tagadirt gekauft hatte, erzählte es mir schließlich. Madame Jamila war festgenommen und ins Gefängnis gesteckt worden, und alle Prinzessinnen waren weggegangen, aber er wusste, dass Tagadirt auf die andere Seite des Flusses in ein *douar* gezogen war, ein Barackendorf, das Tabriket hieß. Houriya lebte bei ihr. Ich kaufte ein paar Zigaretten für sie, vor allem in Erinnerung an frühere Zeiten. Aber ich durfte hier nicht länger bleiben. Zohra würde sicher als Erstes in der Nähe des Fondacos nach mir suchen.

Ich nahm die Fähre. Es war spät am Nachmittag, die Flussmündung wirkte riesig. Von Möwenschwärmen umgeben, kehrten die ersten Fischerboote mit der Flut zurück. Die Silhouette der Stadt verschwand im Dunst. Das Ufer auf der anderen Seite lag schon im Schatten, hier und dort glitzerten Lichter. Zum ersten Mal hatte ich das Gefühl, frei zu sein. Nichts hielt mich mehr zurück, ich ging der Zukunft entgegen. Ich hatte keine Angst mehr vor der gleißenden Straße und dem Schrei des Vogels, nie wieder würde mich jemand in einen Sack stecken und schlagen. Meine Kindheit blieb am anderen Ufer dieses Flusses zurück.

Ich hatte Mühe, Tagadirts Haus zu finden. Das Douar Tabriket lag weit vom Fluss entfernt, in einem hoch gelegenen Gelände und von einer großen Straße begrenzt, auf der Lastwagen fuhren. Es war ein sehr ärmliches Dorf aus lauter Holzhütten, die mit Wellblech oder mit von Steinen beschwerten Eternitplatten gedeckt waren. Alle Straßen glichen sich, schnurgerade Sandwege, von denen wirbelnd der Staub aufstieg. Von der großen Straße erhob sich eine noch größere rötliche Staubwolke, die sich über die Stadt legte.

Ich ging aufs Geratewohl durch die Gassen. Mit meiner dichten Mähne und meinem zerlumpten Kleid brachte ich die Hunde zum Bellen. Vor einem Wasserhahn stand eine Gruppe von Frauen und Kindern, die Plastikkanister füllten. Jungen fuhren mit Fahrrädern durch die Straßen und balancierten Wasserkanister oder Feuerholz auf dem Lenker. Eine Frau zeigte mir Tagadirts Haus. Sie begleitete mich ein Stück, während sich ihr Kanister ohne ihr Zutun unter dem dünnen Wasserstrahl füllte. Am Ende einer Straße zeigte sie mir ein kleines, grün gestrichenes Haus. Dort war es.

Ich hatte Herzklopfen, denn ich wusste nicht, wie Tagadirt und Houriya mich, nach dem, was geschehen war, empfangen würden. Ich dachte, dass sie mich vielleicht nicht sehen wollten und mit Steinen nach mir werfen würden.

Ich brauchte nicht an die Tür zu klopfen. Jemand hatte sie wohl schon benachrichtigt, denn Houriya kam in dem Augenblick heraus, als ich eintraf. Sie nahm mich in die Arme, drückte mich fest an sich und sagte immer wieder: »Laïla, Laïla!« Sie hatte Tränen in den Augen. Sie hatte sich verändert. Sie war blasser geworden, fast fahl, und hatte dunkle Ringe um die Augen. Ihr Kleid war mit Schlamm beschmutzt, und ihre nackten

Füße steckten in Plastiksandalen, deren Laschen sie nicht zugemacht hatte.

Ich hörte Tagadirts tiefe Stimme aus dem Hof. Unter einer Art Wetterdach aus gewelltem grünen Plastik, wie man sie in Gärten sieht, befand sich eine offene Feuerstelle. Tagadirt kam herbei, auch sie war ganz in Grün. Sie hatte sich kaum verändert. Die Fältchen in den Augenwinkeln und auf beiden Seiten des Mundes, die ich so gern mochte, waren etwas tiefer geworden. Ich bemerkte, dass sie leicht hinkte. Eines ihrer Beine war verbunden.

Wir umarmten uns. Ich freute mich, sie wieder zu sehen und ihren Geruch einatmen zu können. Ich hatte das Gefühl, nach langen Jahren der Abwesenheit Verwandte wieder zu sehen, meine Familie. Tagadirt kochte einen Tee mit dem berühmten *gun-powder*, den sie so liebte, und mit Minze, die in Blumentöpfen neben der Küche wuchs. Ich hatte so viele Fragen an sie, dass ich nicht wusste, wo ich beginnen sollte. Houriya erzählte mir von Madame Jamila. Nach einem kurzen Gefängnisaufenthalt war sie in eine andere Stadt gezogen. Vielleicht war sie nach Melilla oder nach Frankreich gegangen. Die Prinzessinnen hatten sich getrennt. Zoubeïda und Fatima hatten geheiratet, Selima war mit ihrem Erdkundelehrer zusammengezogen, und Aïcha war im Handel tätig. Der Fondaco war lange verschlossen geblieben, und dann hatte man die Mauer abgerissen. Als ich sagte, dass das alles meine Schuld sei, weil man mich festgenommen hatte, beruhigte mich die alte Tagadirt und sagte: »Das musste so kommen. Madame Jamila hatte schon seit langem keine Miete mehr bezahlt und die Händler auch nicht. Es war ein Haus für alle, das musste so enden.« Das tröstete mich, doch zugleich war ich überzeugt, dass

Zohras Gemeinheit an allem schuld war. Sie war mein böser Geist.

Ich zeigte auf Tagadirts Bein und fragte: »Was ist damit?«

Sie zuckte die Achseln, als passte ihr meine Frage nicht.

»Ach nichts, ich glaube, ich bin von einer Spinne gebissen worden.«

Doch ein wenig später sagte mir Houriya die Wahrheit: Tagadirt hatte Zucker. Der Arzt im Krankenhaus hatte ihr Bein untersucht und im Vertrauen zu Houriya gesagt: »Sie ist sehr krank, ihr Bein ist brandig und muss amputiert werden.« Aber Houriya hatte es ihr nicht sagen wollen. »Sie glaubt immer noch, es sei ein Spinnenbiss, und sie macht Breiumschläge aus zerstampften Blättern, sie sagt, es ginge ihr schon besser, aber sie hat nur deshalb keine Schmerzen mehr, weil ihr Bein allmählich abstirbt.« Das war furchtbar, aber andererseits war es vielleicht besser, dass sie die Wahrheit nicht erfuhr, denn sie war unheilbar krank.

Das Leben im Douar Tabriket war nicht einfach, vor allem für mich nicht, da ich nie richtig in Armut gelebt hatte. Selbst bei Zohra hatte ich jeden Tag etwas zu essen bekommen, und es gab fließendes Wasser und elektrisches Licht. Hier in Tabriket hatten wir ständig Hunger, und uns fehlten selbst die einfachsten Dinge, etwa, dass man sich jeden Tag waschen kann oder dass man Feuerholz hat, um Wasser für den Tee heiß zu machen. Kinder verkauften uns Brennholz, das sie aus weiter Ferne holten, aus den Hügeln jenseits der Straße. Kleine zerlumpte Mädchen schleppten auf dem Rücken mit einem Seil zusammengebundene Reisigbündel, die größer waren als sie selbst.

Dabei war unser Haus bei weitem nicht das ärmste.

Tagadirt war stolz darauf, denn ihr Sohn Issa hatte es ganz allein aus Zementsteinen errichtet, die er Stück für Stück herbeigeschafft hatte. Issa war Maurer, er arbeitete in Deutschland. In dem Raum, der als Wohnzimmer diente, hatte Tagadirt sein Foto aufgestellt, ein großes, leicht fleckiges Foto. Er glich ihr, hatte dieselben leichten Schlitzaugen wie ein Chinese.

Tagadirt hatte darauf bestanden, das Haus grün zu streichen. Es war ihre Farbe. Sie hatte die Blumentöpfe grün gestrichen, in denen sie Minze und Salbei zog, die Stühle und den niedrigen Tisch, und sie hatte sogar eine türkisgrüne englische Teekanne mit einem Henkel aus Peddigrohr und einem Deckel mit einem kugelrunden Knauf.

Das Haus war groß genug für uns alle. Es hatte einen Hof aus Lehm, den kleinen Anbau für die Küche, ein Schlafzimmer für Tagadirt und das Wohnzimmer, in dem ich mit Houriya auf Kissen schlief, die auf dem nackten Boden lagen. Es war sogar ein Zimmer für Issa da, mit einem Bett und einem Schrank für ihn, falls er einmal unangemeldet zurückkommen sollte. Tagadirt hatte aus Brettern neben der Küche eine Art Badehaus gezimmert, in dem man sich mit einem Zinkeimer Wasser über den Körper gießen und es in einer Plastikwanne wieder auffangen konnte, um darin die Bettlaken und die große Wäsche zu waschen. Houriya und ich füllten den Eimer am Wasserhahn an der Straße, und wir begossen uns gegenseitig unter lautem Geschrei. Im Douar gab es kein öffentliches Bad, die Leute waren zu arm und das Wasser zu knapp. Aber mit Tagadirts Badehaus und dem dazugehörigen Zinkeimer lebten wir geradezu im Luxus.

Seit Tagadirt das Bein wehtat, arbeitete sie nicht mehr. Houriya hatte Tagadirts Arbeit übernommen. Sie nähte und bügelte in einer Wäscherei, die für die Hotels arbeitete. Sie verließ jeden Morgen kurz vor sechs das Haus und fuhr mit dem Boot des Fährmanns in die Stadt. »Kannst du nicht auch für mich eine Arbeit finden?«, hatte ich Houriya gebeten. Doch sie hatte den Kopf geschüttelt: »Das ist nichts für dich. Du musst etwas anderes machen, du musst zur Schule gehen.« Sie kaufte mir Lehrbücher für Französisch, Spanisch, Englisch und Schulhefte. Tagadirt war der gleichen Meinung. »Du sollst es nicht einmal so haben wie wir. Aus dir muss etwas werden, ein *taleb*, ein Doktor. Keine *khedima* wie wir.« Ich wusste nicht, warum sie das sagten. Es war das erste Mal, dass man mich nicht mit jemandem verheiraten wollte. Es war das erste Mal, dass man in mir etwas anderes sah als ein Mädchen für alles, für alles und nichts, ein Dienstmädchen, das höchstens dazu taugte, für den eigenen Mann zu kochen. Das rührte mich zu Tränen, das muss ich sagen, sie waren wirklich meine lieben Prinzessinnen, ich umarmte sie.

Aber ich konnte nicht zu Hause bleiben, um meine Lektionen zu lernen. Das ging über meine Kräfte. Und so nahm ich meine Bücher, die ich mit einem Gummiband zusammenhielt, wie es die Kinder tun, die zur Schule gehen, und suchte mir ein Plätzchen, um in Ruhe zu lesen.

Da es ein sehr schöner Oktober war, ging ich anfangs auf den großen Friedhof über dem Meer, von dem man so gut den Horizont sieht, und verbrachte den Vormittag damit, inmitten der Gräber zu lesen. Manchmal schwebten Seevögel unbeweglich in einer Luftströmung vor mir. Oder es kamen niedliche rotbraune Eichhörnchen aus den Erdhügeln und betrachteten mich frech. Aber seit mir die Sache mit dem alten Hundesohn passiert war, fühlte ich mich dort nicht mehr sicher. Ich hatte Angst, dass er aus Rache die Polizei benachrichtigen könnte. Und daher hielt ich nach einem anderen Plätzchen Ausschau und fand eine städtische Bibliothek in der Nähe des archäologischen Museums. Es war eine kleine Bibliothek, in der sich nur ein paar große Lesetische und sehr schwere alte Stühle befanden. Sie war jeden Tag außer sonntags und montags geöffnet, und abgesehen von den Schülern, die nach dem Unterricht kamen, um ihre Hausaufgaben zu machen, war fast nie jemand da. Ich konnte dort monatelang alle Bücher lesen, die ich lesen wollte, aufs Geratewohl, ohne bestimmte Reihenfolge, wie es mir gerade einfiel. Ich las Bücher über Erdkunde, Zoologie und vor allem Romane, *Nana* und *Germinal* von Zola, *Madame Bovary* und *Drei Erzählungen* von Flaubert, *Die Elenden* von Victor Hugo, *Ein Leben* von Maupassant, *Der Fremde* und *Die Pest* von Camus, *Der Letzte der Gerechten* von André Schwarz-Bart, *Das Recht auf Gewalt* von Yamba Ouologuem, *Sohn ihres Vaters* von Ben Jelloun, *Mein Freund Pierrot* von Queneau, *Der Clan Morembert* von Exbrayat, *Die Möweninsel* von Bachellerie, *Aufs Geratewohl* von Vincenot, *Das Ende der Welt* von Cendrars. Ich las auch Übersetzungen, *Onkel Toms Hütte*, *Jalna Saga*, *Lauter reizende alte Damen*, *Fromme Unschuld* oder *Erste Liebe* von Turgenjew, den ich besonders mochte. Draußen war es noch heiß, und in der Bibliothek war es schön ruhig und kühl, ich hatte das Gefühl, dass mich niemand dort suchen würde. In der Bibliothek lernte ich Monsieur Rouchdi kennen, der Französischlehrer am Gymnasium gewesen war. Wenn ich vom Lesen müde war, ging ich nach draußen und setzte mich auf eine kleine Mauer im staubigen Garten vor der Bibliothek, und Monsieur Rouchdi kam, um eine Zigarette zu rauchen und mit mir zu plaudern. Er hatte mir keine Fragen gestellt, aber ich glaube, er wunderte sich, warum ich so viele Bücher las. Er hatte mir ein paar Ratschläge gegeben, mir gesagt, was ich als Erstes lesen sollte, und mir von den großen Autoren erzählt, von Voltaire, von Diderot und auch von modernen Autoren wie Colette, von Rimbauds Gedichten, die ich nicht verstand, aber schön fand. Monsieur Rouchdi war arm, aber elegant in seinem immer gut gebügelten, braunen dreiteiligen Anzug, dem weißen Hemd und der dunkelblauen Krawatte. Er rauchte viel zu viel, sein grauer Schnurrbart war vom Tabak gelb geworden, aber ich mochte die Art, wie er die Zigarette hielt, zwischen Daumen und Zeigefinger, als zeige er mit einem Lineal auf etwas.

Wenn es allmählich dunkel wurde, kehrte ich ins Douar Tabriket zurück. Während das Boot des Fährmanns über das dunkle Wasser der Flussmündung glitt, rauschte mir noch der Kopf von all den Worten, die ich gelesen hatte, von den Romanfiguren, von den Abenteuern, die ich erlebt hatte. Anschließend ging ich durch die Straßen des Lagers, als käme ich aus einer anderen Welt. Tagadirt hatte eine Suppe gekocht und *boukri*-Datteln gekauft, die hart und trocken waren wie Kandiszucker, sie hatte in ihrem Backofen aus Ziegelsteinen, der mit einer Blechplatte verschlossen wurde, ein Fladenbrot gebacken, und es kam mir vor, als hätte ich nie etwas Köstlicheres gegessen und nie ein sorgloseres Leben geführt. Ich hatte Zohra und alles, was vorher passiert war, vergessen.

Houriya kehrte erst nach Einbruch der Dunkelheit heim, völlig erschöpft, die Wangen vom Dampf der Bügeleisen verbrannt, die Augen gerötet vom vielen Nähen. Sie stöhnte leicht, dann trank sie mehrere Gläser Tee und legte sich ins Bett. Aber sie schlief nicht. Wir unterhielten uns in der Nacht wie früher im Fondaco. Das heißt, ich sprach die ganze Zeit, weil ich nicht hörte, was sie zu mir sagte, und ich konnte nichts von ihren Lippen ablesen.

Samstagabends ging sie manchmal aus. Sie wurde mit dem Auto abgeholt. Aber sie wollte nicht, dass ihre Freunde erfuhren, wo sie wohnte. Sie wartete unter einer kümmerlichen Akazie am Eingang des Douar. In einer Staubwolke fuhr sie im Wagen davon, gefolgt von Kindern, die ihnen Steine nachwarfen.

Eines Abends, als Tagadirt gerade draußen beschäftigt war, flüsterte mir Houriya in mein gesundes Ohr, was sie zu tun plante: Sobald sie genug Geld gespart hatte, würde sie mit dem Schiff nach Spanien und von dort aus nach Frankreich fahren. Sie zeigte mir ihre Ersparnisse, mehrere zusammengerollte, mit einem Gummiband zusammengehaltene Dollarbündel, die sie in einem Reisenecessaire unter den Kissen versteckte. Sie sagte mir, dass ihr nur noch wenige Bündel fehlten, um die Reise und den Fluchthelfer zu bezahlen. Sie redete ganz leise, mit fiebriger Stimme, als sei sie betrunken. Mir schnürte es das Herz zusammen, als ich all das Geld sah, denn das bedeutete, dass Houriya bald nicht mehr da sein würde.

»Was hast du?« Sie ärgerte sich über mich, weil ich eine Grimasse zog, als würde ich gleich in Tränen ausbrechen. »Was soll nur aus mir werden, wenn du weggehst? Ich will nicht mit Tagadirt hier bleiben.« Sie drückte mich an sich. Sie versuchte, mich mit liebevollen Worten zu trösten, aber ich merkte genau, dass sie fest entschlossen war. Im Herzen war sie schon nicht mehr bei uns.

Sie war sehr selbstsicher, obwohl sie wie ein Püppchen wirkte. Houriya war sehr schmächtig, hatte kleine

Hände, und ihr Gesicht mit der gewölbten Stirn hatte den bockigen Ausdruck eines Kindes behalten. Sie hatte beschlossen, alldem hier zu entkommen, den staubigen Gassen, dieser Straße voller dröhnender Lastwagen, den Eternitdächern, auf die der Regen dröhnend wie ein Sturzbach niederprasselte und die von der Sonne wie glühendes Eisen erhitzt wurden. Den Mauern, die nach Urin und Schimmel rochen, den Brunnen, deren Wasser schwarz und vergiftet war, den nackten Kindern, die auf Abfallhaufen spielten, den kleinen Mädchen, die mit rußverschmierten Gesichtern unter der Last der Reisigbündel gebeugt gingen wie alte Frauen. Alles, was sie an ihre Kindheit erinnerte, das Elend auf dem Land, wo selbst das Wasser, das man trinkt, nach Armut schmeckt. Und vor allem wollte sie den Festen mit den Herren aus den besseren Kreisen in ihren schwarzen Limousinen mit getönten Scheiben entfliehen, Festen, auf denen man fröhlich, lachend und glücklich wirken musste, weil das Unglück niemandem gefällt. Und nicht zuletzt wollte sie den Abgesandten dieses brutalen Mannes entfliehen, der glaubte, er könne über ihren Körper verfügen, sie foltern, nur weil man sie mit ihm verheiratet hatte.

Eines Abends kam sie betrunken nach Hause, ihr Blick war wirr, fast wahnsinnig, sie flößte mir Angst ein. Im Licht der Petroleumlampe sah ich, wie sie die Kissen durchsuchte, sie zählte ihre Bündel geschmuggelter Dollar. Sie merkte, dass ich nicht schlief, dass ich sie beobachtete. Sie näherte sich mir. »Du wirst mich nicht daran hindern, wegzugehen, weder du noch sonst jemand!« Ich sah sie unverwandt an, ohne etwas zu erwidern. »Ich bringe dich um, ich bringe dich um, wenn du es versuchst, ich bringe mich um, wenn ich hier bleiben muss.« Das sagte sie und hielt sich das kleine Messer an die Kehle, das sie immer bei sich hatte, um sich gegen die *alcahuetes* zu verteidigen.

Danach sprach sie nie wieder darüber, und auch ich erwähnte die Sache nie mehr. Ich war sicher, dass sie fortgehen würde, dass sie einen Fluchthelfer getroffen hatte. Da kam ich auf den Gedanken, selbst wegzugehen. Übers Meer zu fahren, nach Spanien, nach Frankreich, nach Deutschland, sogar nach Belgien. Sogar nach Amerika.

Aber ich war noch nicht genügend vorbereitet. Wenn ich wegging, musste das für immer sein, um nie wiederzukommen. Ich dachte Tag und Nacht daran. Ich lief durch die Straßen des Douar Tabriket, aber ich war schon nicht mehr richtig da. Ich sprang über die Gräben, die Schlammpfützen, machte einen Bogen um die Scharen von Kindern oder füllte am Ende der Hauptstraße die Plastikkanister am Wasserhahn, aber ich tat das alles wie im Traum.

Ich begann Atlanten zu studieren, um mich über die Reiserouten, die Namen der Städte, der Häfen zu informieren. Ich belegte Englischkurse beim U.S.I.S., Deutschkurse am Goethe Institut. Selbstverständlich waren Gebühren zu bezahlen und alle möglichen Genehmigungen und Nachweise nötig. Aber ich zog mein besagtes blaues Kleid mit dem weißen Kragen an, das ich mit Litze etwas verlängert und dessen Knöpfe ich versetzt hatte, streifte ein schneeweißes Haarband über meine rötliche Mähne und erzählte ihnen meine Geschichte: dass ich Waise sei, mittellos, auf einem Ohr fast taub und dass ich zu allem bereit sei, um etwas zu lernen und zu reisen, damit etwas aus mir würde. Ich sei bereit, mir das Geld zu verdienen, indem ich als Putzhilfe arbeitete, Umschläge adressierte oder Bücher in der Bibliothek sortierte, egal was. Im amerikanischen Kulturinstitut war die Sekretärin, eine füllige Schwarze, gleich von mir angetan. Als ich das erste Mal ihr Büro betrat, rief sie: »Mein Gott, was haben Sie für schönes Haar!« Sie strich mir mit der Hand über meine struppigen Locken, die sich von dem elastischen Haarband nicht bezwingen ließen, und sie schrieb mich ein, ohne mir weitere Fragen zu stellen.

Bei den Deutschen geriet ich an Georg Schön, einen großen, hageren jungen Mann mit schütterem, gelocktem blonden Haar und ernsten, traurigen Augen. Er hatte seinen Spaß an mir. Er nahm mich probeweise in seine Klasse auf. Ich konnte Wortlisten und Deklinationen perfekt aufsagen. Ich tat das mit sehr deutlicher Stimme, als verstünde ich, was ich sagte, als handele es sich um Poesie. Herr Schön sagte mir, ich hätte ein außergewöhnlich gutes Gedächtnis. Vielleicht lag das an meinem kranken Ohr.

Abends nahm ich die Lehrbücher mit zu Tagadirt. Ich las im Kerzenschein, machte meine Hausaufgaben. Eines Tages zeigte Herr Schön meine Hausaufgabe der ganzen Klasse. Unten auf der Seite befand sich ein großer Fettfleck.

»Was ist das denn? Haben Sie bei der Arbeit gegessen?«

Die anderen Schüler lachten hämisch.

»Nein, das ist ein Wachsfleck.«

Herr Schön schien nicht zu begreifen.

»Das kommt daher, weil wir zu Hause keinen Strom haben. Ich arbeite bei Kerzenlicht. Soll ich alles noch einmal abschreiben?«

Er blickte mich überrascht an und sagte: »Nein, nein, das ist nicht nötig.«

Aber danach wurde er etwas seltsam. Er sah mich an, als denke er dabei immer noch an den Kerzenfleck auf meiner Hausarbeit. Ich begriff nicht, was ihn so verwirrte. Häufig behielt er mich nach dem Unterricht noch eine Weile da, stellte mir Fragen über den Ort, wo ich wohnte, über die Leute, die dort lebten. Ich begriff nicht, worauf er hinauswollte. Ich hatte Angst, er könnte mich bei der Polizei anzeigen. Er hatte seltsam tränenfeuchte Augen, in denen immer etwas Trauriges lag, und wenn er mit mir sprach, rieb er sich die Hände und spielte mit seinen Fingern. Er erinnerte mich an Monsieur Delahaye, nur dass er freundlicher und sanfter war. Er hatte die gleiche Art, mich schräg anzusehen, wobei er mit den Augen blinzelte. Er sagte, er würde dafür sorgen, dass ich ein Stipendium bekäme, um in Deutschland zu studieren, in Düsseldorf. Das war seine Heimatstadt, er wollte, dass ich ihn dort wieder traf. Er sagte, ich würde bestimmt einmal große Dinge leisten. Ich würde berühmt und reich werden und mein Foto in den Zeitungen wieder finden.

Monsieur Rouchdi verfolgte das alles. Wegen der Deutsch- und Englischkurse kam ich nicht mehr so oft in die Bibliothek, aber wenn ich kam, war er da. Er las hinten im Saal seine Philosophiebücher. Nach einer Weile ging er nach draußen, um eine Zigarette zu rauchen, und ich folgte ihm in den kleinen Garten. Als ich ihm von Monsieur Schön erzählte, zuckte er die Achseln. »Er ist in Sie verliebt, das ist alles.« Er betrachtete mich mit leicht strenger Miene. »Und Sie, Mademoiselle? Sind Sie in ihn verliebt?« Seine Frage brachte mich zum Lachen. »Das müssen Sie selbst entscheiden«, sagte Monsieur Rouchdi. »Sie sind jung, Sie haben das Leben noch vor sich.« Dann riet er mir, *Zenos Bewusstsein* von Italo Svevo zu lesen. »Wer dieses Buch nicht gelesen hat, hat nichts gelesen«, bemerkte er rätselhaft. Dann sprach er in anderem Ton mit mir. Er las mir Gedichte von Schehadé, von Adonis vor. Um ihn zu necken, sagte ich eines Tages zu ihm: »Ich glaube, ich heirate doch Monsieur Schön.« Plötzlich wirkte er völlig niedergeschlagen. Er sagte zu mir: »Davon kann ich Ihnen nur abraten.« Es war meine Eitelkeit, ich war sicher, dass Monsieur Rouchdi in mich verliebt war, und es machte mir Spaß, zuzusehen, wie sich sein Gesicht veränderte, wenn ich ihm von meinen Heiratsplänen erzählte.

Mein strebsames Leben dauerte ganze sechs Monate, bis zum Frühling. Dann beschloss ich, nicht mehr ins Institut zu gehen. Zu Hause gab es Schwierigkeiten, Tagadirt stritt sich ständig mit Houriya, sie warf ihr vor, sie auszunutzen, ihr kein Geld zu geben, und sogar, sie zu bestehlen. Houriya wurde wütend, beschimpfte sie grob, schlug die Tür hinter sich zu und verließ das Haus. Sie verschwand ganze Nächte lang, und ich blieb wach und horchte auf das leiseste Geräusch, als könnte ich ihre Schritte auf der Straße hören.

Und dann war da noch die Sache, die eines Nachmittags im Klassenraum passierte. Ich war wie gewöhnlich nach dem Unterricht dort geblieben, weil es regnete, um Konjugationen zu üben. Monsieur Schön stand hinter mir und prüfte, über meine Schulter blickend, meine Arbeit. Ich trug ein schwarzes, auf dem Rücken ziemlich weit ausgeschnittenes Kleid, das Houriya mir geliehen hatte. Es war das erste Mal, dass ich dieses Kleid trug, weil der Frühling begonnen hatte und ich Pullover und Mantel leid war. Plötzlich beugte sich Monsieur Schön vor und küsste mich auf den Nacken, nur ganz kurz und leicht. Es ging so schnell, dass es mir gar nicht richtig bewusst wurde, es hätte eine Fliege sein können, die sich hinsetzte und wieder wegflog. Aber ich sah Monsieur Schön hinter mir. Er war ganz rot geworden und hechelte, als sei er gerannt. Ich hätte am liebsten so getan, als sei nichts geschehen, ich fand es ein bisschen lächerlich, dabei war das Ganze eher witzig, dieser trübsinnige, kühle Mann, der sich plötzlich wie ein kleiner Junge benahm.

Doch er war zurückgewichen. Er war jetzt ganz blass und sah noch trübsinniger aus. Er blickte mich von fern aus seinen grauen Augen an, als sei ich ein böser Geist. Ich weiß nicht, was er murmelte, habe die Worte nicht verstanden, aber ich begriff, dass ich mich schnell davonmachen musste. Es war unglaublich, ein so großer, bedeutender Mann, ein Deutschlehrer von der Universität Düsseldorf, der sich dazu hinreißen ließ, ein kleines schwarzes Mädchen aus dem Douar Tabriket auf den Nacken zu küssen.

Und so nahm ich meine Hefte und Bücher und flüchtete durch den Nieselregen, der mir durch den besagten Ausschnitt, der auf Monsieur Schön einen solchen Eindruck gemacht hatte, den Rücken herunterrann.

Ein paar Tage später, als ich in der Nähe der Porte du Vent spazieren ging, traf ich zufällig Aline Bossoutrot, die ebenfalls den Deutschkurs besuchte. Sie sagte mir, Monsieur Schön bedauere es sehr, dass ich aufgegeben hätte, und hoffe, dass ich wiederkommen würde, ich sei auf der Liste der Schüler, die er für ein Stipendium in Deutschland vorschlagen wolle. Ich weiß nicht, warum mir dieses Mädchen das alles erzählte. Vielleicht hatte sie ein Verhältnis mit Monsieur Schön, und er hatte sie ins Vertrauen gezogen. Sie wirkte nett und naiv, und ich konnte mir nicht vorstellen, dass er ihr erzählt hatte, was passiert war.

Ich sagte, ja, natürlich, ich würde so bald wie möglich wiederkommen, aber im Augenblick sei ich sehr beschäftigt. Ich wollte sie loswerden, blickte mich nach allen Seiten um und sagte mir, wenn das so weiterging, hätten Zohras Schergen leichtes Spiel, mich zu schnappen. Aline muss wohl meinem Blick etwas angemerkt haben, ein gewisses Misstrauen oder Angst. Sie beugte sich zu mir vor und sagte: »Laïla, stimmt irgendetwas nicht?« Sie war die Tochter eines reichen französischen Händlers, der das Monopol für chinesische Fahrräder in Afrika hatte. Wie sollte sie irgendetwas von meinem Leben verstehen? Ich hatte vor allem Angst, dass ich neben diesem blonden, schicken Mädchen auffallen könnte. Ich sagte, nein, nein, alles ist o.k., und stahl mich davon, ich verschwand in der Menge und machte einen großen Umweg, um zur Fähre zu gelangen.

Nach diesem Zwischenfall überquerte ich nicht mehr den Fluss. Ich fühlte mich auf dieser Seite sicher. Ich besuchte keinen Unterricht mehr, verzichtete auf die Museumsbibliothek und Monsieur Rouchdi. Wochenlang wagte ich das Douar Tabriket nicht mehr zu verlassen. Ich blieb in Tagadirts Haus, in dem kleinen Hof unter dem Plastikvordach und lauschte, wie der Regen auf das Eternitdach prasselte, und sah zu, wie die Wassermassen die Tonnen füllten.

Es war eine lange, traurige Zeit. Houriya erwartete ein Kind, deshalb hatte sie sich mit Tagadirt gestritten. Ich stellte keine Fragen, aber ich nahm an, dass es von dem Geliebten war, der sie im Auto abholte. Tagadirts Zustand verschlechterte sich unversehens. Auf einmal hatte sie Tag und Nacht Schmerzen in der Leiste, die Lymphknoten waren hart und schwarz wie Oliven. Ihr Bein war grau und geschwollen, und es war ebenso gefühllos geworden wie ein Holzbein. Sie saß den ganzen Tag in einem Sessel, betrachtete ihr Bein und verfluchte die Spinne, die sie gebissen hatte. Sie beschuldigte auch die anderen jungen Frauen, Selima, Fatima und Aïcha, weil sie so oft Streit miteinander gehabt hatten. Sie sagte, sie seien alle Hexen, sie hätten den bösen Blick. Sie verwendete das gleiche Wort, das Zohra damals zu mir gesagt hatte: *Sahra*. Sie phantasierte, behauptete, sie hätten ihr einen Dorn in den Schuh getan. Ich sagte mir, dass es nicht mehr lange dauern würde, bis sie mich beschuldigte.

Zum ersten Mal hatte ich das Bedürfnis, wegzugehen, weit weg. Mich auf die Suche nach meiner Mutter und meinem Stamm zu machen, im Land der Hilal, jenseits der Berge. Aber ich war noch nicht genügend vorbereitet. Vielleicht gab es das alles gar nicht, vielleicht hatte ich es beim Anblick meiner Ohrringe erfunden.

In dieser Nacht schmiegte ich mich an Houriya, legte das Ohr an ihren Bauch, als könne ich das Herz des Babys schlagen hören.

»Wann fahren wir weg?«, fragte ich.

Sie antwortete nicht, aber meine Hände spürten deutlich, dass sie weinte oder stumm lachte. Später flüsterte sie mir ins Ohr: »Es dauert nicht mehr lange. Sobald ich zwei Plätze auf dem Schiff nach Malaga ergattern kann.«

Jetzt verband uns ein Geheimnis. Nachmittags, während Tagadirt sich in ihrem Zimmer ausruhte, schmiedeten wir Pläne, statt uns um den Haushalt zu kümmern. Houriya zählte die Namen der Städte auf, die wir besuchen, die Namen der Leute, die wir sehen würden. Ich kannte nur die Namen von Schriftstellern und Sängern. Ich sagte zu ihr: »José Cabanis, Claude Simon und dann Serge Gainsbourg, wegen seinem Chanson *Elisa*.« Houriya sagte: »Wenn du willst, können wir die auch besuchen.« Sie glaubte, es seien Menschen wie sie und ich, Leute, die man besuchen kann.

Tagadirt kam humpelnd aus ihrem Zimmer. Sie beschimpfte uns. Sie hatte begriffen, dass wir bald weggehen würden. Sie schrie: »Geht doch, wohin ihr wollt, nach Frankreich, nach Amerika oder von mir aus auch zum Teufel! Aber kommt bloß nicht wieder!«

Von meinen Ersparnissen hatte ich auf dem Schwarzmarkt am Fluss ein Radio gekauft. Es war ein kleiner schwarzer Apparat, der einem Maler gehört haben muss, denn er war mit weißer Farbe besprenkelt. Er trug den Namen *Realistic*. Abends hörte ich auf Radio Tangiers Jimi Hendrix. Und am Spätnachmittag lief die Sendung von Djemaa, deren helle, junge, ein wenig spöttische Stimme ich besonders gern mochte. Es kam mir vor, als sei Djemaa meine Freundin, als teile sie mein Leben. Ich dachte: »Ich möchte so sein wie sie.« Ich notierte mir in einem Heft die Namen all der Sänger, die sie vorstellte, und versuchte den Text des englischen Schlagers *Foxy Lady* aufzuschreiben. Dieser Frühling, mein letzter afrikanischer Frühling, war ziemlich seltsam. Der Regen prasselte wie ein Wasserfall auf das Plastikvordach im Hof, ließ die Tonnen überlaufen. Und Djemaas Stimme, die mir dabei im Ohr schwang, die Musik aus dem Radio, Nina Simone, Paul McCartney, Simon and Garfunkel, Cat Stevens, der *Longer Boats* sang, das war wie eine lange Wartezeit. Und Houriya, die auf den Kissen ruhte, die Hände auf den Bauch gelegt, wartete ebenfalls und watschelte schon wie eine Ente, dabei war sie erst seit einem knappen Monat schwanger. Und das Douar Tabriket ringsumher, das endlos auf irgendetwas zu warten schien, das nie kommen würde. Die schmutzigen Kinder, die zwischen Pfützen herumliefen, das Gezeter der Frauen. Abends der Aufruf zum Gebet, der über den Fluss hallte und mit dem Kreischen der Möwen verschmolz, die vom

Fischfang zurückkamen. Und hinter uns in der staubigen Nacht die Straße, auf der die Lastwagen wie schädliche Insekten entlangkrochen.

Eines Abends ging es Tagadirt sehr schlecht. Houriya schickte mich los und bat mich, Tagadirts Sohn anzurufen. Ich könne ja Deutsch. Als ich zurückkam, war Tagadirt schon im Krankenhaus, wo man ihr ein Bein abnahm. Von da an ging alles sehr schnell. Am nächsten Nachmittag bereiteten wir unsere Abreise vor. Ein Lieferwagen würde uns nach Melilla bringen und ein Fluchthelfer uns noch in der gleichen Nacht auf das Schiff nach Malaga schleusen.

Wir zählten fieberhaft das Geld. Houriya behielt nur so viel, wie sie dem Fluchthelfer geben musste, den Rest gab sie mir, ein Bündel mit zweitausend Dollar, von einem dicken Gummiband zusammengehalten. Als ich mir das Bündel in die Tasche stecken wollte, sagte Houriya zu mir: »Nein, nicht in die Tasche! Da wird es dir gestohlen.« Sie nahm einen ihrer Büstenhalter, verkürzte mit einem Abnäher die Träger und stopfte die in Taschentücher gewickelten Geldbündel in die Körbchen. Sie hakte mir den Büstenhalter zu. »Jetzt siehst du aus wie eine richtige Frau! Alle Männer werden sich um dich reißen!« Ich hatte den Eindruck, zwei große Säcke auf der Brust zu tragen, und die Träger schnitten mir ins Fleisch. »Das bringe ich nie fertig, *halti*. Das tut weh. Ich verliere bestimmt dein ganzes Geld.« Houriya wurde wütend: »Hör auf zu jammern, du musst dich nur daran gewöhnen, du nimmst das Geld, anders geht es nicht.«

Ich sagte: »Meinst du nicht, dass wir Tagadirt im Krankenhaus besuchen sollten?« Wenn ich an sie dachte, hatte ich ein schlechtes Gewissen und war bereit, auf die Reise zu verzichten. Doch Houriya sah mich mit hartem, entschlossenem Blick an. Sie hatte den gleichen Ausdruck wie an dem Tag, als sie sich das Taschenmesser an die Kehle gehalten hatte. »Nein, wir sagen ihr, sie soll später nachkommen, sobald wir eine Unterkunft gefunden haben.«

Wir warteten am Straßenrand bis zum Einbruch der Dunkelheit auf den Lieferwagen. Wir waren schon von Kopf bis Fuß mit Staub bedeckt und sahen aus wie zwei Bettlerinnen.

Irgendwann fuhr der Lieferwagen an uns vorbei. Er verlangsamte und hielt dann ein Stück weiter mit ausgeschaltetem Licht. Ich hatte Angst, aber Houriya zerrte mich ziemlich brutal hinter sich her. Der Fahrer stieg aus. Er zeigte mit dem Finger auf mich und sagte zu Houriya: »Ist sie auch volljährig?« Houriya erwiderte: »Hast du ihren Busen nicht gesehen, oder bist du blind?« Ich glaube, er hat sich vor allem über meine Hautfarbe gewundert. Er dachte vermutlich, dass ich aus dem Sudan oder dem Senegal stammte. Houriya half mir, in den Laderaum des Lieferwagens zu klettern, dann stieg auch sie ein. Wir hatten kein größeres Gepäck, das war so abgemacht. Nur jede eine Tasche mit etwas Wäsche und ich meinen schon erwähnten Radioapparat.

Da der Fahrer nicht sogleich losfuhr, sagte sie zu ihm: »Worauf wartest du, *coño*?« Der Fahrer brummte etwas in einer Mischung aus Spanisch und Arabisch. Houriya sagte zu mir: »So sind die in Melilla.«

Gegen vier Uhr morgens erreichten wir den Hafen. Als wir uns dem Zoll näherten, klopfte der Fahrer an die Scheibe zum Laderaum und forderte uns mit einer Handbewegung auf, uns hinzulegen. Die Ladefläche war voller Wäschekartons mit der Aufschrift BLANCO.

Houriya und ich, die wir eher dunkelhäutig waren, fanden das sehr witzig.

Der Lieferwagen fuhr langsam am Zollamt entlang. Durch das Rückfenster sah ich gelbe Laternen vorübergleiten, dann wurde wieder alles dunkel. Ich stand auf, um nach draußen zu blicken: Es war eine hässliche, moderne Stadt mit Hochhäusern auf Betonpfeilern. Es nieselte.

Auf dem Kai waren schon viele Leute, die auf das Schiff warteten. Vor allem Männer, aber auch ein paar in Mäntel gehüllte Frauen mit fröstelnder Miene. Kinder waren nicht zu sehen.

Houriya und ich setzten uns an einer regengeschützten Stelle mit dem Rücken an die Dockmauern. Houriya lehnte den Kopf an meine Schulter und schlief ein. Sie hatte schon so lange auf diesen Augenblick gewartet, und trotzdem kam sie plötzlich nicht mehr gegen die Müdigkeit an. Ich versuchte, mein Radio anzustellen, aber um diese Zeit war Djemaas Stimme nicht mehr zu hören. Es ertönte nur ein Knistern – wie Insekten vom anderen Ende der Welt –, das mich zusammenzucken ließ.

Kurz vor Morgengrauen legte das Schiff an. Ein großes weißes Schnellboot mit einer Plane über dem Deck. Die meisten Leute gingen sogleich an Bord. Sie beeilten sich, um sich einen Platz im Fahrgastraum zu sichern, wir gingen als Letzte an Bord. Wir setzten uns aufs Deck, an die Reling.

Der Fluchthelfer ging wortlos durch die Menge. Er streckte die Hand aus, und jeder gab ihm das Geld, das ihm noch geschuldet wurde. Er steckte die Scheine schnell in die Tasche und sagte von Zeit zu Zeit mit näselnder Stimme: o.k., o.k. Außer ihm sagte niemand etwas. Alle horchten auf das Vibrieren der Turbine und warteten auf den Augenblick, da das Geräusch lauter wurde und die Abfahrt ankündigte.

In wenigen Minuten war alles bereit. Der Seemann machte die Leine los, das Schiff glitt langsam in die Fahrrinne und schaukelte in der Dünung.

So war das. Wir verließen das Land, fuhren fort und wussten weder wohin noch wann wir zurückkommen würden. Alles, was wir kannten, entfernte sich, verschwand, ich dachte an das Haus im Mellah, über dem die Sonne aufging, das kleine Haus inmitten vieler anderer am Ufer des Flusses, das schon in so weiter Ferne lag, und an das Douar Tabriket, an die Frauen, die vor dem Hahn mit kaltem Wasser Schlange standen. Vielleicht würden wird dort, jenseits des Meeres, sterben, und niemand hier würde je davon erfahren.

6

Wie die Weiterreise nach Paris verlief, kann ich Ihnen im Einzelnen nicht sagen. Ich, die ich so gut wie nie von zu Hause weggekommen war und meine ganze Kindheit in Lalla Asmas Hof verbracht hatte und danach höchstens bis ans Ende einer Allee im Océan-Viertel gegangen und mit dem Boot des Fährmanns bis nach Salé und ins Douar Tabriket gefahren war, ich also saß auf einmal in einem großen Schnellboot, fuhr dann mit dem Bus durch Spanien bis nach Valle de Aran (einen Namen, den ich nie vergessen werde) und ging schließlich zu Fuß durch das verschneite Gebirge, wobei ich Houriya, die kaum noch Luft bekam, an die Hand nahm.

Ohne zu wissen, wohin es ging, stolperten wir mit den anderen, deren Namen wir nicht einmal kannten, auf einem Pfad durchs Gebirge. Jeder für sich. Unser Führer war ein Junge in Jeans und Turnschuhen, der ebenso dunkelhäutig war wie die Leute, die er führte. Trotz der Anweisungen hatten manche größeres Gepäck dabei, einen Koffer oder eine Umhängetasche.

Bei Einbruch der Dunkelheit überquerten wir die Passhöhe. Die Täler waren von milchigem Dunst erfüllt, einer Art Rauch ohne Feuer. Ich sagte zu Houriya: »Sieh nur, das ist Frankreich. Ist das nicht schön?« Sie war sehr blass. Sie hatte Bauchschmerzen. Der Junge näherte sich, musterte sie. Er sagte auf Spanisch: »Erwartet sie ein Kind?« Ich erwiderte: »Ich weiß es nicht. Sie ist müde.« Er zuckte die Achseln. Houriya ließ die anderen weitergehen, ich sah, wie die kleine Gruppe den gewundenen Pfad hinablief. Die Leute sprachen nicht, vermieden jedes Geräusch. Alles war so schön, dieses weite Tal, dieser Fluss aus Dunst. Selbst wenn wir jetzt sterben würden, dachte ich, wäre das bedeutungslos, denn wir sind wenigstens hier gewesen, hoch oben im Gebirge, und haben dieses weite Tal gesehen, das einer Pforte gleicht.

Zum ersten Mal, warum, weiß ich auch nicht, musste ich an mein Heimatland denken, als läge es hier in diesem Tal, und ich sagte mir, dass ich in die weite Ferne ging und alles zurückließ. Ich verlangsamte den Schritt, verweilte ein wenig. Der Dunst und die heranziehende Nacht übten eine besänftigende Wirkung auf mich aus. Houriya sagte ungeduldig: »Nun komm schon, sonst verirren wir uns noch.«

Am Fuß der Berge wartete die Gruppe am Rand eines Wäldchens auf uns. Man hörte das Rauschen eines Wildbachs, der aber wegen der Dunkelheit schon nicht mehr zu sehen war. Als ich dort unten eintraf, wandte sich der Spanier an mich, als habe er auf mich gewartet, damit ich für die anderen übersetzte.

»Hier schlafen wir. Ihr dürft keinen Lärm machen, kein Feuer anzünden, nicht rauchen, o.k.?« Ich übersetzte seine Worte ins Arabische, und er fügte hinzu: »Morgen bringt euch ein Lieferwagen nach Toulouse zum Bahnhof.« Er ging fort, ohne eine Antwort abzuwarten. Wir waren allein im Wald.

Ich erinnere mich noch an diese Nacht. Nach der Hitze des Tages beim Überqueren des Gebirges erwartete uns nun eine furchtbare, feuchte Kälte, die bis in die Knochen drang. Houriya und ich versuchten uns zwischen den Tannen auf die trockenen Nadeln zu legen. Aber die Kälte, die aus der Erde aufstieg, ließ mich mit den Zähnen klappern. Wir hatten nichts, nicht einmal eine Wolldecke. Nach einer Weile setzten wir uns eng aneinander geschmiegt Seite an Seite, um nicht die Kälte der Erde zu spüren. Um nicht einzuschlafen, erzählten wir uns Geschichten, ganz egal was, irgendwelche Dinge, die sich im Fondaco ereignet hatten, Klatsch, Verleumdungen, oder wir erfanden Anekdoten. Ich kann mich nicht mehr erinnern, was wir sagten, nur dass wir abwechselnd erzählten, flüsternd oder lachend, und manchmal vergaßen wir die Anweisungen, bis die anderen sich aufrichteten und »*Skout! Skout!*« sagten.

Die anderen schliefen auch nicht. Im schwachen Licht des Sternenhimmels sah ich, dass sie aufgestanden waren und an den Bäume lehnten. Ab und zu hörte man das Geräusch von Schritten auf den Tannennadeln, jemanden, der sich hinhockte, um zu urinieren.

Wir konnten dann im Lieferwagen schlafen, der uns nach Toulouse brachte. Bei Tagesanbruch hielt er am Waldrand auf der Straße, und der Spanier forderte uns auf, schnell einzusteigen. Dann ging er ins Gebirge zurück, ohne sich nach uns umzublicken, ohne einen Abschiedsgruß. Im Lieferwagen lehnte ich mich an die Schulter eines jungen Algeriers, der Abdel hieß, und schlief ein. Ich hätte im Gehen schlafen können, so müde war ich. Die Straße war voller Kurven. Durch eine Öffnung in der Plane sah ich im Vorüberfahren hohe schwarze Tannen, Dorfstraßen, eine Brücke ... Dann waren wir im Bahnhof von Toulouse mit der hohen, großen Halle und den Bahnsteigen, auf denen die Leute auf den Zug nach Paris warteten. Der Fahrer verteilte die Fahrkarten und sagte: »Bleibt nicht beieinander. Jeder muss woanders hingehen, passt auf, dass ihr nicht auffallt.« Ich nahm Houriya an die Hand und ging mit ihr ans Ende des Bahnsteigs, dort, wo das Glasdach endet und man in die Sonne kommt. Sobald ich den blauen Himmel sah, fühlte ich mich wohler. Wir setzten uns auf eine Bank und aßen den Rest von Tagadirts Brot und Datteln. Auch wenn wir uns noch so sehr bemühten, nicht aufzufallen, die Leute blickten uns einfach an. Allerdings hatten wir tatsächlich wenig Ähnlichkeit mit den anderen, Houriya in ihrem langen blauen Kleid und ihrem weißen *fonara*, und ich mit meiner schwarzen Haut und dem vom Schlaf zerzausten Haar. Zwei richtige Wilde.

Ein kleiner Junge stellte sich sogar mit frecher Miene vor uns hin und starrte uns an. Houriya senkte den Kopf, aber ich geriet in Wut. Ich sagte zu ihm: »Was willst du?« Und da er nicht wegging, tat ich so, als wolle ich auf ihn zugehen, da nahm er Reißaus. Auf dem Bahnsteig gab es noch andere Leute, die ebenso seltsam aussahen wie wir. Männer und Frauen mit dunkler Haut und kohlschwarzem Haar. Sie waren schlecht gekleidet und sprachen eine merkwürdige Sprache mit spanischen Brocken. Houriya flüsterte mir zu: »Das sind Zigeuner. Sie reisen ständig herum, haben kein Zuhause.« Ich hatte noch nie welche gesehen. Sie waren arm, und in ihrem Blick lag eine gewisse Arroganz. Einer von ihnen, ein junger Mann mit scharf geschnittenen Zügen, starrte mich an, als könne er den Blick nicht von mir lassen, und zum ersten Mal seit langem spürte ich, wie mein Herz schneller schlug, ich weiß nicht, ob aus Angst, Besorgnis oder sonst was. Houriya zog mich am Arm und sagte: »Du darfst ihn nicht ansehen, sonst bringt er uns noch in Schwierigkeiten.« Der Zigeuner kam auf uns zu und fragte: »Wo kommt ihr her? Fahrt ihr nach Paris?« Seine weißen Zähne blitzten in dem dunklen Gesicht auf. Er verrenkte die Hüften wie ein Halbstarker. Houriya zog mich mit sich ans andere

Ende des Bahnsteigs. Sie sagte immer wieder: »Du bist verrückt, Laïla, du bist verrückt. Er ist gefährlich.« Dann fuhr der Zug ein, und die Menge, die sich vor den Türen drängte, riss uns mit. Wir fanden einen Platz in einem leeren Abteil, und kurz darauf setzte sich der Zug in Bewegung, verließ langsam den Bahnhof. Ich sah zu, wie die Häuser nach hinten glitten, und dachte an all das, was ich zurückließ, die lärmenden Straßen, die dicht gedrängten kleinen Häuser in Tabriket, den Hof in Lalla Asmas Haus oder den Fondaco mit den Händlern und ihren Ballen und Dörrobstsäcken, die sich früher in den Räumen und unter Arkaden gehäuft hatten. Ich dachte daran, dass ich eines Tages vielleicht zurückkommen würde und dass dann nichts und niemand aus meiner Erinnerung mehr da sein würde. Es schnürte mir das Herz zusammen, ich hätte am liebsten geweint, und als ich an Tagadirt in ihrem Krankenzimmer und an ihr amputiertes Bein dachte, kam es mir vor, als habe ich durch mein Weggehen meine letzte Angehörige verloren. Houriya lehnte auf der Sitzbank mir gegenüber an ihrer Tasche und war eingeschlafen. Das Sonnenlicht erhellte ab und zu ihr Gesicht, ihre geschlossenen Augen mit den langen Wimpern, und ihren Mund, in dem die Schneidezähne aufblitzten.

Ich ging auf den Gang, um eine Zigarette zu rauchen. Ich hatte auf dem Schiff angefangen zu rauchen, weil in Melilla die amerikanischen Zigaretten steuerfrei verkauft wurden. Ich rauchte gern im Freien, wenn ich zusehen konnte, wie der Rauch im Wind wirbelte. Ich hätte mich geschämt, wenn Houriya mich gesehen und gesagt hätte: »Was, du rauchst jetzt?«

Der Zug war lang, die Abteile kaum besetzt. Ich lief durch den Zug, von Wagen zu Wagen durch die Faltenbälge, und plötzlich sah ich den Zigeuner. Er muss mir gefolgt sein, denn er war allein, am Ende des Ganges. Ich tat, als hätte ich ihn nicht wieder erkannt, und wollte zu meinem Abteil zurückkehren. Er versperrte mir den Weg. Er war groß, hatte dunkle Haut und tiefschwarze Augenbrauen, die über der Nasenwurzel zusammentrafen. Er lächelte. Ich glaube, er sagte: »Wie heißt du?« Er sprach Französisch mit einem seltsamen Akzent, wie ein Südamerikaner. Dann sagte er: »Hast du Angst vor mir?« Eingebildete Leute habe ich nie ausstehen können, daher entgegnete ich: »Warum sollte ich Angst vor Ihnen haben, hm?« Gleichzeitig schlüpfte ich an ihm vorbei, praktisch unter seinem Arm durch, gebückt wie ein Kind. Er lief hinter mir her. Ich wollte nicht, dass er herausfand, wo Houriya war. Ich blieb auf dem Gang in der Nähe der Toilette stehen und steckte mir eine weitere Zigarette an. Der Zigeuner blieb neben mir stehen, blickte durch das Türfenster nach draußen. Durch das Gerüttel des Zuges wären wir beinah gestürzt, und der Lärm, der aus dem Faltenbalg drang, war ohrenbetäubend. Mit lauter Stimme schrie er mir zu: »Ich heiße Albonico! Und du?« Der Wind hatte sein Haar zerzaust, eine lange schwarze Strähne hing ihm ins Gesicht. Mit einem Blick sah ich, dass er einen Goldzahn hatte und kleine goldene Ohrringe trug. Er wirkte nicht gefährlich. Ich nannte einen Phantasienamen, Daisy, glaube ich, dann begannen wir uns zu unterhalten. Schließlich waren wir im selben Zug, fuhren nach Paris, und als Zeitvertreib war das mindestens so gut wie aus dem Fenster zu schauen oder eine Zeitschrift zu lesen. Und ich war nicht müde. Im Gegenteil, ich war voller Ungeduld, wie elektrisiert. Er sprach über Musik, denn das war sein Beruf. Er spielte und sang. Irgendwann sagte er: »Ich komme gleich wieder.« Er ging in den vorderen Zugteil und kam mit einer

Gitarre zurück. Er setzte einen Fuß auf den Absatz vor der Tür und begann zu spielen. Seine Musik war seltsam, fast wie ein Getrommel, das mit dem Rattern des Zuges verschmolz, und dann kamen schnell aufeinander folgende, kreischende Töne. So etwas hatte ich noch nie gehört, nicht einmal in meinem alten Radio. Er spielte, und gleichzeitig sagte er etwas, sang, oder besser gesagt, flüsterte er Worte in seiner Sprache, eine Art Gemurmel voller hmm, ahmm, ha oder so ähnlich. Dann hörte er auf. »Gefällt dir das, magst du meine Musik?« Ich muss wohl glänzende Augen gehabt haben, denn er spielte weiter. Mehrere Leute kamen hinzu, um zuzuhören, Kinder liefen aus den Abteilen am anderen Ende des Wagens herbei. Sogar ein Schaffner in dunkelblauer Uniform mit Schirmmütze blieb einen Augenblick stehen und ging dann weiter. Albonico hielt eine Sekunde inne und sagte ganz schnell zwischen zwei Akkorden: »Siehst du? Wenn ich spiele, fragen sie mich nicht nach meinem Fahrschein«, als habe er deswegen seine Gitarre geholt. Und ich hatte Lust zu tanzen, ich erinnerte mich, wie ich anfangs im Fondaco barfuß auf den kalten Fliesen in den Zimmern der Prinzessinnen getanzt hatte, während sie sangen und in die Hände klatschten. Die Musik des Zigeuners war auch so, sie drang bis in mein Innerstes, gab mir neue Kraft.

Dann kam Houriya hinzu. Wie Sie sich vorstellen können, war sie nicht gerade begeistert darüber, mich in dieser Gesellschaft zu sehen. Sie sagte zwischen zusammengebissenen Zähnen auf Arabisch zu mir: »Komm! Du darfst nicht bei diesem Mann bleiben.« Sie hatte unsere Taschen und mein Radio aus dem Abteil mitgebracht, aus Angst, dass sie gestohlen würden. In ihrem braunen Pullover und dem zu langen blauen Kleid, das ihr wirklich das Aussehen einer Schwangeren verlieh, hatte sie etwas Unbeholfenes, das mich rührte. Sie war jetzt wirklich die einzige Angehörige, die mir noch blieb, meine Schwester. Sie zog mich an der Hand hinter sich her, und der Zigeuner sah lachend zu, wie wir weggingen. Ich hasste es, dass er sich über uns, über Houriya lustig machte. Er war so wahnsinnig eingebildet! Houriya hatte keine Angst, dass ich verloren gehen könnte. Sie war aufgewacht, allein im Abteil, und hatte nur Angst um sich selbst gehabt. Sie war ohne mich verloren! Ich drückte sie auf der Sitzbank an mich, um sie zu beruhigen, und sagte: »Hör zu, du bist in Frankreich, jetzt besteht keine Gefahr mehr. Niemand kann dich hier finden.« Wir waren in der gleichen Lage: Sie wurde von ihrem Mann gesucht und ich von der Schwiegertochter meiner Herrin. Und mit jedem Rütteln der Räder auf den Schienen entfernten wir uns weiter von unseren Henkern, und das Meer, das uns von ihnen trennte, wurde immer breiter.

Ich schlief fest, als der Zug in Paris eintraf. Houriya war wach und sagte sanft zu mir: »Wach auf, Laïla, wir sind da.« Es war dunkel, ich sah durch die Fenster tanzende Lichter, während der Zug quietschend und schlingernd über die Weichen fuhr. Es regnete. Ich starrte auf die Tropfen, die über die Scheibe rannen, ohne zu reagieren. Ich muss wohl so müde ausgesehen haben, dass Houriya Angst bekam, sie wurde wütend und sagte: »Was ist mit dir los? Wach auf, wir müssen aussteigen.« Ich konnte gar nicht fassen, dass es vorüber war, dass wir am Ziel der Reise angelangt waren. Trotz meiner Erschöpfung hätte ich viel darum gegeben, wenn der Zug weitergefahren wäre und ich in Ruhe hätte schlafen können.

Nun waren wir also in Paris, gingen mit Taschen, einem Netz Apfelsinen und dem schon erwähnten

Radioapparat *Realistic* beladen unter Houriyas zusammenschiebbarem Regenschirm gebeugt durch den Regen. Wir liefen am Ufer entlang, in der Nähe des Bahnhofs, auf der Suche nach unserer Unterkunft für die Nacht, in der Rue Jean-Bouton in der möblierten Wohnung von Mademoiselle Mayer, die heute, glaube ich, nicht mehr lebt.

7

Anfangs war es in Paris wunderbar. Ich streifte durch die Stadt. Ohne Unterlass. Houriya dagegen blieb in der Wohnung, kochte und beobachtete das Treiben auf der Straße. Sie fürchtete sich vor allem. Ich machte die Einkäufe, lief überallhin, wie damals im Fondaco. Morgens gegen sieben oder acht ging ich mit Plastiktüten aus dem Haus, kaufte Kartoffeln (wir aßen vor allem gekochte Kartoffeln), Brot, Tomaten und Milch. Fleisch war zu teuer, außerdem war Houriya misstrauisch. Sie fürchtete, man könne ihr Schweinefleisch geben.

Wir mussten sparsam sein. Das Zimmer kostete fünfhundert Franc in der Woche, hinzu kam noch der Strom. Wir heizten nicht. Die Küche wurde von sämtlichen Mietern gemeinsam benutzt. Es waren ausschließlich Schwarze, die Mademoiselle Mayer jeweils zu viert in einem Zimmer untergebracht hatte. Sie selbst wohnte im selben Stock, uns gegenüber, und kam dauernd, um nach dem Rechten zu sehen. Nach ein paar Tagen lernte ich Marie-Hélène kennen, eine junge Frau aus Guadeloupe, die im Krankenhaus Boucicaut arbeitete, ihren Freund José, der ebenfalls von den Antillen stammte, und all die Afrikaner, Nembaye, Madi, Antoine und Nono, der kleiner war als ich, tiefschwarz und boxte. Ich mochte jeden von ihnen gern, sie waren witzig, machten sich über alles lustig und nannten die Vermieterin Mademoiselle Mayer »die alte Zicke«. Oder sie nannten sie »Chibania«, weil Fatima, unsere Vormieterin, ihr diesen Spitznamen gegeben hatte. Mademoiselle Mayer hatte, als sie uns sah, zu uns gesagt:

»Eigentlich vermiete ich nie an Araber.« Aber sie hatte eine Ausnahme gemacht, vielleicht wegen meiner Hautfarbe.

In der ersten Zeit mochte ich diese Stadt sehr gern. Sie machte mir etwas Angst, weil sie so groß war, aber es gab so viele erstaunliche Dinge, so viele ungewöhnliche Menschen. So kam es mir zumindest vor.

Zunächst wunderte ich mich über die Hunde.

Sie waren überall.

Große, dicke oder kleine Hunde mit kurzen Beinen, andere mit so langem Fell, dass man nicht wusste, wo der Kopf oder der Schwanz war, und Hunde, die ganz gekräuselt waren, als kämen sie gerade vom Friseur, und dann noch welche, die in der Art von Löwen, Stieren, Schafen oder Seehunden geschoren waren. Manche waren so klein, dass man sie für Ratten halten konnte, genauso zitternd und mit genauso bösartigem Aussehen. Andere waren groß wie Kälber oder Esel, mit blutverschmierten Lefzen und Hängebacken, und wenn sie den Kopf schüttelten, spritzten sie alles mit ihrem Geifer voll. Es gab Hunde, die in Wohnungen in den besseren Vierteln lebten und in amerikanischen, englischen oder italienischen Autos spazieren gefahren wurden. Andere, mit Schleifen geschmückt und mit kleinen karierten Westen bekleidet, wurden von ihren Herrinnen auf dem Arm durch die Stadt getragen. Ich habe einen gesehen, der an einer langen Leine lief, die seine Herrin an ihrem Auto befestigt hatte.

Ich will damit nicht sagen, dass es bei uns keine Hunde gegeben hätte. Es gab sehr viele, aber sie glichen sich alle, waren staubfarben, hatten gelbe Augen und einen so eingefallenen Bauch, dass sie wie Wespen wirkten. Bei uns zu Hause hatte ich gelernt, sie in Schach zu halten. Wenn ich einen Hund sah, der mir zu nah kam oder mir nicht schnell genug aus dem Weg ging, nahm ich einen scharfkantigen Stein und hob den Arm, im Allgemeinen reichte das, um das Tier zu verscheuchen. Ich tat das ganz unwillkürlich. Das war für mich so selbstverständlich, dass ich beim ersten Mal, als ein großer, magerer Hund an einer sehr langen Leine, die anscheinend mit einer Rückholfeder versehen war, im Jardin des Plantes auf mich zukam, um meine Absätze zu beschnüffeln, die gleiche Geste machte. Ich hatte keinen Stein, denn in Paris findet man nicht so leicht Steine auf der Straße. Der Hund blickte mich erstaunt an, als wollte ich mit ihm Ball spielen. Aber seine Herrin hatte die Sache begriffen und beschimpfte mich, als hätte ich es auf sie abgesehen.

Ich gewöhnte mich zwar nie wirklich an die Hunde, aber in Zukunft schenkte ich ihnen weniger Beachtung. Sie gehörten alle Leuten, die sie an der Leine führten, und folglich waren sie nicht gefährlich, bis auf ihre Scheiße, auf der man ausrutschen und sich dabei die Knochen brechen konnte.

Die Straßen in Paris kamen mir endlos vor. Und manche waren tatsächlich endlos, Alleen, Boulevards, die sich im Strom der Autos verloren und zwischen den Gebäuden verschwanden. Für mich, die ich nur die Welt des Mellah und die Wellblechhüttensiedlung Tabriket kennen gelernt hatte oder die kleinen, mit Jasmin gesäumten Straßen im Océan-Viertel, war diese Stadt riesig groß, unermesslich. Ich hatte sogar das Gefühl, dass mein ganzes Leben nicht ausreichen würde, wenn ich durch all die Straßen gehen wollte, eine nach der anderen. Ich könnte nur einen kleinen Teil sehen, eine begrenzte Zahl von Gesichtern.

Denn ich betrachtete vor allem die Gesichter. Wie bei den Hunden gab es auch da ganz unterschiedliche.

Fette, alte oder junge, scharf geschnittene, ganz blasse Gesichter, wie Kalkerde, und ganz dunkle, die noch schwärzer waren als meins, mit Augen, die von innen her erleuchtet zu sein schienen.

Anfangs starrte ich die Leute unentwegt an. Ich hatte manchmal das Gefühl, als werde mein Blick vom Blick des anderen eingefangen, aufgesogen, sodass ich mich nicht von ihm lösen konnte. Und daher versuchte ich es mit einer dunklen Brille, wie einer Maske, aber es war nicht sonnig genug, und der Gedanke, dass mir eine Einzelheit, ein Ausdruck, der Glanz eines Blickes entging, gefiel mir nicht.

Ich geriet ziemlich schnell in Schwierigkeiten. Männer, die ich angestarrt hatte, folgten mir. Sie glaubten, ich sei eine Prostituierte, eine kleine Ausländerin aus einem Vorort, die auf den Straßen des Stadtzentrums ihr Glück suchte. Sie näherten sich. Sie wagten nicht, mich anzusprechen, befürchteten eine Falle. Eines Tages packte mich ein älterer Mann am Arm und sagte: »Willst du nicht mitfahren? Ich kaufe dir Kuchen.«

Er zerrte mich am Arm und hatte Augen wie der Mann, der mich damals, als ich mit Houriya im Restaurant war, belästigt hatte. Aber ich wusste, was er wollte, das können Sie sich ja denken. Ich beschimpfte ihn erst auf Arabisch, du Hund, du Zuhälter, verflucht sei die Religion deiner Mutter! Dann auf Spanisch: *coño, pendejo, maricon!* Das verblüffte ihn so sehr, dass er meinen Arm losließ und ich davonlaufen konnte.

Danach spürte ich sofort, wenn mir ein Mann folgte. Ich hatte bald den Trick raus, wie man sie abhängt. Aber es erging mir auch mit Frauen so, und die waren geschickter. Sie verstanden es, mich an einem Ort in die Ecke zu drängen, wo ich ihnen nicht entkommen konnte, vor einer Fußgängerampel, auf einer Rolltreppe in einem Geschäft oder in einem Metro-Abteil. Sie flößten mir Angst ein. Sie waren groß, hellhäutig, hatten einen schwarzen Bubikopf, eine Lederjacke und Stiefel. Sie hatten eine seltsam heisere, ein wenig verbrauchte Stimme. Sie konnte ich nicht beschimpfen. Ich machte mich mit klopfendem Herzen aus dem Staub, lief zwischen den Autos über die Straße, rannte schnell weg.

Eines Tages habe ich in den Toiletten eines Cafés einen großen Schreck bekommen. Es war ein großer, ziemlich luxuriöser Raum im Kellergeschoss mit einem Spiegel, der von kleinen Lampen eingerahmt war. Ich wusch mir gerade die Hände und goss mir, wie üblich, etwas Wasser auf die Stirn, um mein widerspenstiges Haar zu glätten, da kam eine relativ junge, ziemlich dicke Frau mit einer großen Nase, leicht faltigen Wangen und einem blonden Knoten herein und stellte sich links neben mich. Sie begann sich zu schminken, wobei ich ihr ein- oder zweimal flüchtig einen Blick im Spiegel zuwarf und nur feststellte, dass sie hellblaue Augen hatte. Sie schwärzte ihre Wimpern mit einem kleinen Pinsel.

Doch plötzlich geriet sie in Wut. Ich hörte, wie sie in bösem, seltsam metallischem Ton, genau wie Zohra, wenn sie zornig war, zu mir sagte: »Was starrst du mich so an? Stimmt irgendwas nicht?« Ich wandte mich ihr zu. Ich verstand nicht, was sie sagte.

»Nun antworte schon, du kleines Luder, warum starrst du mich so an?«

Ihre Augen waren ein wenig hervorstehend und so farblos, dass ich die Pupille in der Mitte sehen konnte, es kam mir vor, als öffne und zöge sie sich zusammen wie die Pupille einer Katze. Ich stotterte: »Ich habe Sie nicht angestarrt ...« Aber sie kam voll kalter Wut, die mir Angst einjagte, auf mich zu. »Doch, du hast mich angestarrt, du Lügnerin, du hast mich ständig angeglotzt, ich habe gespürt, wie du mich mit den Augen verschlungen hast, obwohl ich dich nicht ansah.« Ich wich in den hinteren Teil des Toilettenraums zurück, während sie hinter mir herkam. Sie packte mich mit beiden Händen an den Haaren und drückte meinen Kopf zum Waschbecken hinunter. Ich glaubte, sie wollte meinen Kopf auf die Marmorplatte schlagen, und ich schrie. Da ließ sie mich los und sagte: »Hau ab, du Schmutzfink! Kleines Miststück!« Sie nahm ihre Sachen. »Sieh mich nicht an. Senk die Augen! Ich sage dir, du sollst die Augen senken! Wenn du mich ansiehst, bringe ich dich um!« Sie ging hinaus. Ich hatte solche Angst, dass ich mich kaum noch auf den Beinen halten konnte. Das Herz hämmerte mir in der Brust, mir war übel. Ich ging nie wieder in Toiletten, die im Kellergeschoss lagen.

So lernte ich nach und nach mein neues Leben kennen. Houriya konnte mir nicht folgen. Durch die Schwangerschaft wurde sie immer schwerfälliger, rührte sich kaum mehr und verließ das Zimmer nur noch, um etwas zu kochen, wenn Marie-Hélène nicht da war. Sie hatte Angst vor den Antillanern. Sie sagte, sie seien Hexenmeister. Aber ich glaube, sie sagte das, weil sie genauso schwarz waren wie ich. Houriya zählte jeden Abend ihre Ersparnisse. Wir hatten Melilla erst vor drei Monaten verlassen, und die Hälfte der Ersparnisse war schon verbraucht. Wenn das so weiterging, würden wir im Herbst nichts mehr haben.

Houriya wirkte so düster, dass ich sie tröstete, so gut ich konnte. Ich nahm sie in den Arm und sagte: »Es wird bestimmt wieder alles besser werden, du wirst schon sehen.« Ich versprach ihr tausend Dinge, dass wir Arbeit finden würden, eine hübsche Wohnung am Ourcq-Kanal und dass wir ein normales Leben führen könnten, weit weg von Mademoiselle Mayers Elendsquartier.

Marie-Hélène rettete uns schließlich. Als wir gegen Ende des Sommers kaum noch Geld hatten, um die Miete zu bezahlen, und ich schon plante, mich wieder wie früher vom Diebstahl zu ernähren, fragte mich die Antillanerin eines Tages in der Küche: »Hättest du was dagegen, im Krankenhaus zu arbeiten?« Sie sagte das ziemlich beiläufig, aber ich las ihr an den Augen ab, dass sie alles erraten hatte und Mitleid mit uns empfand.

Ich musste die Krankenzimmer sauber machen, keine unangenehme Arbeit. Ich wurde sofort genommen. Da ich schwarz war, stellte sie mich als ihre Nichte vor, sagte, dass meine Papiere in Ordnung seien und ich aus Guadeloupe stamme. Die anderen wunderten sich, dass ich kein Kreolisch verstand, aber Marie-Hélène hatte eine Erklärung dafür: »Sie ist zwar dort geboren, aber ihre Mutter ist gleich darauf mit ihr nach Paris gekommen, und daher hat sie alles vergessen.« Ich brauchte nicht einmal meinen Vornamen zu ändern, Laïla ist ein Name, den es auch dort gibt. Sie hatte mich unter ihrem Familiennamen eingeschrieben: Mangin.

Ich arbeitete von sieben bis eins im Krankenhaus Boucicaut und bekam dafür ein halbes Gehalt, das genügte für die Miete und ein paar weitere Ausgaben. Auf diese Weise würde Houriyas Geld noch eine Weile reichen. Außerdem konnte ich in der Kantine zu Mittag essen. Marie-Hélène hielt mir einen Platz neben sich frei und füllte ihr Tablett für uns beide. Sie war sehr sanft, ich mochte ihren leicht feuchten Blick. Aber sie konnte auch furchtbar in Wut geraten. Als Mademoiselle Mayer eines Tages Houriya irgendetwas vorwarf und sie vor die Tür zu setzen drohte, holte Marie-Hélène ein Schlachtermesser aus der Küche, ging damit auf die Vermieterin los und sagte: »Ich rate Ihnen, niemanden vor die Tür zu setzen, mit all dem Geld, das Sie uns abnehmen, Sie alte lüsterne Zicke!«

Ich mochte vor allem die Feste. Ab und zu zogen die Schwarzen anlässlich eines Geburtstags oder einer anderen Gelegenheit alle Vorhänge zu, sodass die Wohnung in Halbdunkel gehüllt war. Die Afrikaner holten ihre großen fellbespannten Holztrommeln hervor und spielten ganz leise, mit den Fingerspitzen, und die jungen Männer tanzten im Kerzenlicht. Nono, der kamerunische Boxer, tanzte halbnackt und manchmal sogar splitternackt mitten im Flur, aus den Zimmern drang lautes Kichern, und man hörte Marie-Hélènes melodisches Lachen. Marie-Hélènes Freund José nahm sein Saxophon und spielte ein Jazzstück, einen Slow, und ab und zu brachte er ein paar schräge, quietschende Töne hervor. An solchen Tagen schloss sich Mademoiselle Mayer in ihrem Zimmer ein und wagte erst wieder herauszukommen, wenn das Fest zu Ende war. Auch Houriya verließ ihr Zimmer nicht, aber sie lauschte der Musik. Und ich ging von einem Raum zum anderen, sog den Rauch und die Essensgerüche ein, schlängelte mich zwischen den tanzenden Leuten hindurch und half Marie-Hélène dabei, die Gläser einzusammeln. Ich brachte Houriya Schüsseln mit verschiedenen Gerichten: Reis mit Kokosmilch, Fischragout, frittierte Kochbananen. Ich tanzte auch mit den Afrikanern oder einem großen schwarzen Antillaner mit grünen Augen, einem gewissen Denys. Und als er mich ein wenig zu eng umschlungen hielt, schubste ihn Marie-Hélène mit einem leichten Stoß zurück und sagte: »Pass auf, sie ist ein anständiges Mädchen, das ist meine Nichte!« Wenn das Fest vorüber war, half ich Marie-Hélène beim Aufräumen. Sie hatte Mühe, sich zu bücken, um die Pappteller und die Papierservietten aufzusammeln. Sie sagte grinsend: »Na ja, jedenfalls bin ich nicht die Einzige.« Da ich sie verständnislos ansah, fügte sie hinzu: »Ja, nicht die Einzige, die ein Kind erwartet, hast du das nicht gemerkt?« Sie blickte mich mitleidig an. »Du bist wirklich naiv, du kennst nichts vom Leben. Was hat dir deine Mutter eigentlich beigebracht?« Ich begriff, dass sie von Houriya sprach. »Sie ist nicht meine Mutter, weißt du das nicht?« Marie-Hélène begann zu lachen. »Na ja, wer sie auch sein mag, sie kriegt ihr Kind vor mir.«

Es war das erste Mal, dass wir darüber sprachen. Ich spürte wohl, dass ich ihr ein wenig über mich hätte erzählen, mich ihr anvertrauen sollen, aber das war etwas, was mir sehr schwer fiel. Ich konnte nur Geschichten erfinden, denn seit ich meine Herrin verloren hatte, hatte ich nichts anderes getan. Einmal hatte ich es versucht: »Habe ich dir noch nicht erzählt, dass ich keine Eltern habe?« Doch Marie-Hélène hatte mich schroff unterbrochen: »Hör zu, Laïla, nicht jetzt. Eines Tages sprechen wir darüber. Aber nicht jetzt. Ich habe keine Lust, mir das anzuhören, und du hast keine Lust, darüber zu sprechen.« Sie hatte Recht. Vielleicht hatte sie begriffen, dass ich nicht die Wahrheit sagen würde.

Den ganzen Sommer lang sah ich mir weiter Paris an. Es war herrliches Wetter mit wolkenlosem Himmel, die Bäume waren noch richtig grün, die Blätter glänzten. Der Wasserstand der Seine war durch die Augustgewitter stark gestiegen. Wenn ich nachmittags aus dem Krankenhaus kam, schlenderte ich am Fluss entlang, ging zu den Brücken, die vor der großen Kirche die beiden Ufer miteinander verbinden. Ich konnte gar nicht genug davon bekommen, über die Straßen und Boulevards zu laufen. Inzwischen wagte ich mich weiter vor.

Manchmal nahm ich die Metro, aber meistens den Bus. Ich konnte mich nicht an die Metro gewöhnen. Marie-Hélène machte sich über mich lustig, sie sagte zu mir: »Das ist dumm von dir, die Metro ist gut, ganz im Gegenteil, im Sommer ist es dort kühl und im Winter warm. Du brauchst dich nur mit einem Buch in eine Ecke zu setzen, dann achtet niemand auf dich.« Aber es lag nicht an den Leuten, sondern daran, dass mir unter der Erde schwindlig wurde. Ich wartete ungeduldig auf das Tageslicht, spürte einen unangenehmen Druck auf der Brust. Ich ertrug nur die oberirdische Linie in der Nähe der Gare d'Austerlitz oder der Station Cambronne. Ich nahm aufs Geratewohl einen Bus, fuhr bis zur Endstation. Ich achtete nicht auf die Straßennamen. Ich versuchte, möglichst viele Leute, Dinge, Häuser, Geschäfte und Parks zu sehen.

Ich streifte durch viele Viertel: rings um die Bastille, Faidherbe-Chaligny, die Chaussée-d'Antin, die Oper, die Madeleine, Sébastopol, die Place de la Contrescarpe, Denfert-Rochereau, Saint-Jaques, Saint-Antoine, Saint-Paul. Es gab elegante, bürgerliche Viertel, die nachmittags um drei verschlafen wirkten, Arbeiterviertel, lärmende Viertel, lange rote Backsteinmauern, die wie Gefängnismauern wirkten, Treppen, Balustraden, leere große Plätze, staubige Parks voller seltsamer Leute, Grünanlagen mit Kindern, die Kuchen naschten, Eisenbahnbrücken, zwielichtige Hotels mit Mädchen in schwarzer Lederkleidung, luxuriöse Geschäfte mit Uhren, Schmuck, Handtaschen und Parfum in den Schaufenstern. Ich war in Ledersandalen in Paris angekommen. Im Herbst waren sie zerschlissen. In einem Geschäft in der Nähe der Porte d'Italie kaufte ich mir weiße Turnschuhe aus Plastik, die zwar sehr hässlich waren, in denen ich aber kilometerweit laufen konnte.

Ich ging durch die Stadt, ohne mit jemandem zu reden. Ab und zu blickten mich Leute an, schienen mich ansprechen zu wollen. Aber seit dem Zwischenfall in den Toiletten des Regency sah ich den Leuten nicht mehr in die Augen. Ich lief mit starrem Blick durch die Stadt, als wüsste ich, wohin ich gehen wollte. Für den Fall, dass mir jemand folgen sollte, betrat ich vorsorglich ein Haus, wartete hinten in einem dunklen Gang, zählte bis hundert und ging wieder hinaus.

Es gab seltsame Gegenden, vor allem in der Nähe der Bahnhöfe. Die Rue Jean-Bouton, den Quai de la Gare. Halbwüchsige Jungen in zu weiten Lederjacken, dünne Mädchen in Jeans und Spencers. Sie hatten das Haar mit Wasserstoffsuperoxyd gebleicht, ihre Gesichter waren hager, der Blick abwesend, leer. Als ich eines Tages nach Hause ging, wurde ich Zeuge einer Schlägerei. Es war grauenhaft, unverständlich. Zunächst sah ich Männer und Frauen, die mit heiserem Geschrei wegrannten und sich dabei gegenseitig anrempelten. Türken, glaube ich, oder Russen, ich weiß es nicht. Dann eine kleine Gruppe von jungen Männern in Lederjacken, die Knüppel und Baseballschläger in den Händen hielten. Sie liefen ganz nah an mir vorbei, und da ich wie angewurzelt am Rand des Bürgersteigs stehen blieb, stieß mich einer der Lederjackentypen mit der flachen Hand nach hinten. Ich sah, wie er den Mund und das Gesicht verzog, sah seine Augen, die mich eine Sekunde anstarrten, harte, kalte Augen wie die einer Eidechse. Dann war die Gruppe verschwunden. Ich war neben der Gosse auf die Knie gestürzt und wagte mich nicht zu rühren. Ich hörte die Sirene der Polizei und hatte gerade noch Zeit, zur Tür des Hauses von Mademoiselle Mayer zu rennen.

Als ich in die Wohnung kam, zitterte Houriya. Ich betrat das dunkle Zimmer, knipste das Licht an und erkannte ihren Blick nicht wieder, sie hatte den Blick eines gehetzten Tieres. Das gab mir einen Stich, denn sonst war sie immer so sorglos, so fröhlich.

»Was hast du?« Sie antwortete nicht. Sie betrachtete meine Beine, und dann merkte ich, dass sie auf meine an den Knien zerrissene Hose starrte, auf einen Blutfleck, der auf dem Stoff immer größer wurde. Ich sagte zu ihr: »Ich bin gefallen, ich habe eine Stufe übersehen.« Aber ich wusste, dass ich ihr nichts vormachen konnte. Sie sagte mit erstickter Stimme: »Ich will hier weg, ich halte es nicht mehr aus.« Da sagte ich in entschiedenem Ton, so wie sie es vor unserer Abreise zu mir gesagt hatte: »Das ist unmöglich. Du kannst nicht mehr zurück. Sonst stecken sie dich und mich ins Gefängnis. Dann bekommst du dein Kind nicht einmal zu sehen. Sie nehmen es dir weg.« Ich sagte das auch zu mir. Um nicht zu vergessen, was sie mir angetan hatten, als ich noch ein Kind war. Geraubt, in einen Sack gesteckt, geschlagen und verkauft. Und dann diese Hände, die mich abtasteten, und das brennende Gefühl im Bauch. Die Erinnerung war mit einem Schlag wieder da, wie scharfe Säure in der Kehle. »Dann lieber sterben.« Ich sagte das so, wie sie es in Tabriket gesagt hatte, als sie sich das Messer an die Kehle hielt.

Gegen Ende des Sommers lernte ich Dr. Fromaigeat kennen. Ich muss ihr wohl aufgefallen sein, als ich den Rollwagen mit schmutziger Wäsche durch die Gänge schob. Dr. Fromaigeat war Nervenärztin, ihr Sprechzimmer war im dritten Stock, aber sie ging sehr oft von einer Abteilung in die andere. Sie hatte Marie-Hélène nach meinem Namen gefragt und sich nach mir erkundigt. Eines Tages nahm mich Marie-Hélène um die Mittagszeit beiseite. Ihre Stimme war unverändert, melodiös und langsam wie immer, aber tief in ihren großen hellbraunen Augen konnte ich sehen, was sie empfand. Verlegenheit und eine Spur von Ironie oder Misstrauen. Sie sagte: »Weißt du, Laïla, ich sage dir das nur so, aber es gibt da jemand Wichtiges, der sich für dich interessiert.« Da ich sie verständnislos ansah, fuhr sie fort: »Dr. Fromaigeat, sie leitet die neurologische Abteilung, sie will dir helfen. Sie ist bereit, dir Arbeit zu verschaffen, wenn du willst, kannst du zu ihr gehen.« Ich zögerte, weil ich absolut keine Lust hatte, irgendjemanden kennen zu lernen, irgendjemand Neues zu treffen. Ich wollte weiter zwischen den Leuten, zwischen den Dingen hindurchgleiten wie ein Fisch, der einen Bach hinaufschwimmt.

Marie-Hélène wurde ärgerlich: »Du solltest endlich an deine Zukunft denken, ich kann dich nicht ewig ohne Papiere hier arbeiten lassen, das ist zu riskant, ich kann dadurch meine Stelle verlieren.« Zum ersten Mal ließ sie mich spüren, dass sie mir einen Dienst erwies. Wenn ich gekonnt hätte, hätte ich einfach das Krankenhaus verlassen, aber Houriya war völlig deprimiert und allein, und wir brauchten unbedingt Geld. Ich fragte: »Was soll ich denn tun?« Marie-Hélène gab mir einen Stoß in die Rippen und sagte: »Was glaubst du eigentlich? Diese Frau schlägt dir nur vor, bei ihr zu arbeiten, den Haushalt und die Einkäufe zu machen, das ist alles. Du arbeitest jeden Tag, und mittags kannst du bei ihr essen. Sie erwartet dich morgen Nachmittag bei sich zu Hause, du kannst gleich anfangen. So etwas hast du doch gesucht, oder?« Ich senkte den Kopf. Ich wollte Marie-Hélène nicht verärgern. Sie hatte tatsächlich viel für mich getan. Nur weil sie mich sympathisch fand und weil sie mein Haar mochte, meine schwarze Haut und meine Augen, die den ihren glichen, Gazellenaugen, wie meine Herrin gesagt hatte. Sie nahm mich in den

Arm und sagte: »Hör zu, wenn du willst, komme ich mit, um dich vorzustellen. Ich bitte Cécile, mich morgen Nachmittag zu vertreten.«

Und so machte sie es. Ich glaube nicht, dass sie irgendeine böse Absicht dabei hatte. Sie glaubte, mir zu helfen, und vielleicht war sie im Grunde sogar etwas neidisch, sie hätte sich bestimmt auch gewünscht, dass irgendjemand Wichtiges sie bemerkt hätte. Marie-Hélène war so bescheiden, und das Leben hatte ihr so übel mitgespielt, sie hatte eine Tochter und war jahrelang jeden Abend von ihrem Exmann geschlagen worden. Seit dem Tag, an dem er sie brutal mit dem Gesicht gegen einen Spiegelschrank gestoßen hatte, fehlte ihr ein Schneidezahn. Sie wollte, dass es mir nicht so erging wie ihr. Sie sagte: »Sieh mich an, mein Leben ist verpfuscht.« Sie wollte, dass ich Houriya verließ. Sie wollte, dass aus mir etwas wurde.

Madame Fromaigeats Haus lag in einer ruhigen kleinen Straße in Passy: ein großes eisernes Tor zwischen zwei Pfeilern, die Zahl acht aus Schmiedeeisen, eine weiße Fassade mit einem spitzen Giebel, und unter dem Dach ein kleines Fenster, das mir sogleich gefiel.

Marie-Hélène stellte mich Dr. Fromaigeat vor. Ich hatte so viel über sie gehört, dass ich Angst hatte, sie zu treffen, ich glaubte, ich würde einer vornehmen Dame begegnen wie Madame Delahaye aus Rabat mit ihrem Goldschmuck, dem tadellosen grauen Kostüm und einem blassen Gesicht mit kalten Augen und hatte mir vorgenommen, beim ersten abfälligen Wort Reißaus zu nehmen. Doch Madame Fromaigeat war das genaue Gegenteil. Sie war sehr klein, lebhaft, dunkelhaarig, in ihren Augen lag ein spöttisches Glitzern, und außerdem war sie ziemlich seltsam gekleidet, trug eine viel zu weite khakifarbene Hose und einen langen himmelblauen Kittel wie eine Bauernschürze. Als sie mich sah, umarmte sie mich und rief: »Sie ist wirklich entzückend!« Sie kochte einen Tee und bot uns Plätzchen an, war ständig in Bewegung und hüpfte durch die Wohnung wie ein Spatz. »Laïla, du musst dich gut um mich kümmern, das versprichst du mir doch? Ich habe keine Kinder, du bist von jetzt an meine Tochter und musst den Haushalt für mich führen. Marie-Hélène hat mir gesagt, dass du dich früher einmal um eine gebrechliche alte Dame gekümmert hast. Ich bin noch nicht so alt und erst recht nicht gebrechlich, aber ich möchte, dass du mich so behandelst, als wäre ich es, verstehst du?« Ich trank meinen Tee und nickte. Ich konnte kaum glauben, dass sie so über meine Herrin sprach, als hätte meine Arbeit tatsächlich darin bestanden, mich um eine gebrechliche alte Frau zu kümmern. Aber im Grunde begriff ich, dass sie Recht hatte und dass meine Arbeit, seit ich klein war, wirklich so gewesen war.

Es machte mir Spaß, bei Madame Fromaigeat zu arbeiten. Ich blieb den ganzen Tag im Haus und putzte. Ich erinnerte mich allmählich wieder an die Handgriffe, die mir aus Lalla Asmas Haus im Mellah vertraut waren. Ich begann damit, den Hof zu fegen, dann den Treppenabsatz vor der Haustür, sammelte die Blätter auf, die von den Kastanien herabfielen, die Reiser, den Unrat von den Nachbarhäusern. Dann schrubbte ich die Fliesen, klopfte die Teppiche. Ich fegte den Teppichboden mit einem Reisigbesen, den ich im Keller gefunden hatte. Eines Morgens kam Madame und sagte laut lachend: »Aber nein, Laïla, dafür musst du den Staubsauger nehmen.« Ich hatte Angst vor dieser Maschine, die dröhnte, pfiff und alles verschlang, sogar Strümpfe und Tüllgardinen. Dann gewöhnte ich mich daran.

Ich kaufte zunächst in ihrem Viertel ein. Doch da die Geschäfte in der Nachbarschaft zu teuer waren, nahm ich den Bus und fuhr zum Markt auf der Place d'Aligre, wo ich Apfelsinen in Zwei-Kilo-Netzen, Tomaten, Zucchini und Melonen kaufte. In der Küche häufte sich das Obst. Madame war begeistert. Sie ließ einen Hundertfrancschein auf dem kleinen Tisch im Eingang, und ich legte das Wechselgeld auf eine Untertasse und bemühte mich, so wenig wie möglich auszugeben. Ich bereitete jeden Tag einen anderen Salat zu, mit tunesischen Oliven, Rosinen, Feigen, Bischofsmützen, Kiwis, Avocados, Gombos und Karambole. Und römischen Salat, krausen Salat, Eissalat, Feldsalat, Löwenzahn, Kürbisblätter, Stachelgurken und Rotkohl. Ich füllte eine große weiße Schüssel, die ich auf das schöne weiße Tischtuch mitten auf den Tisch stellte, und daneben kam das blitzende Silberbesteck und ein Krug mit frischem Wasser. Dann ging ich weg. Ich kehrte in Mademoiselle Mayers Wohnung zurück, und dort kam mir alles grau, trübselig und trostlos vor. Houriya lag auf dem Sofa und knabberte an einem Stück Brot. Sie war verbittert. »Du lässt mich einfach im Stich. Du lässt mich allein, und ich weine von morgens bis abends. Habe ich dich vielleicht deswegen hierher mitgenommen?« Sie war eifersüchtig, war neidisch. »Und jetzt, wo du mich nicht mehr brauchst, jetzt, wo du jemand Besseres gefunden hast als mich, machst du dich bei der ersten Gelegenheit aus dem Staub und vergisst mich, und ich muss in diesem Dreckloch verrecken, ohne dass mir jemand hilft!« Ich versuchte sie zu beruhigen, versprach ihr, mit ihr in den Süden zu fahren, nach Marseille, nach Nizza, sobald ich genug Geld gespart hätte. Ich redete mit ihr wie mit einem Kind.

Vielleicht hatte sie Recht. Ich wollte weg von hier. Ich wollte möglichst weit weg von der Rue Jean-Bouton, von den schäbigen Hotels, von den Dealern auf den Bürgersteigen und den Jugendbanden, die mit Schlagstöcken durch die Straßen liefen, um Araber und Schwarze zu verprügeln.

Ich fühlte mich nur dann wohl, wenn ich das Eisentor mit der Nummer 8 aufstieß und das lautlose alte Haus betrat, in dem ich alles aufgeräumt und eingerichtet hatte, als sei Lalla Asma noch da und als sei sie die eigentliche Hausherrin.

Seit meiner Kindheit, dachte ich, hatten mich die Leute immer wieder in ihren Netzen gefangen. Sie überrumpelten mich, stellten mir mit ihren Gefühlen, ihren Schwächen Fallen. Erst Lalla Asma, dann ihre Schwiegertochter Zohra, Madame Jamila, Tagadirt und jetzt Houriya. Ich hatte das Gefühl zu ersticken. Wenn ich bei ihr blieb, würde ich es nie schaffen, mich aus dem Elend zu befreien. Dann müsste ich wieder ins Douar Tabriket zurückkehren, mich bei Tagadirt einsperren lassen, mich mit einem Horizont begnügen, der nur aus einer Gasse voller Schlaglöcher und der Brücke der künftigen Schnellstraße bestand, und mich wieder an das Quieken der Ratten auf den Dächern gewöhnen.

Es war nicht sehr nett von mir, das gebe ich zu, aber ich hielt es einfach nicht mehr aus. Um die Uhrzeit, da ich eigentlich nach Hause, in die Rue Jean-Bouton gehen musste, blieb ich bei Madame. Ich räumte weiter die Küche auf. Rieb die Töpfe blank, die Kacheln, die Wasserhähne. Ich tat das, um nicht nachzugrübeln, um nur nicht zu denken.

Madame kehrte etwas früher heim als sonst. Als sie mich sah, sagte sie nichts, sie hatte alles begriffen. Noch bevor sie ihren Regenmantel auszog und die Schlüssel ablegte, umarmte sie mich. Sie sagte: »Das freut mich sehr, mein Schatz, ich habe auf diesen Tag gewartet, ich war mir sicher, dass es irgendwann so weit sein würde.« Ich wusste nicht recht, was sie damit meinte. Sie hatte mir schon das hintere Zimmer neben der Küche gezeigt, ein Zimmer mit einer Tür, die zum Dienstboteneingang führte. In dem Zimmer hatte ich meine Tasche mit dem alten Transistorradio abgestellt, das war alles, was ich besaß. Madame stellte keine Fragen. Sie tat gleich, als sei das so abgemacht, als wohnte ich schon seit Jahren dort. Nach der Zeit mit Houriya war das sehr erholsam. Selbst Marie-Hélène war ermüdend, sie wollte alles wissen, ergriff immer Partei. Ich dachte nicht einmal mehr an Nono. Auch er hielt mich in seinen Netzen gefangen. Er wollte, dass ich mit ihm ging, wollte, dass ich mich darauf einließ, seine Freundin zu werden. Er war nett, konnte sehr gutmütig lachen, und ich amüsierte mich gut mit ihm, aber ich hatte ständig Angst, dass ihn die Polizei aufgriff, weil er Kameruner war und keine Papiere besaß. Ich hatte den Eindruck, dass er früher oder später geschnappt würde, und ich wollte nicht mit ihm geschnappt werden.

Bei Madame war es wirklich erholsam. Ich wusste, dass mir hier nichts passieren konnte. Es war ein gutes Viertel, eine kleine, im Bogen verlaufende Straße, kleine Häuser mit Gärten, schicke Mietshäuser, blonde Kinder in Schuluniform. Die Polizei verirrte sich nicht hierher. Anfangs, als ich in Poissy wohnte, schlief ich fast nur. Ich hatte das Gefühl, als hätte ich seit Jahren nicht geschlafen, weil ich immer davon bedroht war, Reißaus nehmen zu müssen, oder weil ich fürchtete, dass Zohra mir die Polizei auf den Hals hetzen würde. Und in der Rue Jean-Bouton der ständige Streit zwischen den Schwarzen und Mademoiselle Mayer, und die Punks, die mit Knüppeln bewaffnet durch die Gasse rannten, um die Araber zu verprügeln. Und die so oft aufheulende Sirene der Polizeiwagen und nachts das unheimliche Tatütata der Krankenwagen.

So kam es, dass ich bis neun oder zehn Uhr schlief. Manchmal weckte mich Madame. Sie schob den Vorhang zur Seite, und das Sonnenlicht zwängte sich zwischen meine Lider. Durch das Fenster sah ich die roten Blätter des wilden Weins. Ich hörte die Vögel zwitschern. Ich blieb zusammengerollt im Bett liegen, um den Augenblick des Aufstehens noch ein wenig hinauszuzögern, und Madame setzte sich auf die Bettkante und streichelte mir sanft mit der Handfläche über die Wange, als sei ich eine kleine Katze. Auch ihre Stimme liebkoste mich. Sie sagte ganz sanfte Worte, die wie im Traum durch das Zimmer glitten. »Mein Schatz, rühr dich nicht, bleib so liegen, du bist hier zu Hause, lass dich von mir in den Schlaf wiegen, du bist mein kleines Mädchen, auf dich habe ich gewartet, lass dich von mir beschützen, hier brauchst du dich vor nichts mehr zu fürchten, ich kümmere mich um dich. Du bist meine Tochter, mein kleines Mädchen ...« Mit ihrer sanften, heiseren Stimme, die sehr tief war, sagte sie solche und noch viele andere Dinge, ganz nah an meinem Ohr, und dabei glitt ihre warme, trockene Hand über mein Gesicht, streichelte mein Haar im Nacken, und ihre Finger spreizten sich in meinen Locken. Ich weiß nicht, ob ich das wirklich mochte. Es war seltsam, wie ein Traum, der sich in die Länge zieht, ich hatte das Gefühl, als schwebte ich auf einer Wolke. Ich bebte, spürte, wie mir ein Schauer den Rücken herablief und vom Bauch wieder heraufkroch, ich spürte jeden einzelnen Nerv meiner Haut ganz genau, von den Füßen bis in die Hände, und konnte mich nicht rühren. Ich schlief wieder ein, und als ich erneut die Augen öffnete, war es heller Tag, und Madame war zur Arbeit gegangen. Dann stand ich auf, ging ins Badezimmer und duschte lange kalt, um wach zu werden.

Ich machte inzwischen keine weiten Wege mehr, um einzukaufen. Ich hatte jetzt Angst, dieses Viertel zu verlassen, mich von dieser ruhigen Straße zu entfernen, das Tor mit der Nummer 8 aus den Augen zu verlieren. Ich ging in die Bäckerei an der Straßenecke, und in der Nähe der Metrostation kaufte ich Obst, Gemüse und Käse. Und daher reichte das Geld nicht mehr. Um sie nicht darum bitten zu müssen, steuerte ich aus meinen eigenen Ersparnissen das Nötige hinzu. Ich glaubte, dass Madame Fromaigeat mich eingestellt hatte, weil ich findig war und es verstand, preisgünstig einzukaufen, ich wollte nicht, dass sie erfuhr, dass ich inzwischen faul geworden war und nichts mehr für sie einsparte. Und da ich nicht mehr genug Geld hatte, stahl ich schließlich hin und wieder etwas: Lachs, Kekse oder Haushaltswäsche. Ich war noch nicht aus der Übung gekommen, war noch immer genauso geschickt, und die Kaufleute in meinem Viertel waren gutgläubig, misstrauten mir nicht. Nur einmal geschah etwas Eigenartiges. Ich begriff die Sache nicht gleich, aber ich hatte den seltsamen Eindruck, als gäbe es da ein Geheimnis, einen verborgenen Sinn, den ich nicht entschlüsseln konnte. Es war mit einer der Verkäuferinnen in dem kleinen Selbstbedienungsladen, einer knochigen jungen Frau mit strohblondem Haar. Als ich an ihr vorbeiging, sah sie mich starr an, und ich glaubte, sie habe mich durchschaut und gemerkt, dass ich gerade dabei war, einen Aschenbecher zu stehlen. Ich wollte ihn schon aus der Tasche ziehen, um ihn zu bezahlen, doch da sagte sie ganz langsam: »Du bist also die Neue«, wobei sie jedes einzelne Wort betonte. Ich stotterte: »Wieso die Neue?« Sie starrte mich immer noch mit ihren hellen, kalten Augen an und sagte: »Ja, ja, mein Herzchen.« Und dann tat sie alles in die Tüte und hielt sie mir hin, ohne das Geld zu nehmen. Ich bin sofort weggerannt, damit sie mich nicht zurückrufen konnte.

Nachmittags rief ich manchmal Houriya an. Damit Mademoiselle Mayer sie ans Telefon holte, erzählte ich ihr, ich sei weit weg, in England, in Amerika. Sie sagte »So?« mit ihrer schrillen Stimme. Gleich darauf hörte ich Houriyas tiefe, raue Stimme. Sie sprach arabisch mit mir, und ich antwortete ihr auf Französisch.

»Wo bist du?«

»In Paris, nicht in Amerika.«

»Wann kommst du wieder?«

»Ich weiß noch nicht. Hör zu, ich habe viel zu tun.«

»Haha ...«

»Doch, ich schwöre dir, ich habe wirklich keine Zeit dazu. Und außerdem ist es weit, am anderen Ende der Stadt.«

»Haha, haha.«

»Warum sagst du ›haha‹? Glaubst du mir nicht?«

Stille.

»Hör zu, ich besuche dich, sobald ich mich freimachen kann. Brauchst du irgendetwas? Hast du noch Geld?«

»Es geht, es ist noch ein bisschen da.«

»Ich muss jetzt Schluss machen. Ich rufe dich bald wieder an.«

»Warum lügst du mich an? Du kommst doch nicht, du lässt mich eher verrecken.«

»Hör zu, ich lüge nicht. Ich kann jetzt nicht kommen. Aber ich rufe dich wieder an.«

»Na gut.«

»Auf Wiedersehen.«

»*Salama*, Laïla.«

»*Salama, halti.*«

Ich schämte mich. Ich hätte bloß eine halbe Stunde mit der Metro zu fahren brauchen, dann wäre ich da gewesen. Aber schon bei dem Gedanken, die Rue Jean-Bouton zu betreten, wurde mir schlecht. Es war, als gäbe es eine Mauer, die mich von dieser Straße trennte.

Eines Morgens kam Nono. Ich weiß nicht, wie er meine Adresse herausgefunden hatte, möglicherweise hatte er Marie-Hélène ausgequetscht. Dabei misstraute sie ihm, aber vielleicht hatte er sich auch im Krankenhaus erkundigt. Als ich nach draußen ging, um die Einkäufe zu machen, war er plötzlich da. Er muss wohl eine ganze Weile in einem Hauseingang im kalten Herbstwind gewartet haben, nur mit einer leichten Lederjacke bekleidet. Er zog die Nase hoch. Er war erkältet. Er schien sich wirklich darüber zu freuen, mich zu sehen, und ich brachte es nicht fertig, ihn wegzuschicken. Er war eingeschüchtert.

»Du hast dich verändert.«

»So? Zum Besseren?«

Er lächelte. »Du siehst jetzt aus wie eine Madame.«

Das lag an der Kleidung, die Madame Fromaigeat mir gekauft hatte. Eine schwarze Keilhose, einen Pullover mit V-Ausschnitt und einen roten Schal, den ich mir um den Hals gebunden hatte.

Ich hatte gedacht, ich würde entsetzt darüber sein, jemanden aus meinem früheren Leben wieder zu treffen, doch ich stellte erstaunt fest, dass ich mich richtig darüber freute, Nono wieder zu sehen.

Er begleitete mich beim Einkaufen. Er trug die Taschen. Er hatte breite Schultern und einen kräftigen Nacken, aber ein kindliches Gesicht, und ich wunderte mich, wie klein er war. Er kam mir viel kleiner vor als früher. Die Kaufleute fanden ihn sympathisch, scherzten mit ihm. Einer fragte sogar: »Ist das Ihr Bruder?« Zum ersten Mal seit Wochen amüsierte ich mich. Ich wachte aus einem Traum auf.

Nono erzählte mir das Neueste aus der Rue Jean-Bouton. Mademoiselle Mayer hatte Schwierigkeiten bekommen. Die Polizei hatte eine Razzia gemacht. Sie hatte nicht alle Bewohner ihrer Pension polizeilich gemeldet. Man hatte ihr mit einer Geldstrafe gedroht. »Die alte Zicke! Sie hat laut geweint und gesagt: ›Es ist doch nicht meine Schuld, diese Schwarzen sehen doch alle gleich aus! Ich kann sie nicht auseinander halten!‹«

»Und meine Tante?«

So nannte ich Houriya. Sie hatte nichts gesagt. Sie hatte ihre Tür einen Spalt geöffnet und sie sogleich wieder geschlossen. Sie hatte Angst vor der Polizei. Sie glaubte, man wolle sie festnehmen und sie zu ihrem Mann zurückschicken. Doch die Polizisten hatten mit den Antillanern und den Afrikanern genug zu tun. Nono war übers Dach geflüchtet. Deshalb war er gekommen.

»Und wo wohnst du jetzt?«

Er zeigte mit dem Finger in die andere Richtung der Stadt, als könne man von hier aus sehen, wo er wohnte.

»Ein Freund hat mir eine Garage geliehen, da schlafe ich jetzt ...«

»Und wo?«

Er dachte nach.

»Das ist ein komischer Name, Rue Javelot.«

Er zeigte mir einen Zettel, auf den eine Adresse gekritzelt war: Rue du Javelot 28. Javelot, der Wurfspieß. Ich dachte, dass das ein schöner Name für einen kamerunischen Krieger war.

»Nachts geht das, aber am Tag ist es dort zu dunkel, da gehe ich in eine Turnhalle zum Training. Im nächsten

Monat habe ich einen Boxkampf, der Boss hat gesagt, dass ich bald zu den Profis überwechseln kann, er besorgt mir alle Papiere.«

Als wir wieder vor der Nummer 8 standen, sah er ganz verfroren aus, und ich nahm ihn mit herein, um ihm einen Kaffee zu kochen. Er wunderte sich über das Haus. Er ging ganz vorsichtig, als habe er Angst davor, dass die Dielen knackten. Wir gingen durch das Wohnzimmer in die große weiße Küche. Sein Erstaunen amüsierte mich. Ich kannte schon seit langem die Häuser der Reichen; seit der Villa von Madame Delahaye kam mir nichts mehr außergewöhnlich vor. Aber Nono war wie ein Kind, das ein neues Spielzeug entdeckt. Er begutachtete die elektrische Kaffeemaschine, den Toaster, zog die auf Kugellagern gleitenden Schubladen auf, drehte die Körbe aus rostfreiem Stahl herum.

»Da steckt aber viel Geld drin.«

»Das stimmt, gefällt es dir?«

Er lachte schallend.

»Das ist besser als die Garage, in der ich hause!«

Ich legte ihm den Arm um den Hals.

»Wenn du erst mal ein berühmter Boxer bist, kannst du dir genauso ein Haus kaufen.«

Er dachte nach.

»Wenn das mal so kommt, dann heirate ich dich.«

Er wirkte so ernst, dass ich laut lachen musste. »Erzähl doch keinen Mist. Wenn du ein berühmter Boxer bist, dann denkst du nicht mehr an mich, dann heiratest du eine hübsche blonde Puppe!«

Nono blickte mich vorwurfsvoll an.

»Warum sagst du das? Ich heirate nur dich!«

Er gewöhnte sich an, fast jeden Morgen zu kommen, außer am Wochenende, weil dann Madame Fromaigeat zu Hause blieb. Er half mir, die Einkaufstaschen zu tragen, und ich machte ihm ein reichhaltiges Frühstück mit Eiern, getoastetem Brot und großen Tassen heißer Milch.

Madame Fromaigeat sagte nichts, aber eines Tages muss ihr wohl jemand etwas erzählt haben, denn ihr Gesichtsausdruck hatte sich verändert. Sie wurde barsch, boshaft und schalt mich bei jeder Kleinigkeit. Oder sie kam mit wütender Miene unverhofft nach Hause, als habe sie etwas vergessen, einen Schlüsselbund, eine Akte, egal was. In Wirklichkeit tat sie das, um zu sehen, ob Nono bei mir war, um uns zu überraschen. Ich begriff die Sache sogleich und sagte zu Nono, er solle nicht mehr hereinkommen, sondern auf der Straße auf mich warten. Er machte sich über mich lustig: »Deine Chefin ist eifersüchtig!«

Es ärgerte mich, dass sie so reagierte. Ich hatte den Eindruck, dass sich irgendetwas über mir zusammenbraute. Ich wusste nicht, was. In der Zwischenzeit hatte mir Madame Fromaigeat einen geheimnisvollen Brief gegeben. Der Briefkopf lautete: *Polizeikommissariat des 16. Arrondissements.* Es war eine Vorladung, um meinen Status zu legalisieren. Madame Fromaigeat wusste genau, worum es ging. Sie hatte alles heimlich verabredet, sie war mit der Kommissarin befreundet. Sie hatte die Anmeldebestätigung und die Beglaubigungen unterschrieben. Alles war so weit vorbereitet. Sie tat so, als versuche sie zu begreifen, worum es ging. Sie sagte zu mir: »Ich glaube, dass dein Antrag auf eine Aufenthaltsgenehmigung durchgekommen ist und du die französische Staatsbürgerschaft bekommen kannst.« Ich war völlig verblüfft. Ich hätte fast gesagt: »Ich habe überhaupt nichts beantragt!« Und dann erinnerte ich mich an Zohra, an ihren Mann, an die Wohnung, in der sie mich monatelang eingeschlossen hatten, und an das Douar Tabriket, die Ratten, die über die Dächer rannten, und das Kratzen ihrer Krallen auf dem Blech. Ich sagte: »Vielen Dank.« Sie drückte mir einen Kuss auf die Wange.

Vielleicht bedauerte Madame es inzwischen. Als ich vom Kommissariat zurückkam, mit rotem Kopf, denn es war warm und der Beamte etwas zu aufdringlich gewesen, musste ich alles erzählen, die Papiere, die ich unterzeichnet hatte, die Fingerabdrücke, das Diktat und den Namen, den er für mich ausgesucht hatte: Lise Henriette. Er fand, dass das gut zu mir passte. Madame Fromaigeat lachte, klatschte in die Hände und war so begeistert, als sei das alles nur für sie. Natürlich erzählte ich ihr nicht, dass sich der Beamte über mich gebeugt, mir die Hand in den Nacken gelegt und mich leise gefragt hatte: »Was heißt ›Ich liebe dich‹ auf Arabisch?«, und ich geantwortet hatte: »*Saafi* ...«, das gröbste Schimpfwort, das ich kannte, weil Houriya das manchmal den Männern, die sie in Tabriket belästigt hatten, hinterhergerufen hatte. Das hätte Madame nicht verstanden. Hätte nicht verstanden, wie egal mir das alles war, dass es zu spät war und dass nicht ich diese Papiere hätte bekommen sollen, sondern Houriya.

Madame besänftigte sich wieder etwas. Sie sagte zu mir: »Du gehst doch wohl nicht weg? Sag, du lässt mich doch nicht allein?« Sie redete wie Houriya, wie Tagadirt. Sie waren alle gleich.

Ich wäre lange bei ihr geblieben, ich nehme sogar an, dass ich noch bei ihr wäre, wenn nicht eines Nachts diese Geschichte passiert wäre. Ich begreife immer noch nicht recht, wie es dazu gekommen ist. Es war nach dem Abendessen, wir hatten uns unterhalten. Seit einiger Zeit rauchte ich mit ihr amerikanische Zigaretten, und wir unterhielten uns. Wir warfen ab und zu einen Blick auf den Fernseher, ohne wirklich die Sendung zu verfolgen. Es war noch warm, es war Ende September, die Fenster waren weit geöffnet, und draußen ging ein leichter Regen auf die Blätter nieder. Alles war still in der Rue des Marronniers, es war kaum zu glauben, dass wir uns in einer riesengroßen Stadt befanden, in der sich furchtbare Dinge ereigneten.

Madame Fromaigeat hatte wie üblich ihren abendlichen Tee aus Blättern und Blüten gekocht, der einen leicht ekligen Geschmack nach Pfeffer und Vanille hatte. Ich schlief auf dem Sofa ein. Ich hatte das Gefühl zu schweben. Nein, ich schlief nicht, aber ich spürte, wie mein Körper ganz leicht wurde, und ich konnte weder die Arme noch die Beine bewegen. Ich hatte den Eindruck, als sei Madames Gesicht ganz in meiner Nähe, glänzend wie ein Stern, mit einem seltsamen Lächeln, und ihre schwarzen, länglichen Augen glichen denen einer Katze. Sie sprach ganz leise, sagte immer wieder wie mit einem Schnurren: »Mein Kleines, mein Kleines.« Und ich spürte, wie ihre trockene, warme Hand unter meiner aufgeknöpften Bluse über meine Haut glitt und mit meinen Brustwarzen spielte. Mir klopfte das Herz fast zum Zerspringen. Ich hörte ihre Stimme, die immer wieder flüsterte: »Mein Kleines«, und ich wünschte mir, sie würde aufhören, schweigen, wünschte mir, sie würde verschwinden, wünschte mir, ich könnte irgendwohin zurückkehren, wo niemand anderes war, auf den Friedhof über dem Meer, auf dem ich früher so oft gewesen war, während die Sonne die weißen Stelen im Gras glänzen ließ, die namenlosen Stelen, könnte dorthin zurückkehren, wo die Vögel mit sensenscharfen Flügeln im Wind schwebten.

Als ich morgens aufwachte, hatte ich einen trockenen

Mund, einen Kater. Ich erinnerte mich nicht mehr so genau daran, was passiert war. Ich hatte auf dem Sofa im Wohnzimmer geschlafen, aber ich war in Madames Morgenrock aus japanischer Seide gehüllt. Das verblüffte mich zunächst, dieser betäubende Geruch nach Juchten. Ich irrte durch das leere Haus und stieß mich an den Möbeln. Ich wusste nicht, was ich suchte, konnte an nichts anderes denken. Ich machte etwas Wasser für meinen Kaffee heiß. Die Sonne drang in die Küche, draußen war es mild, der wilde Wein in der Fensteröffnung färbte sich schon rötlich, und eine Schar von Spatzen tschilpte laut.

Und während ich meinen Kaffee trank, wurde mir schlagartig alles klar: Ich musste fort von hier. Ich spürte, wie mein Herz rasend zu pochen begann und ein stechender Schmerz sich wie ein Ring um meine Stirn legte. Ich ging im Kreis herum, warf Stühle um und sagte: »Die alte Zicke! Die alte Zicke!«, wie Marie-Hélène, wenn sie von Mademoiselle Mayer sprach.

Jetzt erinnerte ich mich, was Lalla Asma mir erzählt hatte, sie hatte gesagt: »Trink nie Tee bei jemandem, den du nicht kennst, sonst trinkst du etwas, was du nicht möchtest.« Sie sprach von einem Mann, der die Mädchen ins Café einlud und ihnen ein Getränk vorsetzte, und wenn sie eingeschlafen waren, nahm er sie mit nach Hause, vergewaltigte sie und schnitt ihnen die Kehle durch.

Und ich erinnerte mich an den Tee, den Madame mir oft angeboten hatte, an ihre glänzenden schwarzen Augen, während ich den Kopf hin und her wiegte. Gestern hatte sie wohl zu viel Rohypnol hineingetan, und ich hatte das Bewusstsein verloren. Ich konnte sie nicht ausstehen. Sie hatte mich hinters Licht geführt. Sie war nicht meine Freundin. Sie war genau wie die anderen, wie Zohra, wie Monsieur Delahaye, wie der Beamte im Kommissariat. Ich hasste sie, hätte sie umbringen können. »Die Sau, die alte Sau!«

Ich zog mich an. Ich holte wieder die Jeans und den Pullover hervor, die ich bei meiner Ankunft angehabt hatte, und warf alles, was Madame Fromaigeat für mich gekauft hatte, auf einen Haufen. Das goldene Kettchen mit dem Anhänger, auf dem ihr Name eingraviert war, warf ich ins Klo und zog, doch das Wasser riss das Kettchen nicht mit. Ich überlegte, was ich tun könnte, um mich zu rächen. Ich wollte nicht stehlen, wollte nichts von ihr mitnehmen. Ich wollte sie nur aus meinem Gedächtnis streichen, sie und ihre Vorwände. Ich ging in ihr Arbeitszimmer und begann, all ihre Bücher auf den Boden zu werfen, ich nahm sie aus dem Regal, sah mir den Titel an und warf dann das Buch mitten ins Zimmer. Und plötzlich war ich wie besessen und schleuderte die Bücher immer schneller durch die Luft, sie zerrissen mit lautem Geräusch, klatschten gegen die Wände. Mit ihren Fotos, ihren Briefen, ihren Papieren machte ich es genauso. Ich glaube, ich habe dabei geschrien, sie auf Arabisch, auf Französisch beschimpft, alles, was mir einfiel. Das hat mir richtig gut getan.

Als ich fertig war, sahen Madames Arbeits- und Wohnzimmer wie ein Feld nach einem Wirbelsturm aus. Dann nahm ich meine Tasche, mein altes Radio und ging.

8

Die Rue du Javelot war die unglaublichste Straße in ganz Paris. Erst wollte ich gar nicht glauben, dass es so etwas gibt. Als Nono mich mit seinem Motorrad (oder besser gesagt, mit dem Motorrad, das er sich geliehen hatte) abholte und wir in eine Unterführung einbogen, glaubte ich, er nehme eine Abkürzung, wir führen durch einen Tunnel. Doch die Straße führte im Bogen durch eine betonierte Galerie mit Garagentüren, und das Motorrad machte einen höllischen Lärm. Auch Autos fuhren durch diese Passage, hupend und mit eingeschaltetem Licht. Nach all diesen Ereignissen war ich völlig erschöpft und klammerte mich an Nonos Lederjacke, ich hatte den Eindruck, wir hätten uns verirrt, ich wusste nicht mehr, wohin wir fuhren und was passieren würde. Ich glaubte, das Rohypnol wirkte noch immer.

Anschließend wurde ich sehr krank. Nonos unterirdische Wohnung war klein, nie drang Tageslicht ins Innere, außer durch einen Schacht in der Küche. In Wirklichkeit war es keine Wohnung, sondern eine Garage oder ein Keller. Für das gesamte Untergeschoss gab es nur ein Klo und eine Küche. Der Rest war in Betonzellen aufgeteilt, mit schweren verschrammten Eisentüren und gewölbeartigen Decken. Aber es war gar nicht so schlecht, denn man hörte fast nichts, bis auf das Surren der Ventilatoren und hin und wieder das Glucksen der Kanalisation. Ich wusste nicht, was ich hatte. Ich blieb fast die ganze Zeit auf der Matratze liegen, die Nono für mich in sein Schlafzimmer gelegt hatte. Er schlief nebenan in einem Raum, der eher eine Garage war, mit grau gestrichenem Zementboden und einer großen Tür mit zwei Flügeln. Übrigens parkte er dort auch sein Motorrad. Er schlief auf dem Boden, wie ein Clochard, auf mehreren Lagen von Kartons. Er war großzügig, denn er hatte mir sein Schlafzimmer zur Verfügung gestellt. Er war ganz traurig darüber, dass ich die ganze Zeit auf der Matratze lag, ohne mich zu rühren. Ich rauchte und hustete. Ich hatte überhaupt keine Kraft mehr, konnte weder die Arme noch den Kopf bewegen. Ich aß nichts mehr. Hatte nie Hunger. Manchmal füllte sich mein Mund mit Speichel, dann musste ich mich auf die Seite drehen, um zu spucken. Meine Periode blieb aus. Es war, als sei alles in mir zum Stillstand gekommen.

Nono sagte, es sei ein *yanjuc*, ein *juju*, man habe mich verhext. Er schien sich gut damit auszukennen. Er sagte, was ich alles tun müsse, Salz ins Feuer werfen, Federn oder Strohhalme an bestimmte Stellen legen, Zeichen auf den Boden malen, Rauch auf Dinge blasen. Ich hörte ihm zu. Ich hing wie gebannt an seinen Lippen, wenn er etwas sagte oder wenn er lachte. Er war der einzige Mensch, der mich mit der Außenwelt verband. Wenn er vom Training zurückkam, roch er nach der Straße, nach Schweiß, nach den Abgasen der Autos. Ich nahm seine Hand, seine kantige Hand mit den harten Fingern und der Handfläche mit ganz weicher Haut, die glatt war wie ein abgeschliffener Kiesel. »Erzähl mir, was du draußen gesehen hast, was alles auf der Straße passiert.« Er erzählte, dass er einen Unfall gesehen habe, ein Bus hatte ein Auto angefahren und ihm den Kotflügel abgerissen. Er erzählte, dass er Schotten gesehen habe, die Dudelsack spielten, und dass er Marie-Hélène getroffen habe. Er erzählte, was es in der Rue Jean-Bouton Neues gab. »Und wie geht es meiner Tante Houriya?« Er schüttelte den Kopf. »Ich habe sie nicht gesehen. Aber anscheinend ist Madame Fro ...« Er brachte es nicht fertig, ihren Namen auszusprechen, er musste lachen. »Anscheinend ist deine Chefin auf der Suche nach dir. Sie ist stinksauer auf dich. Diese alte Zicke! Sie hat dich verhext. Ich bringe sie um!« Er hatte niemandem gesagt, dass ich bei ihm wohnte, nicht einmal Marie-Hélène. Wenn Madame mich fand, würde sie mich aus Frankreich ausweisen lassen wie eine Verbrecherin. Dabei hatte ich ihr nichts gestohlen: Sie hatte mir etwas genommen, mich angelogen.

Ich hatte Albträume. Ich wusste nicht mehr, ob es Tag oder Nacht war. Ich hatte das Gefühl, im Bauch eines riesengroßen Tieres zu sein, das mich langsam verdaute. Eines Tages schrie ich, bis Nono kam. Er streichelte mir das Gesicht. Er redete sanft auf mich ein, sprach mit mir wie zu einem Kind. Als er zu seinen Kartons zurückgehen wollte, hielt ich ihn zurück. Ich drückte ihn so fest an mich, wie ich konnte. Ich spürte die Muskeln auf seinem Rücken wie Seile. Er schmiegte sich an mich und knipste das Licht aus. Sein ganzer Körper war wie eine Feder gespannt, er zitterte, ich weiß nicht, warum, aber ich fand es ulkig, dass er Angst hatte und nicht ich. In dieser Nacht ist nichts zwischen uns passiert, ich habe nur eng an ihn geschmiegt geschlafen. Nono rührte sich nicht. Er hatte den Arm um mich gelegt und atmete in meinen Nacken. Eines Abends haben wir miteinander geschlafen, ganz sanft. Er entschuldigte sich und fragte: »Tue ich dir weh?« Für mich war es das erste Mal, und dennoch hat es mich nicht überrascht. Ich hatte den Eindruck, als kenne ich das schon seit langem.

Und dann wurde alles wieder etwas besser. Ich begann mich zu bewegen, konnte bis in die Küche gehen. Ich fragte Nono vor dem Frühstück: »Wie ist das Wetter? Schön?« »Warte, ich sehe mal nach.« Er holte einen Hocker, öffnete die Luke und verrenkte sich, bis er den Oberkörper in den Lichtschacht zwängen konnte. Hinterher war sein T-Shirt voller Ruß. »Der Himmel ist strahlend blau!« Er hoffte wohl, dass ich mit ihm aufs Motorrad steigen würde, um eine Tour durch die Stadt zu machen.

Als ich zum ersten Mal unsere Garage verließ, ging ich die Treppe neben der Garagentür hinauf, nahm dann den Aufzug und fuhr bis in den obersten Stock des Gebäudes. Es war Vormittag, Nono war zum Training unterwegs. Alles war still, nur der leichte Ruck bei jedem Stockwerk war zu spüren. Ich fuhr bis ganz nach oben, in den vierzehnten Stock. Dort waren Büros von einer Versicherung, einem Rechtsanwalt oder einer Reederei, irgend so etwas. Ich ging durch die Büros und lief, ohne stehen zu bleiben, zu der großen Fensterwand. Die Sekretärinnen, die dieses schwarze Mädchen mit dem dichten Haarschopf, den abgetragenen Jeans und dem starren Blick sahen, bekamen Angst. Ich glaube, ich begriff zum ersten Mal, dass auch ich jemandem Angst machen konnte.

Ich lehnte mich an die Scheibe und sah nach unten. Einen Augenblick war ich ganz starr vor Schwindel. Ich hatte noch nie eine Stadt aus solcher Höhe gesehen. Wohin ich auch blickte, waren Straßen, Dächer, Wohnhäuser, endlose Boulevards, Plätze, Parks und in weiterer Ferne die Hügel und sogar die Windungen des Flusses, der in der Sonne glitzerte. Es war wie oben auf dem Felsen, auf dem Friedhof über dem Meer, mit den Möwen, die am Himmel kreisten. Ich sah Rauchfahnen und die glitzernden Karosserien der Autos, die so klein waren wie Käfer. Der Lärm machte mich schwindlig, das ununterbrochene dumpfe Grollen, das von überall her aufstieg und nur vom Hupen der Autos, von den Sirenen der Polizeiwagen und vom Heulen der

Krankenwagen unterbrochen wurde. Ich hatte die Hände auf die dicke Scheibe gelegt und konnte den Blick nicht abwenden. Der Himmel wurde durch eine große schwarze Wolkenwand in zwei Teile geteilt, auf der einen Seite Sonnenstrahlen, auf der anderen Regenfäden! So etwas Schönes hatte ich noch sie gesehen, das schwöre ich Ihnen.

Hinter mir hörte ich das nörgelnde Geräusch von Stimmen, eine Frau, die etwas sagte, das ich aber nicht sogleich verstand: »Mademoiselle! Mademoiselle! Ist Ihnen nicht gut?« Ich wandte mich um und sah sie lächelnd an. Ich hatte Tränen in den Augen, denn plötzlich war ich ganz glücklich. »Doch, doch, es geht mir gut, sehr gut, ich ... ich wollte nur die Gegend bewundern.« Mein Lächeln schien sie jedoch nicht zu beruhigen, denn sie wich erschrocken zurück. Sie war jung, blass, hatte langes blondes Haar und grüne Augen. Hinter ihr waren noch weitere Frauen, eine ziemlich korpulente und eine andere, die mich an Madame Fromaigeat erinnerte. Sie hatten wohl den Sicherheitsdienst angerufen, denn als ich das Büro verließ und zum Aufzug ging, öffneten sich die Metalltüren und ein blau gekleideter Mann mit Handschellen am Gürtel kam heraus und musterte mich eindringlich. Ich betrat den Aufzug, und die Türen schlossen sich wieder. Ich war sehr müde, fast ein wenig berauscht. Als ich wieder unten in der Garage war, legte ich mich auf die Matratze und schlief den Rest des Tages. Ich wurde nicht einmal davon wach, dass Nono von seinem Boxtraining zurückkam. Er setzte sich lautlos auf den Boden, mit dem Rücken an die Wand, und sah zu, wie ich schlief, als sei er mein großer Bruder.

Anschließend ging ich wieder öfter nach draußen. Ich hatte gar nicht gemerkt, dass ich so lange in völliger

Abgeschiedenheit gelebt hatte. Der Himmel draußen war fahler geworden, die Sonne bewegte sich in flachem Bogen zwischen den Wolken, es war kalt. Selbst die Bäume am Seineufer hatten sich verändert. Ihre gelben Blätter fielen im Wind zu Boden.

Ich dachte an Houriya. Sobald ich wieder laufen konnte, ging ich zu Fuß in Richtung Gare de Lyon. Mir war kalt. Nono hatte mir seine Lederjacke geliehen, die mir nur in den Schultern etwas zu groß war. Die Jacke gefiel mir, sie roch nach Nono, war an den Ellbogen durchgescheuert, ich hatte das Gefühl, dass sie mich beschützte, fast so wie eine Rüstung.

In der Rue Jean-Bouton war alles wie früher. Ich hatte den Eindruck, als wäre ich erst gestern weggegangen. Die schäbigen Hotels, die Müllsäcke, die Dealer. Am Ende der Straße, kurz vor der Sackgasse, war die schwarze eiserne Haustür mit den schmutzigen Scheiben. Ich klingelte, und ein Schwarzer, den ich nicht kannte, öffnete mir. Er war klein und dünn und hatte einen Spitzbart. Er sah mich wortlos an und kehrte dann in die Küche zurück, wo er gerade die Töpfe spülte. Marie-Hélène fand immer Männer, die ihr halfen. Die Tür zu Mademoiselle Mayers Wohnung stand auf, das Licht brannte. Ich ging lautlos durch den Flur und klopfte an die Zimmertür.

Als Houriya vor mir stand, hatte ich Mühe, sie wieder zu erkennen. Sie hatte einen dicken Bauch und Ringe um die Augen. Aber ihr Gesicht belebte sich, als sie mich sah. »Ich habe auf dich gewartet, ich habe geträumt, dass du heute kämst.« Das sagte sie immer wieder. »Siehst du, da bin ich.« Sie stellte keine Fragen, weder was ich machte, noch wo ich wohnte. Vielleicht verging für sie, seit sie sich in dieser Wohnung verkrochen hatte, die Zeit nicht ganz so schnell. »Ich habe mich gelangweilt und jeden Tag zu mir gesagt: Kommt sie heute, ruft sie an?«

In wenigen Minuten hatte ich all ihre Sachen zusammengetragen. Ich stopfte die Wäsche, die Medikamente, die Schachteln mit Haferflocken und alles in eine Reisetasche. Houriya hatte große Angst, das Haus zu verlassen, denn sie hatte schon seit Monaten nicht mehr die Miete bezahlt. Aber ich fürchtete mich nicht mehr vor Mademoiselle Mayer und auch vor sonst niemandem. Als wir nach draußen gingen, schlug ich die Tür so fest zu, dass ein Stück Gips von der Decke auf die Treppe fiel. Ich freute mich, hatte das Gefühl, dass jetzt ein neues Leben begann. Ich legte Houriya die Hand auf den Bauch und fragte: »Bewegt er sich?« Sie ging sehr langsam und atmete schwer. »Ja, die ganze Zeit, ein richtiger kleiner Teufel.«

Die ersten Tage in der Rue du Javelot waren wie ein Fest. Ich war so glücklich, wieder mit Houriya zusammen zu sein, dass ich sie keine Sekunde allein ließ. Nono hatte eine riesige Stereoanlage besorgt, mit allem Drum und Dran, und einen Farbfernseher mit großem Bildschirm. Als ich ihn fragte, wo er die Apparate her habe, wich er der Frage mit einem Lachen aus, und die Wände der Garage bebten von der Musik. Er lud afrikanische Freunde ein, und wir tanzten zu den Kassetten mit afrikanischer Musik, Rai, Reggae und Rock. Anschließend holten sie kleine *djun-djun*-Trommeln hervor und begannen zu trommeln, sie spielten auch ein seltsames Instrument, eine *sanza*, die Nonos Freund Hakim in einer kleinen Tasche mitgebracht hatte, das Instrument glich einer winzigen Harfe und brachte sanfte, vibrierende Töne hervor, die von allen Seiten zu kommen schienen.

Wir tranken Cola mit Rum, Wodka und Bier. Houriya lag in schlaffer Haltung auf dem Sofa und rauchte eine Zigarette nach der anderen. Dann versuchte sie zu tanzen, wie sie es verstand, wobei sie mit der Fußsohle auf den Boden schlug und die Hüften verrenkte, doch ihr dicker Bauch und ihre vollen Brüste hinderten sie. Zum ersten Mal seit ihrer Ankunft lachte sie. Sie hatte alles vergessen, die Rue Jean-Bouton und die alte Zicke. Die Musik stieg aus der Erde auf, vibrierte bestimmt in allen Wänden des Hochhauses, hallte oben vom einunddreißigsten Stock in die benachbarten Straßen, die Rue du Château-des-Rentiers, die Rue Tolbiac, die Rue Jeanne-d'Arc bis ins Krankenhaus La Salpêtrière und zur Gare de Lyon. Sie berieselte die Mauern mit rotem Sand, mit afrikanischer Erde. Hakim saß über die *sanza* gebeugt im Schneidersitz auf dem Boden, der Schweiß rann ihm über die Wangen in den Bart. Er wirkte wie ein Hexenmeister. Nono, der halb nackt war und vor Schweiß glänzte, schlug mit den Fingerspitzen auf die Trommeln, und Houriya schlug mit den nackten Fußsohlen auf den Zementboden, wobei ihre kupfernen Armreifen klirrten.

Der Aufzug war verschlossen. Ich zog Houriya hinter mir her durch das Treppenhaus in den letzten Stock, bis zu der kleinen Tür – Nono hatte das Vorhängeschloss geknackt –, durch die man über die Feuerleiter aufs Dach gelangen konnte. Es war bereits dunkel. Aber in Paris ist es nachts nie richtig dunkel. Es lag ein rötlicher Schein über der Stadt wie eine Glocke. Hakim und Nono kamen nach. Wir setzten uns neben die Entlüftungsschächte auf den Kiesboden des Daches. Nono begann zu trommeln, und Hakim ließ die *sanza* schnarren. Wir summten mit, nur einfache Laute, ah, uh, eho, ehe, yau, ya. Ganz leise. Wir waren jung. Wir hatten kein Geld, keine Zukunft. Wir rauchten Joints. Aber all das, dieses Dach, der rote Himmel, das Grollen der Stadt, der Haschisch, all das, was niemand für sich beanspruchen konnte, gehörte uns.

Und dann machten wir das jeden Abend. Das war unsere private Theatervorstellung. Tagsüber blieben wir wie Kakerlaken in unserem unterirdischen Versteck. Aber nachts kamen wir aus unseren Löchern hervor, gingen überallhin. In die Gänge der Metro, zur Station Tolbiac oder weiter bis zur Gare d'Austerlitz. Nonos Freund Hakim verkaufte Firlefanz aus Schwarzafrika, Schmuck, Halsketten, irgendwelchen Ramsch. Ihm war das völlig egal. Er tat das, um sich sein Studium zu verdienen, er studierte Geschichte an der Universität Paris VII, wohnte im Studentenheim in Antony. Er erzählte mir von seinem Großvater Yamba El Hadsch Mafoba, der als Tirailleur im französischen Heer gedient und gegen die Deutschen gekämpft hatte. Jeden Abend hallten die Trommeln in den Gängen der Metro, in den Stationen Place d'Italie, Austerlitz, Bastille, Hôtel-de-Ville. Dann dröhnte es in den Gängen, mal bedrohlich wie ein grollendes Gewitter, mal sanft und regelmäßig wie ein schlagendes Herz.

Ich kannte alle Musiker. Ich fuhr von Station zu Station, setzte mich mit dem Rücken an die Wand und hörte zu. In Austerlitz spielte eine Wolof-Gruppe, in Saint-Paul waren Musiker aus Mali und den Kapverden und in Tolbiac Antillaner und Afrikaner. Auch sie kannten mich. Wenn ich ankam, gaben sie mir ein Zeichen und hörten auf zu spielen, um mir die Hand zu schütteln. Sie glaubten, ich sei Afrikanerin oder Antillanerin. Sie glaubten, ich sei Nonos feste Freundin. Vielleicht hatte er damit angegeben.

Und so kam es, dass ich mich öfter mit Hakim traf.

Wir verabredeten uns in Tolbiac oder Austerlitz. Er ließ seinen Fetischstand im Stich, vertraute ihn einem seiner Freunde an. Wir gingen aufs Geratewohl im kalten Wind durch die Dunkelheit. Wir liefen an den Fluss. Hakim sprach über den großen Senegalstrom. Er hatte ihn nie gesehen. Aber als er klein war, hatte sein Vater ihm von dem langsam fließenden Wasser und den Baumstämmen erzählt, die bis zum Meer geflößt wurden. Und sein Großvater El Hadsch, der inzwischen erblindet war, sprach auch manchmal mit so anschaulichen, präzisen Worten von dem Strom, als gleite das schlammige, gelbe Wasser mit den Pirogen voller Frauen und Kinder an seinen Augen vorbei, während Silberreiher vor dem Bug der Pirogen aufflogen. Und ich erzählte von der Mündung des Bou Regreg, als sei das irgendwie vergleichbar. Aber es war mein einziger Fluss, der Fluss, den ich als Erstes gesehen hatte, als ich Lalla Asmas Haus verließ, und den ich später jeden Tag überquerte, wenn ich ins Douar Tabriket zurückkehrte.

Wir setzten uns in ein Café und unterhielten uns. Hakim war groß, schlank und in seinem schwarzen Anzug immer sehr elegant. Er erzählte seltsame Dinge. Eines Tages brachte er mir ein kleines abgegriffenes Buch mit, das durch unzählige fettige Hände gegangen war. Der Titel lautete *Die Verdammten dieser Erde*, und der Autor hieß Frantz Fanon. Hakim gab es mir mit geheimnisvollen Worten: »Lies das, dann verstehst du so manches.« Er wollte mir nicht sagen, was. Er legte nur im Café das Buch vor mich auf den Tisch. Er sagte: »Wenn du es durchhast, kannst du es jemand anderem geben.« Ich steckte das Buch in die Tasche, ohne zu versuchen, mehr darüber zu erfahren.

Er mochte Nono nicht. Er sagte, Nono sei wie ein Vogel, er hüpfe herum, amüsiere und parfümiere sich, das sei alles, zu etwas anderem sei er nicht fähig. Er respektierte nicht einmal seinen Beruf als Boxer, er sagte, er sei selbstentfremdet, eine Marionette in den Händen der Weißen, ein Spielzeug, und wenn er am Ende sei, würden ihn die Weißen fallen lassen. Er nannte ihn einen Parasiten, weil er sich von seinem Freund beherbergen ließ, diesem mysteriösen Yves, der nach Tahiti gefahren war, ans andere Ende der Welt. Ich nahm das Hakim übel, denn Nono verdiente es nicht, dass man ihn schlecht machte. Es gab da etwas, das Hakim mir nicht sagen wollte, irgendetwas in Nonos Leben. Mehrmals versuchte Hakim, mich zu warnen. Er begann: »Weißt du, was es heißt, selbstentfremdet zu sein?« Ich entgegnete: »Das bedeutet, dass man verrückt ist, oder?« Hakim lächelte wieder einmal ironisch. »Die Antwort ist zwar falsch, aber vielleicht trifft sie für ihn zu.« Aber er wollte nicht weiter darüber sprechen.

An einem regnerischen Sonntag nahm er mich zur Porte Dorée mit, um mit mir das Museum für afrikanische Kunst zu besuchen. Ich glaube, ich war bis dahin noch nie in einem Museum gewesen.

Hakim war begeistert, fast schwärmerisch, als wir durch das Museum gingen. So hatte ich ihn noch nie erlebt. Er nahm meine Hand und sagte: »Sieh mal, die Fon-Masken.« Er sprach mit leicht dumpfer, erstickter Stimme. »Sieh nur, Laïla. Sie haben alles abgeguckt, alles gestohlen. Sie haben die Statuen, die Masken gestohlen, sie haben die Seelen gestohlen und sie hier in diese Mauern eingesperrt, als sei das alles nur alter Krempel, Firlefanz, als seien es genau solche Dinge, wie sie in der Metro Tolbiac verkauft werden, Karikaturen, billiger Ersatz.« Ich begriff nicht so recht, was er meinte. Ich spürte, wie er meine Hand ganz fest hielt, als habe er Angst, ich könne davonlaufen. »Sieh dir diese Masken an, Laïla. Sie gleichen uns. Sie sind Gefangene und können sich nicht ausdrücken. Sie sind aus ihrer Umgebung herausgerissen worden. Und zugleich sind sie der Ursprung von allem, was es auf der Welt gibt. Sie haben ihre Wurzeln in uralten Zeiten, es gab sie schon, als die Menschen hier noch mit rußgeschwärzten Gesichtern und vom Mangel gezeichneten Zähnen in Löchern unter der Erde hausten.« Er ging auf die Glasschränke zu, presste die Faust auf die Scheibe. »Ach Laïla, man müsste sie befreien. Man müsste sie mitnehmen, weit weg, und sie dorthin zurückbringen, wo sie entwendet worden sind, nach Aro Chuku, nach Abomey, nach Borgose, nach Kong, in die Wälder, in die Wüsten, an die Flüsse!« Der Wärter näherte sich, da er plötzlich durch die laute Stimme und Hakims Getrommel auf der Glasscheibe unruhig geworden war. Doch Hakim zog mich schon weiter, blieb wie angewurzelt vor einem Schrank stehen, in dem zerbrochenes Tongeschirr, Grabstöcke und eine Art Schaufel aus Holz ausgestellt waren. »Sieh nur, Laïla: Der unbedeutendste Gegenstand von dort ist ein Schatz, ein herrliches Kleinod.« Ich sah die Dogon-Maske mit dem wütend verzerrten Mund, die Songhai-Maske voller Pusteln aus Nägeln wie eine Todesmaske, die Aschanti-Puppen, aufrecht stehend wie ein Geisterheer, und das lange Gesicht des Fang-Gottes, der mit geschlossenen Augen zu träumen schien. Ich betrachtete die Scherben, die geschwärzten Holzstücke, die vom häufigen Gebrauch abgenutzt, durch Wind und Regen verwittert waren. Ich weiß nicht mehr, was auf dem Hinweisschild dazu angegeben war. Es handele sich um irgendetwas aus der Aschanti-Kultur, glaube ich. »Das sind unsere Knochen und unsere Zähne, siehst du, das sind Fetzen unserer Körper, sie haben die gleiche Farbe wie unsere Haut, sie leuchten nachts wie

Glühwürmchen.« Vielleicht war auch er verrückt. Aber gleichzeitig ließ mich das, was er sagte, erschauern, es klang nur zu wahr. Wir liefen noch eine Weile durchs Museum, an Schilden, Trommeln und Fetischen entlang. Wir sahen sogar einen langen, von Termiten etwas angefressenen Einbaum, der aussah, als sei er dort gestrandet, nachdem sich das Wasser eines unbekannten Flusses wieder in sein Bett zurückgezogen hatte.

Doch der dumpfe Schritt des Wärters störte Hakim, und wir verließen schnell das Museum. Er platzte vor Wut und sagte: »Hast du das gesehen? Er hat aufgepasst, dass ich nichts stehle. Dass ich nicht die Gebeine meiner Ahnen mitnehme.« Müdigkeit zeichnete sich auf seinem Gesicht ab, er sah plötzlich älter aus. »Und hast du das gesehen? Diese geschmiedeten Eisengegenstände, diese Stäbe mit der Form von wer weiß was, die Wurfspieße, die Pfeile, das Gewand des Mohrs auf der Kakaopackung!«

Anschließend fuhren wir mit dem Zug nach Evry-Courcouronnes, um seinen Großvater zu besuchen.

El Hadsch Mafoba lebte allein in einem großen weißen Etagenhaus in der Nähe von Villabé, am Rand der Autobahn. Der Aufzug funktionierte nicht. Die Haustür war eingeschlagen, und die Fliesen im Treppenflur hatten sich an vielen Stellen gelöst. Überall waren Kinder. Während wir die Treppe hinaufgingen, rannte ein dicker Junge mit milchig weißer Haut im Galopp nach unten, und eine schrille Frauenstimme schrie: »Salvador! *Adonde vas?*« Ein paar junge Nordafrikaner saßen auf den Stufen und rauchten, und weiter oben begegneten wir zwei Mädchen und einem kleinen blonden Jungen mit Brille, der schrie: »Wartet auf mich, verdammt noch mal! Schließlich habt ihr es mir zu verdanken, dass ihr rausgehen dürft.« Und die Mädchen erwiderten: »Du kleiner Drecksack, dir haben wir es zu verdanken, dass wir schon um sechs zurück sein müssen.«

Der alte Mann war allein in seinem Zimmer und saß auf einem Eisenstuhl vor dem Fenster, als könne er nach draußen blicken.

»Guten Tag, Großvater.«

El Hadsch legte die Hände auf das Gesicht seines Enkels. Er lächelte, dann wandte er den Kopf zur Seite.

»Du hast jemanden mitgebracht?«

Hakim lachte. »Du hast ein feines Gehör, Großvater, man kann dich nicht täuschen.«

»Wer ist das?«

Hakim führte mich zu ihm. El Hadsch legte die Hände auf mein Gesicht und ließ sie langsam über meine Wangen gleiten, wobei seine gespreizten Finger meine Lider, meine Nase und meine Lippen streiften.

»Sie gleicht Marima«, murmelte er. »Wer ist sie?«

Ich flüsterte meinen Namen. Meine Kehle war wie zugeschnürt. Es war das erste Mal, dass ich so einem eindrucksvollen Mann begegnete. Er sah sehr gut aus, hatte ein gegerbtes Gesicht wie aus schwarzem Stein und krauses weißes Haar, das seinen Schädel wie ein Kranz umgab. Es war kein anderer Stuhl da, und so hockte ich mich auf den Boden, mit dem Rücken an die Wand, während Hakim Teewasser aufsetzte.

El Hadsch sprach langsam und leise, mit einer etwas rauen Stimme und sehr gewählter Ausdrucksweise, er betonte dabei jedes Wort. Er richtete sich nicht direkt an mich und auch nicht an seinen Enkel. Er verfolgte laut einen Gedanken, als zähle er Erinnerungen auf oder erfinde er ein Märchen. Und dann, als er sein Glas Tee schlürfte, sprach er über das, worauf ich gewartet hatte, über den großen Senegalstrom mit seinen roten Wassermassen, in denen abgestorbene Bäume und

Krokodile schwammen. Ich lauschte seiner Stimme, die mal kehlig und mal melodiös war, er sprach über sein Heimatdorf, das Yamba hieß wie er, ein Dorf mit Lehmmauern, auf die die Frauen mit den Fingern amarantrote Figuren malten. Er erzählte mir von seinem Vater und seiner Mutter, von den zehn Kindern, die sie gehabt hatten, vom Lärm der Stimmen am Morgen, und dass er, der Jüngste, zwei Stunden zur Schule am Fluss zu Fuß gehen musste, wo er bis abends den Koran aufsagte. Während er das erzählte, verfiel er in einen Singsang und wiegte den Oberkörper vor und zurück wie damals, als er acht Jahre alt war, und seine Stimme wurde hell und klar wie eine Kinderstimme.

»Sei still, Großvater, du gehst Laïla auf die Nerven ...« Hakim stand neben der Tür, als habe er vor, zu gehen.

»Ich gehe ihr auf die Nerven? *Du* willst nichts davon wissen.« Er wandte sich an mich, das Gesicht, vom Fenster erhellt, war zur Seite gedreht. »Er will die Heilige Schrift nicht lesen. Er will nichts vom Propheten wissen. Er liebt nur seinen ... wie heißt er noch? ... seinen Fano ...«

»Fanon.«

»Ja, Fano, Fanon. Ich gebe ja zu, dass es nicht verkehrt ist, was er sagt. Aber er vergisst das Wichtigste.«

Er schwieg lange, damit ich ihn fragen konnte: »Was ist das Wichtigste, El Hadsch?«

»Dass selbst der unbedeutendste Mensch in Gottes Augen ein Kleinod ist.«

Da Hakim ärgerlich wurde, wechselte der alte Mann spöttisch das Thema: »Aber lassen wir das. Er glaubt nicht daran. Und du, Laïla, glaubst du daran?«

»Ich weiß es nicht.«

»Aber sein ... Fanon hat ganz Recht, es stimmt, dass die Reichen das Fleisch der Armen fressen. Als die

Franzosen bei uns ankamen, haben sie die jungen Männer zur Arbeit auf die Felder geschickt und die Mädchen gezwungen, sie bei Tisch zu bedienen, für sie zu kochen und mit ihnen zu schlafen, weil sie ihre Frauen in Frankreich zurückgelassen hatten. Und um den kleinen Schwarzen Angst zu machen, erzählten sie ihnen, sie würden sie fressen.«

»Und sie haben sie als Kanonenfutter nach Frankreich geschickt, auf die Schlachtfelder nach Tripolitanien.«

El Hadsch wurde ärgerlich.

»Das war etwas völlig anderes, wir haben gegen den Feind der Menschheit gekämpft.«

»Wusstet ihr, wofür ihr sterben würdet?«

»Ja, das wussten wir ...«

Es entstand eine Stille, in der El Hadsch verträumt vor dem offenen Fenster rauchte. Draußen ging ein sanfter Regen nieder. El Hadsch trug ein weites, blassblaues afrikanisches Hemd, weiß umrandet und ohne Kragen, eine schwarze Hose, und seine Füße steckten in Wollsocken und schweren schwarzen Lackschuhen. Er saß kerzengerade auf dem Stuhl, ohne sich zu rühren, die Zigarette zwischen den langen Fingern.

Als wir fortgingen, berührte er wieder mein Gesicht, glitt mit den Fingern über meine Augen und meine Lippen. Er sagte langsam: »Was bist du noch jung, Laïla. Die Welt steht dir offen, du wirst schon sehen, überall auf der Welt gibt es schöne Dinge, und du wirst keinen Weg scheuen, um sie zu finden.« Es war, als gäbe er mir seinen Segen. Ich spürte einen Schauer des Respekts und der Liebe.

Als wir bei einbrechender Dunkelheit das Haus verließen, sah ich zum ersten Mal das Zigeunerlager auf dem schlammigen Gelände zwischen den Autobahntrassen, wie eine Insel mit Schiffbrüchigen.

9

Und so gewöhnte ich mir an, El Hadsch regelmäßig zu besuchen. Einmal in der Woche, mal mehr, mal weniger. Mir gefiel, dass er nicht auf mich wartete, zumindest ließ er nicht erkennen, dass er auf mich gewartet haben könnte. Wenn ich das kleine Zimmer betrat, richtete er sich nicht an Hakim. Er wusste, dass ich da war, wandte den Kopf und sagte: »Laïla?« Hakim sagte, die Blinden seien so, sie hätten einen sechsten Sinn, könnten besser riechen, wie Hunde.

Im Zug nach Evry war eine Bande von Jungen und Mädchen, die höchstens zwölf oder dreizehn waren, fast noch Kinder. Sie waren zerlumpt, frech und lärmend, aber ich beobachtete sie gern. Sie machten mir Spaß, sie ließen eine Zigarette herumgehen, schnitten Grimassen, sagten ganz laut Schimpfworte und verfolgten heimlich aus den Augenwinkeln, welche Wirkung das auf die mürrischen Vorortbewohner ausübte. Kurz vor Evry kamen zwei Schaffner und wollten sie festnehmen, doch die Kinderbande nahm Reißaus und sprang kurz vorm Bahnhof durchs Fenster auf die Böschung. Sie hängten sich von draußen an die offenen Fenster und ließen sich schreiend fallen.

So habe ich Juanico kennen gelernt.

Jetzt verließ ich frühmorgens unser Quartier in der Rue du Javelot, arbeitete ein, zwei Stunden im Viertel, ich putzte bei Béatrice, die im 5. Arrondissement Redakteurin bei einer Zeitung war, und bei einem Rentnerehepaar in der Rue Jeanne-d'Arc. Houriya blieb zu Hause, um zu kochen, sie ging gegen Mittag kurz nach draußen und machte mit ihrem dicken Bauch ganz allein einen Spaziergang im Dachgarten der Hochhäuser, über unseren Köpfen. Sie lernte Monsieur Vu kennen, einen Vietnamesen, der in unserem Viertel ein Restaurant führte.

Ich sah Nono nicht sehr oft. Wenn ich wegging, schlief er noch im Garagenraum auf seinen Kartons. Seit dem Tag nach meiner Ankunft, an dem er mich zärtlich umarmt hatte, hatte ich ihn nicht mehr aufgefordert, neben mir zu schlafen. Ich wollte das nicht. Ich hatte Angst, das könne zu einem Verhältnis führen, verstehen Sie, was ich meine? Ich glaube, das machte ihn sehr unglücklich, aber er war weiterhin nett zu mir, als sei nichts geschehen.

Nachmittags traf ich mich mit Hakim in einem Café in der Nähe der Sorbonne. Hakim nannte es das Café der Hoffnungslosigkeit, weil es, wie er sagte, dem Tor zur Hölle glich. Er brachte Bücher und Hefte mit, und ich begann zu arbeiten. Er hatte sich in den Kopf gesetzt, dass ich fähig sei, in kurzer Zeit im Selbststudium das Abitur zu machen oder ein bestimmtes Juradiplom abzulegen, zu dem man ohne Abitur zugelassen wurde. Was Französisch, Geschichte oder Philosophie anging, fiel mir das nicht schwer. Lalla Asmas Lektionen waren außergewöhnlich gut gewesen, sie hatte mich in einem Alter geprägt, in dem andere Kinder mit Puppen spielen oder stundenlang Comics lesen. Hakim gab mir Passagen von Nietzsche, Hume, Locke und La Boétie zu lesen. Er brachte mir Fotokopien mit. Er nahm die Sache sehr ernst. Ich glaube, dass es für ihn auf einmal noch wichtiger geworden war, als seine eigenen Examen zu bestehen.

Er hatte seinen Großvater in das Geheimnis eingeweiht, und wenn ich nach Evry-Courcouronnes kam, fragte mich El Hadsch: »Na, wie weit bist du mit der Philosophie?« Wir diskutierten über Probleme der Moral, der Gewalt, der Erziehung, des sozialen Gedankens, der Freiheit und so weiter. Und er sagte immer sehr schöne Dinge, die sich anhörten, als stammten sie aus uralter Zeit und als tauchten sie unversehrt in seinem Gedächtnis wieder auf.

Er sagte: »Gott spaltet das Korn und den Kern, er lässt das Lebendige aus dem Toten hervorkommen und das Tote aus dem Lebendigen.« Er sagte: »Und was macht dich wissen, was die Pochende ist? Das ist der Tag, da die Menschen gleich verstreuten Motten sind und die Berge gleich bunter zerflockter Wolle.« Er sagte: »Ich nehme meine Zuflucht zum Herrn des Morgengrauens, vor dem Übel dessen, was er erschaffen, und vor dem Übel der Nacht, wenn sie naht, und vor dem Übel der Knotenbläserinnen und vor dem Übel des Neiders, wenn er neidet.« Er wandte das Gesicht dem Fenster zu, und es war, als kämen diese sanften, wohlklingenden Worte tief aus seinem Inneren.

Er sprach über den Propheten und über Bilal, seinen Sklaven, der als Erster zum Gebet aufgerufen hatte. Nach der Hedschra, als der Prophet in Aischas Armen seinen letzten Atemzug getan hatte, war Bilal nach Afrika zurückgekehrt und durch die Wälder bis an den großen Fluss gegangen, der ihn ans Ufer des Meeres führte. Er sagte das, als habe er Bilal gekannt, als sei das in seiner eigenen Familie geschehen, und ich sah, dass Hakim, der auf dem Boden saß, wie gebannt an seinen Lippen hing. Ich habe Bilals Geschichte nie vergessen, und auch für mich war es meine eigene Geschichte.

Hakim wollte, dass ich ihn im Studentenheim in Antony besuchte. Dort war man wie in einer anderen Welt. Das ähnelte weder der Rue du Javelot noch den

Metrostationen, und es hatte nichts mit Courcouronnes gemein. Es war ein riesiger Gebäudekomplex, umgeben von schönen Grünanlagen wie auf dem Land, mit Elstern und Drosseln. Dort waren Studenten aus der ganzen Welt, Amerikaner, Italiener, Griechen, Japaner, Belgier, sogar Türken und Mexikaner. Hakim lud mich in die Mensa ein, er bezahlte mein Mittagessen mit Essensmarken. Ich aß Ravioli, Lasagne, Gerichte, die ich nicht kannte. Zum Nachtisch probierte ich Quark, Windbeutel mit Eis und heißer Schokolade, Apfelkrapfen, Mandelcreme. Hakim sah zu, wie ich mir den Bauch voll schlug, er schien seinen Spaß daran zu haben. Er war es gewöhnt. Er aß kaum etwas, knabberte nur einen Keks. Er fand das alles ungenießbar.

Anschließend wollte er, dass ich mit auf sein Zimmer kam. Er sagte, er wolle mir seine Bücher zeigen. Aber ich hatte keine Lust, mich mit ihm zu streiten. Ich wusste, dass er mich küssen wollte und das Übrige, und ich hatte keine Lust, dass es mit ihm zu so was kam. Ich wollte, dass wir Freunde blieben und dass wir weiter gemeinsam El Hadsch besuchten, um zuzuhören, wie er vom Propheten sprach.

Ich wusste natürlich, dass ihm das nicht passte. Er war eifersüchtig, denn er glaubte, dass ich etwas mit Nono hatte. Aber er wagte nichts zu sagen. Wir gingen in den Aufenthaltsraum, setzten uns aufs Sofa, und ich zog *Jenseits von Gut und Böse* aus der Tasche. »Erkläre mir, warum Nietzsche von einem Vertrag spricht. Du hast mir gesagt, er habe nichts erfunden, Hume habe bereits gesagt, dass alle Gesellschaften auf dem Vertragsprinzip beruhten.« Er blickte mich durch seine Brillengläser an. Mit seinem Spitzbart und seiner Nickelbrille wirkte er wie ein harter Mann. Ich nehme an, er wollte es Malcolm X nachtun und ging deshalb nie ohne ein gebügeltes weißes Hemd und eine sorgsam gewählte Krawatte aus dem Haus. Er wollte nicht den Afrikanern aus Nanterre gleichen oder den Antillanern aus Les Saules mit ihren Piggytails und Dreadlocks. Er hasste das alles, und gleichzeitig taten sie ihm Leid. Eines Tages sagte er zu mir: »Weißt du, was mir am meisten wehtut, wenn ich sie sehe? Der Gedanke, dass nicht einmal die Hälfte von ihnen das Erwachsenenalter erreicht. Es ist, als ginge man durch den Gefängnisgang mit den Todeszellen.«

Er sprach auch über Afrika, die gegenseitigen Abrechnungen, das Söldnerheer in Biafra, die Kinder, die verhungerten, an Aids oder Cholera starben.

Er mochte zwar Nietzsche, aber trotzdem zog er Fanon vor. Er las mir auch ein paar Stellen aus *Herrenhaus und Sklavenhütte* von Gilberto Freyre vor. Romane und Poesie dagegen mochte er nicht, bis auf Mahmoud Darwich und Timagène Houat. »Romane sind der letzte Dreck. Da steckt nichts drin, weder Wahrheit noch Lüge. Das ist nur Wind.« Er ließ zur Not Rimbaud oder John Donne gelten, aber er nahm Rimbaud übel, dass er die Schwarzen schlecht gemacht und sich auf zwielichtige Geschäfte eingelassen hatte. Eines Tages sagte ich zu ihm: »Im Grunde denkst du wie dein Großvater, dass alles schon im Koran gesagt worden ist.« Ich dachte, er würde wütend darauf reagieren, aber er erwiderte nach kurzem Nachdenken: »Ja, das stimmt, bedeutendere Poesie als die kann es nicht geben, es ist erschreckend, wenn man bedenkt, dass schon alles vor tausend Jahren gesagt worden ist und man weiß, dass man es nie besser machen kann.« Ich sagte: »Aber vielleicht kann man es schlechter machen, meinst du nicht?« Er sah mich erstaunt an, ich glaube, das konnte er nicht begreifen.

Ich führte ein richtiges Doppelleben. Tagsüber war ich mit Houriya zusammen, putzte bei meiner Redakteurin und kaufte im chinesischen Viertel ein, und alle fanden, dass ich sehr nett sei. Ich fuhr sogar nach Barbès, um Nono in der Turnhalle beim Boxtraining zuzusehen. Außerdem traf ich mich mit Hakim an der Sorbonne oder in der Nähe der Rue d'Assas, um mit ihm zu lernen, und er war sehr stolz, wenn er mich seinen Studienfreunden vorführen konnte: »Das ist Laïla, sie ist Autodidaktin. Sie macht in diesem Jahr ihr Abitur nach, literarischer Zweig, im Selbststudium.«

Nachts war alles anders. Ich wurde zu einer Kakerlake. Ich traf mich mit den anderen Kakerlaken in den Stationen Tolbiac, Austerlitz oder Réaumur-Sébastopol. Wenn ich durch den röhrenförmigen Gang ging und die Trommelschläge hörte, erschauerte ich. Es war magisch. Ich konnte nicht widerstehen. Diese Musik zog mich derart an, dass mich weder Meer noch Wüste gehindert hätten, ihr zu folgen.

Die Afrikaner waren meistens in der Station Bastille oder in Saint-Paul, in Réaumur-Sébastopol waren die Antillaner. Aber manchmal war auch Simone da. Nono machte mich mit ihr bekannt. Die Gänge waren voller Menschen, aber ich schaffte es, mich in die erste Reihe vorzudrängen. Simone war groß, hatte tiefschwarze Haut, ein längliches Gesicht und mandelförmige Augen, sie trug einen Turban aus roten Tüchern und ein langes dunkelrotes Kleid. Mir kam sie wie eine Ägypterin vor. »Das ist Simone, sie ist Haitianerin«, sagte Nono. Sie hatte eine tiefe, vibrierende, warme Stimme, die bis in mein Inneres drang, bis in den Bauch. Sie sang auf Kreolisch mit ein paar eingestreuten afrikanischen Worten, besang die Rückreise über das Meer, die die Menschen dieser Insel antreten, wenn sie tot sind. Sie sang im Stehen, fast regungslos, und plötzlich begann sie sich im Kreis zu drehen und mit den Hüften zu wackeln, und dabei hob sich ihr weites Kleid. Sie war so schön, dass es mir den Atem verschlug.

Eines Abends sprach sie mich an. Die Polizei hatte soeben mit einer Razzia begonnen, und plötzlich waren alle Zuhörer verschwunden. Wir befanden uns allein in der Station, am Ende eines langen Ganges. Uns blieb keine andere Wahl, als die Sperre zu passieren. Ich gab ihr einen Fahrschein, und wir nahmen die Metro in Richtung Place-d'Italie. Simone ließ sich auf einem Klappsitz nieder, und ich setzte mich neben sie. Mit ihren schweren Augenlidern, ihrer geschwungenen Unterlippe und ihren breiten, glatten Wangenknochen wirkte sie in dem schmuddeligen Wagen wie eine Prinzessin. Sie fragte mich, wer ich sei und wo ich herkomme. Ich weiß nicht, warum, aber ich erzählte ihr etwas, was ich noch nie jemandem anvertraut hatte, weder Nono noch Marie-Hélène noch Hakim, nämlich dass ich nicht wisse, wer ich sei, und auch nicht wisse, wo ich herkomme, dass man mich eines Nachts verkauft habe, mitsamt meiner Ohrringe, die die junge Mondsichel darstellen. Sie sah mich lange an und lächelte mir zu, ich glaube, sie war ziemlich gerührt. Sie drückte mir die Hand, ihre Hände waren breit und warm, voller Kraft. Sie sagte: »Du bist wie ich, Laïla. Wir wissen nicht, wer wir sind. Nicht einmal unser Körper gehört uns.« Es war seltsam, das zu hören, im Gerüttel des Wagens und dem aufleuchtenden Licht der Stationen, das über ihr Gesicht glitt und ihre braunen Iris erhellte, die durchsichtig waren wie Edelsteine.

Sie nahm mich mit zu sich nach Hause. Sie wohnte in einem kleinen Haus mit einem kleinen Garten in einer kleinen Straße, die einen seltsamen Namen trägt,

La Butte-aux-Cailles. Sie lebte dort mit ihrem Freund, einem haitianischen Arzt, der sehr groß, schlank und elegant war, und noch mit ein paar anderen Leuten zusammen, Haitianern und Dominikanern. Sie unterhielten sich in einer weichen, schnell gesprochenen Sprache, die ich nicht verstand. Wenn Simone nicht da gewesen wäre, hätte ich mich wohl sofort wieder davongemacht, weil mir diese Leute Angst einflößten, vor allem Simones Freund Martial Joyeux, der mich so starr ansah, als wolle er in meiner Seele lesen. Es waren auch ein paar Weiße da, ein Mann mittleren Alters, der sich als Kunstkritiker bezeichnete und ein wenig Monsieur Delahaye glich, afrikanisch gekleidete Frauen, die schwere Halsbänder trugen, billigen Modeschmuck, wie Hakim ihn verkaufte. Der Rauch von Zigaretten und Haschisch ringelte sich in schweren Spiralen um die Strahlen der Spotlights, folgte den Tönen einer langsamen Musik, die von allen Seiten zu kommen schien, aus dem Boden und sogar aus den Fenstern.

Niemand kümmerte sich um mich. Ich stand rauchend im Eingang des Wohnzimmers und versuchte, Simone zu sehen, ihren scharlachroten Turban, ihre goldenen Ohrringe.

Der Kunstkritiker kam auf mich zu und sagte mit leiser Stimme etwas zu mir, und da ich seine Worte nicht verstand, beugte er sich zu meinem Ohr herab und wiederholte: »Sie ist bezaubernd.« Ich glaube, das sagte er. »Sie ist geradezu die Seele des Martyrologiums.« Ich sagte weder ja noch nein. Vielleicht glaubte er, ich hätte seine Worte nicht begriffen. Ich blickte ihn fest an und rezitierte laut, damit er mich auch hörte, Aimé Césaire:

Und lass mir die Tänze
meine Niggertänze
mein seien die Tänze

der Tanz der das Halseisen bricht
der Tanz der den Kerker sprengt
der Tanz Es-ist-schön-und-gut-und-recht-ein-Neger-zu-sein

Der Kritiker sah mich regungslos an, dann klatschte er laut. Er rief: »Hört zu, hört diesem Mädchen zu, sie hat euch etwas zu sagen!« Da begann Simone zu singen, nur für mich. Ich wusste, dass sie für mich sang, weil sie hinten im Wohnzimmer stand und mir die Hand entgegenstreckte, sie sang etwas auf Französisch, sehr sanfte Worte, die mit den Klängen der Trommeln verschmolzen.

Und dann rauchte ich Haschischzigaretten. Es war nicht das erste Mal, dass ich dabei war, wenn Haschisch geraucht wurde. Die Prinzessinnen im Fondaco hatten sich manchmal in einem der Zimmer versammelt und einen Joint herumgehen lassen, und anschließend roch es dann nach Blättern, etwas streng und süßlich. Das hatte mich benebelt und schläfrig gemacht.

Aber diesmal war die Sache anders. Ein Haitianer gab mir die Zigarette, und da wir Musik hörten und Simones Stimme uns sanft einlullte, atmete ich den Rauch tief ein, als wünschte ich mir, er würde bis in die letzte Faser meines Fleisches dringen. Ich trank auch Alkohol: Whisky, Bier und Rum. Ich erinnere mich, dass ich nicht mehr aufhören konnte. Ich war natürlich bald total betrunken, ich verlor zwar nicht das Bewusstsein, war aber völlig betrunken, wie man das manchmal im Kino sieht. Ich stand vor Simone und sang mit, wiederholte ihre Worte, tanzte zugleich. Ich war betrunken, aber mein Verstand war noch durchaus klar. Alles wurde sogar auf einmal sehr deutlich. Ich sang zum Rhythmus der kleinen *talking-drums* die Worte eines Liedes mit.

Ich höre das Rumoren der Stadt
in meinem Herzen und meinem Blut.

Wir sind verloren,
verloren auf dem weiten Meer.
... Manjé té
pas fé
Yich pou lesclavaj ...

Plötzlich schwankte alles wie bei einem Erdbeben, ich sah, wie die Wände wackelten, die Silhouetten der Leute sich auflösten und die scharlachrote Farbe von Simones Turban sich immer weiter ausdehnte und den ganzen Raum erfüllte. Dr. Joyeux kümmerte sich um mich. Er legte mich aufs Sofa, und Simone rieb mir das Gesicht mit einem in kaltes Wasser getauchten Handtuch ab. Ihre Gesten waren sehr sanft und mütterlich. Sie sprach langsam, und ich hatte den Eindruck, als singe sie immer noch mit ihrer tiefen, ein wenig rauen Stimme, nur für mich, aber das war nicht mehr das leise Dröhnen der Trommeln, sondern das Pochen meines Herzens in den Ohren.

Kurz darauf gingen die Leute nacheinander fort. Vielleicht befürchteten sie, ich könne Scherereien machen. Es waren bedeutende Leute, Kunstkritiker, Filmemacher, Politiker. Sie gehen immer als Erste.

Simones Freund stritt sich übrigens ein wenig mit ihr. Es war witzig, ich hörte sie aus der Ferne, als schwebte ich über meinem Körper und als unterhielten sie sich in Anwesenheit von jemand anderem. Dann ließen sie mich auf dem Sofa allein und gingen ins Schlafzimmer. Ich hörte die tiefe Stimme des Doktors und Simones Schreie, zunächst als ob er sie schlüge oder folterte, doch dann begann sie rhythmisch zu stöhnen, und ich begriff, dass sie miteinander schliefen.

Ich lag fiebrig zitternd auf dem Sofa. Irgendwann ging ich in die Küche, um mich zu übergeben, ich stolperte, stieß mehrere Stühle um. Zwei Haitianer waren noch da und tranken. Als sie mich in diesem Zustand sahen, holten sie den Doktor. Ich hörte, wie sie auf Kreolisch über mich sprachen und wie Martial Joyeux sagte: »Vielleicht ist sie noch minderjährig, es ist wohl besser, wenn wir sie nach Hause bringen.« Ich glaube, er rief alle möglichen Leute an, bis er Hakim erreichte. So fand er die Adresse der Garage in der Rue du Javelot heraus. Ich begann zu begreifen, dass die Welt sehr klein ist, wenn man am richtigen Faden zieht, gerät alles in Bewegung, das heißt, dass diejenigen, die irgendwie zählen, untereinander in Verbindung stehen, und sie nehmen alle anderen mit, selbst so kleine Lichter wie Nono und mich. Ich dachte an all das, während Simones Freund telefonierte. Mir schwirrte der Kopf. Zugleich sah ich Simones Gesicht vor mir, ihre großen Augen, die denen einer ägyptischen Kuh glichen, in denen tiefe Verzweiflung lag, und plötzlich begriff ich, warum sie gesagt hatte, wir seien uns ähnlich, nicht einmal unser Körper gehöre uns, weil wir nie etwas haben wollten und unser Schicksal immer von anderen bestimmt wurde.

Sie blieb in dem kleinen Haus zurück, während Martial und einer seiner Freunde mich zurückfuhren. Draußen regnete es. Die Pfützen kräuselten sich auf dem schwarzen Pflaster. Der Wagen fuhr durch stille, leere Straßen. Ich glaube, sie suchten nach einer Apotheke, die Nachtdienst hatte, und der Arzt kaufte ein Medikament für mich, Primperantropfen oder irgend so etwas. Sie brachten mich bis vor die Haustür. Sie ließen mich aussteigen und setzten mich mit dem Rücken an die Garagentür. Martial Joyeux blickte mich schweigend an. Der Freund des Arztes sagte einen Satz auf Kreolisch. Das war mir schnurz. Es hätte genauso gut Javanesisch sein können. Dann fuhren sie weg, die beiden roten Rücklichter verschwanden hinter einer Kurve.

10

Dann kam der Winter. Ich habe noch nie so gefroren. Tagadirt hatte mir früher erzählt, wie in Frankreich der Winter aussieht: ein schwarzgrauer Himmel, Straßenlaternen, die um vier Uhr angehen, Schnee, Glatteis und nackte, gespenstisch gekrümmte Bäume. Aber es war noch schlimmer, als sie gesagt hatte.

Houriyas Baby wurde im Februar geboren. Als es auf die Welt kam, dachte ich, es sei vielleicht das erste Mal, dass ein Kind unter der Erde geboren wurde; weit weg vom Tageslicht, wie in einer tiefen Höhle.

Vielleicht war das der Grund, warum ich allmählich daran dachte, in den Süden zu gehen, in die Sonne zurückzukehren. Damit das Baby etwas Sonne bekam und nicht länger die verpestete Luft in dieser Straße atmen musste, von der aus man den Himmel nicht sah.

Nono und ich schmiedeten Pläne. Er würde vermutlich seinen Boxkampf in der Federgewichtsklasse gewinnen, dann könnte er sich ein Auto kaufen und wir würden gemeinsam mit Houriya und dem Baby über die achtspurige Autobahn, die durch Evry-Courcouronnes führt und wie ein breiter Fluss wirkt, in den Süden fahren. Wir würden nach Cannes, Nizza, Monte Carlo und sogar nach Italien, nach Rom fahren. Wir würden bis April oder Mai warten, damit das Baby groß genug war, um die Reise zu überstehen. Oder sogar bis Juni, da ich mich für das Abitur eingeschrieben hatte. Aber nicht länger, sonst würde es zu spät, und es bestünde die Gefahr, dass wir nicht mehr wegfuhren. Juni war gut. Außerdem fand der große Ausscheidungskampf am

8. Juni statt. Nono trainierte den ganzen Tag. Wenn er nicht in der Turnhalle am Boulevard Barbès war, boxte er in seiner Garage. Er hatte sich aus einem Kartoffelsack, den er mit Stofflappen voll gestopft hatte, einen Punchingball gebastelt.

Es war kalt in der Rue du Javelot. Zum Glück hatte Nono einen elektrischen Heizkörper mitgebracht, dessen Gebläse ein dröhnendes Geräusch wie ein Flugzeug machte. Um nicht zu viel Geld für Strom auszugeben, hatte Nono den Zähler frisiert. Er zeigte mir, wie er mit einer Bohrmaschine ein kleines Loch in die Seitenverkleidung gebohrt hatte, um das Rad mit einer Stricknadel zu blockieren. Wenn der Beamte kam, um den Zähler abzulesen, brauchte man vorher nur die Stricknadel herauszuziehen und das kleine Loch mit etwas blauem Knetgummi abzudecken. Wir hatten kein Geld. Nono trainierte und hatte keine Zeit zu arbeiten, und das Stipendium reichte kaum aus. Wenn er abends heimkam, war er todmüde. Sein sozialistischer Abgeordneter hatte ihm versprochen, ihm eine Aufenthaltsgenehmigung zu verschaffen, falls er den Boxkampf gewann, und diese Chance wollte er sich nicht entgehen lassen. Houriya glich in der letzten Zeit immer mehr einer Bienenkönigin. Unförmig und nutzlos, mit von der Schwangerschaft aufgeschwemmtem Gesicht blieb sie neben dem surrenden Heizkörper auf dem Bett liegen. Sie wollte nicht, dass sich eine Sozialhelferin um sie kümmerte. Sie wollte auch keinen Arzt. Sie hatte Angst, man könne sie bei der Polizei anzeigen und zu ihrem Mann zurückschicken. Unter der Erde fühlte sie sich in Sicherheit, wie eine Spinne mit ihrem Jungen im Kokon. Niemand konnte sie dort finden. Die einzige Gefahr war Nonos Freund, aber wie wir gehört hatten, schien es ihm in Bora-Bora gut zu gefallen. Es bestand kaum die Gefahr, dass er plötzlich mitten in Regen und Schnee in Paris auftauchen würde.

Als Houriya kurz vor der Niederkunft war, verlangte sie nach einer Frau, nicht nach einem Arzt. Nono geriet völlig aus dem Häuschen. Er wusste nicht mehr ein noch aus, verlor allmählich die Nerven. Da ich keine Ahnung hatte, an wen ich mich wenden sollte, fuhr ich mit dem Zug nach Evry-Courcouronnes und ging in das Zigeunerlager. Juanico fand die Frau. Er verhandelte mit ihr in einer Sprache, die ich nicht verstand, und sie erklärte sich bereit, für fünfhundert Franc zu kommen. Sie hieß Josefa, war eine große, ein wenig maskuline Frau mit einem langen, eckigen Gesicht und kräftigen Händen. Sie sprach kaum ein Wort Französisch, aber sie wurde umgänglicher, als ich sie auf Spanisch ansprach. Sie hatte den harten Akzent der Galizierinnen.

Ich nahm sie im Zug mit. Bevor wir in die Rue du Javelot gingen, wollte sie noch ein paar Einkäufe machen, für sich und für die werdende Mutter. Sie kaufte Watte, Heftpflaster, Betadine, Kompressen und ähnliche Dinge, Heilpflanzen beim Chinesen, Thymian, Salbei und eine Salbe in einer runden Dose, die mit einem Tiger verziert war. Sie kaufte auch Cola, Kekse und Zigaretten.

Sie richtete sich in der Garage ein und hängte mitten in dem Raum, in dem Houriya sich befand, ein Laken auf, um nicht gestört zu werden. Sie blieb drei Tage dort, ging selten nach draußen, sprach kaum ein Wort. Sie fand, dass es in dem Raum schlecht roch, zündete Räucherstäbchen an und rauchte hin und wieder eine Zigarette. An diesen Tagen konnten Nono und ich nicht im Haus bleiben, wir verbrachten die ganze Zeit draußen. Nach der Arbeit bei Béatrice traf ich mich mit Nono im

Sportzentrum in Barbès. Er trainierte Schattenboxen, Seilspringen. Ich setzte mich in eine Ecke und sah zu, wie er sich bewegte. Alle glaubten, ich sei seine feste Freundin. Sogar der sozialistische Abgeordnete unterhielt sich mit mir. Er sagte nicht »Nono« oder »Léon«, sondern nannte seinen Familiennamen, Adidjo, wenn er von ihm sprach. Er sagte: »Adidjo muss noch viel arbeiten, er darf keinen Unsinn mehr machen, sag ihm das.« Ich glaube, er spielte auf die Leute an, mit denen Nono verkehrte – Typen, die in Häuser einbrachen und Autos knackten –, und auf die Stereoanlagen, die er manchmal mitbrachte und weiterverkaufte. Der Abgeordnete war ein kleiner Mann mit einer Bürstenfrisur, er sah aus wie ein Sportler oder ein Polizist. Ich mochte es nicht, dass er sich mit mir unterhielt. Ich mochte es nicht, dass er ihn einfach »Adidjo« nannte, als könne er über ihn verfügen, als seien sie Gesinnungsgenossen. Ein- oder zweimal versuchte er herauszufinden, ob ich eine Aufenthaltsgenehmigung besaß und nicht mit den Gesetzen in Konflikt war. Ich mochte es nicht, dass er mir Fragen stellte, ich mochte es nicht, dass er alle Leute duzte, als gäbe es keinen Unterschied zwischen ihm und uns, aber vielleicht verhielt er sich einfach freundschaftlich. Sein linker Arm war amputiert, vielleicht war das der Grund. Er ging auf die Leute zu und sagte mit lauter Stimme zu ihnen: »Komm, hilf mir mal, meinen Pullover wieder anzuziehen, o.k.?« Seine freundschaftlichen Gesten waren leicht aggressiv. Er sagte fast jeden Tag zu Nono: »Mach dir keine Sorgen, die Sache mit der Aufenthaltsgenehmigung geht schon in Ordnung.« Als gäbe es irgendetwas, das »in Ordnung gehen« könne.

Dann brachte Houriya ein Mädchen zur Welt. Als ich von Béatrice, der Redakteurin, zurückkam, war das

Baby da, klammerte sich an Houriyas Brust. Die Hebamme war müde. Sie hatte mehrere Gläser Wein getrunken und lag in tiefem Schlaf auf dem Sofa. Selbst das Neonlicht weckte sie nicht.

Auch Houriya schien zu dösen. In dem Raum schwebte ein starker Geruch nach Urin und Schweiß, ein Geruch, der leicht säuerlich war. Wenn irgendwo ein Fenster gewesen wäre, hätte ich es weit geöffnet, um frische Luft und Sonne hereinzulassen. Ich dachte, das Baby müsse möglichst schnell weg, sonst würde es hier unter der Erde nicht überleben.

In den folgenden Tagen ließ die Aufregung allmählich nach. Wir waren alle erschöpft, als habe jeder von uns das Baby bekommen. Wir schliefen abwechselnd, dem Rhythmus des Stillens angepasst. Houriyas Brustwarzen waren gesprungen, das Stillen fiel ihr schwer. Ihr Bett war blutbefleckt. Die Hebamme kam wieder, gab Houriya Milch und Anis zu trinken und rieb ihre Brustwarzen mit einer Fettcreme ein. Houriya zitterte vor Fieber, und das Baby schrie. Schließlich schickte Béatrice, die Redakteurin, eine Freundin vorbei, die Assistenzärztin war, sie brachte Houriya und ihr Baby in ein Entbindungsheim. Houriya muss wohl ernstlich krank gewesen sein, denn sie ließ sich ohne zu protestieren auf einer Bahre forttragen.

Ich besuchte sie jeden Nachmittag. Sie lag mit anderen Müttern in einem hübschen, strahlend weißen Zimmer im Erdgeschoss; durch das Fenster sah man Zypressen, Liguster und Spatzen, die durch die Luft flogen. Sogar der graue Himmel war wunderschön. Ich brachte Gebäck und Tee in einer Thermosflasche mit. Um Houriya aufzuheitern, erzählte ich irgendwelchen Unsinn. Ich sagte ihr, dass wir dem Kind einen Namen geben müssten. Wir würden es Pascale nennen, weil es noch gerade rechtzeitig auf die Welt gekommen war, bevor das neue Gesetz über die Staatsangehörigkeit von Kindern ausländischer Eltern in Kraft trat. Houriya war einverstanden, aber sie wollte, dass wir noch Malika hinzusetzten, weil ihre Mutter so hieß. Und so bekam das Baby den Namen Pascale Malika. Für das Geburtsregister wollte sie den richtigen Namen des Vaters angeben, Mohammed, damit nicht in der Rubrik »Name des Vaters« »unbekannt« vermerkt wurde. Selbst Hakim besuchte sie. Er betrachtete dieses kleine lebendige Etwas, das rot und zerknautscht vom Schlaf neben Houriya in der Wiege lag. Er sagte: »Sie sieht tatsächlich aus wie eine kleine Französin.«

Doch plötzlich war Houriya beunruhigt: »Und wenn ich eines Tages nach Hause zurückwill, nehmen sie sie mir dann nicht weg?« Ich beruhigte sie, so gut es ging. »Niemand kann sie dir wegnehmen. Sie gehört dir, dir allein.« Es war das erste Mal, dachte ich, dass Houriya etwas hatte, das ihr gehörte, und dass sie, trotz all dem was sie ausgestanden hatte, noch Glück hatte.

Pascale Malikas Ankunft in der Rue du Javelot brachte wirklich alles durcheinander. Ich begriff, dass nichts mehr so sein würde wie zuvor und dass es wohl besser so war. Vor allem dachte Houriya jetzt nicht mehr daran, wegzugehen. Sie wollte nicht mehr in ihre Heimat zurückkehren. Seit sie das Baby hatte, fühlte sie sich stärker, die Stadt und die Leute flößten ihr keine Angst mehr ein. Jeden Morgen hüllte sie das Baby in ein großes Schultertuch und ging nach draußen, in den Park, auf die Straße oder sie besuchte ihren Bekannten, Monsieur Vu. Damit sie Arbeit hatte, schlug ich Béatrice vor, Houriya meine Stelle zu überlassen. Béatrice kaufte eine Wiege für das Baby, und Houriya ging jeden Morgen zu ihr, um dort zu arbeiten. Béatrice und ihr Mann konnten keine Kinder bekommen, und deshalb rührte es sie, dieses kleine Mädchen zu sehen, das bei ihnen schlief. Dann gewöhnte Houriya sich an, die Kleine dort zu lassen, während sie einkaufte oder zu ihrem Alphabetisierungskurs ging. Pascale Malika hatte ein hübsches Zimmer, Béatrice und ihr Mann hatten den Schreibtisch und die vollen Bücherregale weggeräumt und das Zimmer rosafarben tapeziert, außerdem war es dort sehr ruhig, hell und sonnig. Wenn Houriya abends in das finstere Loch in der Rue du Javelot zurückkehrte, weinte und schrie das Baby, wollte nicht schlafen. Sie haben es mir nicht gesagt, aber ich glaube, dass Béatrice und ihr Mann von Anfang an daran dachten, Pascale Malika zu adoptieren.

Ich sah Simone wieder. Eines Abends kehrte ich in die Station Réaumur-Sébastopol zurück. Ich hatte das Gefühl, als sei ich schon seit Jahren nicht mehr dort gewesen. Als ich aus der Ferne die Trommeln im Gang dröhnen hörte, erschauerte ich. Ich wusste gar nicht, wie sehr mir das gefehlt hatte. Und zugleich hatte mich all das, was durch die Geburt des Babys in der Zwischenzeit geschehen war, verändert, vielleicht war ich dadurch gealtert. Es war, als nähme ich hinter all diesen Bewegungen, all diesen Handlungen den verborgenen Sinn dieser Musik wahr.

An einer Gabelung im Tunnel saßen die Musiker im Gang und trommelten. Einige von ihnen kannte ich, die Antillaner, die Afrikaner, aber andere hatte ich noch nie gesehen, einen Jungen mit langem Haar und bernsteinfarbener Haut, der aus Santo Domingo stammte, glaube ich. Simone sang nicht. Sie saß mit dem Rücken an der Wand, das Gesicht hinter einer schwarzen Brille verborgen. Ich setzte mich neben sie, und als sie mich erkannte, lächelte sie mir zu, aber ich sah, dass ihre rechte Wange stark geschwollen war.

»Was ist denn mit dir los?«

Sie zuckte die Achseln und antwortete nicht. Die *jumbé-* und die *djun-djun-*Trommeln dröhnten leise, in ganz langsamem, ganz ruhigem Rhythmus. Es dröhnte unter der Erde, bis ans andere Ende der Welt, um die Trommeln auf der anderen Seite des Ozeans zu wecken. Wie ein Gesang, wie eine Sprache. Das brauchte ich, das tat mir gut, es war wie die Stimme des Muezzins, die damals über die Dächer schallte und in Lalla Asmas Hof drang, wie die Stimme meiner Ahnen aus dem Land der Hilal.

Irgendwann muss wohl jemand durch ein Zeichen angedeutet haben, dass die Polizei kam, und alle verschwanden sehr schnell, die Trommeln, die Zuhörer, und ich blieb mit Simone allein zurück wie damals, als sie mich mit zu sich nach Hause nahm. Mit halb erstickter, ängstlicher Stimme fragte sie mich: »Laïla, kann ich heute Nacht mit zu dir kommen?« Seit dem Abend, an dem Martial mich vor der Garagentür abgesetzt hatte, wusste sie, wo ich wohnte. Ich fragte nicht, warum. Wir liefen zu Fuß im Nieselregen durch Paris.

Sie verbrachte zwei Tage bei uns. Sie blieb auf einer Matratze liegen, die Nono herbeigeschafft hatte, und rührte sich nicht. Ab und zu trank sie einen Schluck Cola und schlief wieder ein. Sie hatte eine Menge Beruhigungstabletten geschluckt. Sie erzählte mit wenigen Worten, was geschehen war, ihr Freund war verrückt geworden, er hatte ihr vorgeworfen, dass sie ihn betrüge, hatte sie geschlagen, und dann hatten sie sie zu zweit vergewaltigt. Sie wollte nicht, dass ich die Polizei benachrichtigte. Sie sagte, das habe keinen Sinn, Dr. Joyeux sei ein bedeutender Mann, er habe überall

Freunde, er arbeite im Krankenhaus Hôtel-Dieu, niemand werde ihr glauben.

Er kam nachts, um sie zu holen. Ich hörte, wie der Wagen vor der Garagentür hielt. Ich weiß nicht, wie er erraten hatte, dass Simone sich bei mir versteckte. Er hatte überall Spitzel. Er machte keinen Skandal. Er klopfte nur an die Feuerschutztür, ein leises Geräusch, das ich im Schlaf hörte. Als ich das Licht anknipste, sah ich, wie Simone mit weit geöffneten Augen auf dem Bett saß, als warte sie auf ihn. In seinem melodischen, süßlichen Kreolisch sprach er leise auf sie ein. Ich fragte Simone: »Soll ich ihm sagen, dass er weggehen soll?« Sie hatte einen seltsamen, faszinierten Blick, eine Mischung aus Entsetzen und dem Wunsch, Martial zu folgen. Ich sah ihre geschwollene Wange, das geronnene Blut auf ihrem Augenbrauenbogen, und spürte ihre Wut, ihre Scham. »Hör nicht hin, antworte nicht, dann fährt er gleich wieder weg.« Aber sie konnte nicht widerstehen. Simone begann durch die verschlossene Tür mit ihm zu sprechen. Sie wollte das Baby nicht wecken, flüsterte erst etwas auf Französisch, ein paar Schimpfworte, dann auf Kreolisch.

Schließlich öffnete sie die Tür. Im Halbdunkel stand der parkende Mercedes mit eingeschaltetem Licht. Nur das Surren der Ventilatoren war zu hören, die ab und zu in den Lüftungsschächten ansprangen. Die beiden blieben die ganze Nacht dort und sprachen miteinander. Irgendwann wachte ich auf. Mir war kalt. Durch die halb geöffnete Garagentür drang ein feuchter Luftzug herein. Ich sah den Mercedes, dessen Lichter inzwischen ausgeschaltet waren, und Simone und ihren Freund, die auf dem Rücksitz saßen und sich immer noch unterhielten. Am Morgen war sie mit ihm verschwunden, ohne sich von mir verabschiedet zu haben.

Ich konnte nicht recht verstehen, warum eine solche Frau so sehr an diesem Mann hing.

Ich gewöhnte mir an, nachmittags, wenn Martial Joyeux nicht da war, Simone zu besuchen, um bei ihr Gesang und Klavier spielen zu lernen. Sie verbrachte den ganzen Tag allein in dem kleinen Haus auf der Butte-aux-Cailles, ohne nach draußen zu gehen, und öffnete nicht einmal die Fensterläden. Im Wohnzimmer im Erdgeschoss stellte sie brennende Kerzen in einem großen Dreieck auf, und in die Mitte legte sie all das, was sie gern mochte, Obst vom Markt, Mangos, Ananas, Papayas. Ich wagte sie nicht zu fragen, warum sie das tat. Ich stellte ihr nie Fragen, und deshalb mochte sie mich gern. Sie war eine Hexe, nahm Drogen, rauchte Crack aus einer kleinen schwarzen Tonpfeife. Sie war schön mit ihren großen Augen einer Ägypterin und der gewölbten Stirn, die wie schwarzer Marmor glänzte.

Sie spielte auf einem elektronischen Klavier, an das zwei Lautsprecher angeschlossen waren. Sie stellte den Ton ganz leise und ganz tief, damit ich ihn besser hören konnte. Sie sagte zu mir, ich müsse unbedingt Musik machen, weil ich auf einem Ohr nichts hörte, und dass alle großen Musiker ein ähnliches Problem hätten, sie seien taub, blind oder einfach ein bisschen übergeschnappt.

Dr. Joyeux kam tagsüber nicht nach Hause. Er blieb die ganze Zeit im Krankenhaus La Salpêtrière, kümmerte sich um die Verrückten. Er war selbst verrückt.

Es gefiel ihm nicht, was Simone mit ihren Kerzen und den Opfergaben veranstaltete, er wäre wütend geworden, wenn er es gewusst hätte. Aber Simone ließ alles verschwinden, bevor er zurückkam, sie räumte Kerzen und Räucherstäbchen beiseite, legte den Teppich hin und rückte Stühle und Sessel wieder an ihren Platz.

Sie hatte sich in den Kopf gesetzt, mir Singen beizubringen. Ich setzte mich im Schneidersitz neben sie auf den Boden, und sie breitete ihr langes Kleid wie einen leuchtend roten Kranz rings um sich aus. Sie spielte mit ihrer breiten, linken Hand, ließ sie leicht über die Tasten gleiten, spielte nur drei, vier, fünf Takte oder einen anhaltenden Akkord, und ich musste ihr mit der Stimme folgen. Sie nahm absichtlich nur die linke Hand, damit sie auf der richtigen Seite, neben meinem gesunden Ohr singen konnte. Ich hatte ihr nichts gesagt, und trotzdem wusste sie, dass ich halb taub war. Es war unglaublich, dass sie auf die Idee gekommen war, mir Singen beizubringen, als hätte sie begriffen, dass ich ganz darin aufging und nur für die Musik lebte.

Wir verbrachten so manchen gemeinsamen Nachmittag in dem Haus auf der Butte-aux-Cailles. Wir machten Musik, tranken Tee, rauchten oder schwatzten. Wir lachten oft ohne Grund. Ich hatte den Eindruck, als hätte ich noch nie so eine Freundin gehabt wie Simone. Das erinnerte mich an die Zeit im Fondaco, an die Prinzessinnen, für die ich getanzt und die mich ins Badehaus oder in die Strandcafés mitgenommen hatten. Simone hatte alles von einer Prinzessin. Allerdings hatte sie etwas Tragisches an sich, das ich nicht recht begriff, eine Seite ihres Lebens, die mir verborgen blieb, wie eine Spur von Wahnsinn.

Sie lehrte mich, zur Musik von Jimi Hendrix zu singen, *Burning in the midnight lamp*, *Foxy Lady*, *Purple haze*, *Room full of mirrors*, *Sunshine of your love* und natürlich *Voodoo child*, und zur Musik von Nina Simone, *Black is the color of my true love's hair*, *I put a spell on you*, und Muddie Waters und Billie Holiday,

Sophisticated Lady, aber ich sang keine Worte, sondern brachte bloß Töne hervor, und zwar nicht nur mit den Lippen und der Kehle, sondern aus den Tiefen meines Körpers, ganz unten aus der Lunge, aus den Eingeweiden. Nur vier oder sechs Takte, dann unterbrach sie mich, und dann wieder von vorn, wieder und wieder. Ihre Hand bewegte sich tänzelnd über die Tasten, und ich musste das Gleiche eine Oktave tiefer singen, oder sie spielte tiefe Töne, und ich musste ihr folgen und »Babelibu, baabeloolali, lalilalola ...« singen.

Manchmal erzählte sie von ihrer Insel am anderen Ende der Welt und von der Musik, die das Meer zum alten Erdteil überquert, wo ihre Vorfahren entführt und verkauft worden waren. Sie nannte die Namen der Völker, sie klangen seltsam wie die Worte eines Liedes.

»Ibo, Moko, Temne, Mandinka, Chamba, Ghana, Kiomanti, Aschanti, Fon ...«

Wie die Namen meiner eigenen Eltern, die ich vergessen hatte.

Sie sprach von der Armut. Sie sagte: »Die Haitianer haben das härteste Gesicht der Welt.« Sie sagte: »Sie sind Schwarze, die den Schwarzen verraten, wie zu Dessalines Zeiten.« Sie sagte: »Wenn man Hunger hat, wendet man die Augen nach innen.« Sie sprach über die Rue Césars in Port-au-Prince, sprach über das Herz, das in der Menge schlägt, sprach von ihrer Mutter Rose Carole, die früher Wodugesänge gesungen hatte, um die Toten zu erwecken, sie hatte getrommelt, und im Hof ihres Hauses hatte sich ein offenes Auge mitten in einem großen Dreieck befunden, wie das, das Simone mit ihren Kerzen bildete. Sie erzählte, sang, ließ die Trommeln sprechen und sah die *loas* kommen, bis hierher in ihre Straße. Sie nannte ihre Namen, die Pflanzennamen, *lazam*, die Früchte der richtigen Seele, die

Papayabäume und den riesigen dunklen *zaman*-Baum, der der Insel Schatten spendet. Ich hörte zu, es war so schön, dass ich einschlief. Sie spielte für mich, schlug immer wieder die gleichen tiefen Töne auf den Tasten an, oder sie schlug mit den Fingern auf die *talking-drum*, auf das *rada*, das *djun-djun*, und wie in den Gängen in Réaumur-Sébastopol durchdrang mich das Trommeln, es stieg in mir auf und erfüllte mich ganz, ich war wie die Schlange, die vor dem Schlangenbeschwörer tanzt, wie die Aissaoua auf den Festen, ich drehte mich im Kreis, bis mir schwindlig wurde.

Wir sprachen nicht mehr. Sie hockte, ihr Kleid um sich ausgebreitet, auf dem Boden, wiegte den Oberkörper hin und her, spielte ihre Musik und sang ihren afrikanischen Gesang, der bis auf die andere Seite des Meeres drang, und ich wiederholte ihre Bewegungen, ihre Phrasen, sogar die Bewegungen ihrer Augen und ihrer Hände, ohne zu wissen, warum, als verbinde mich eine magnetische Kraft mit ihr.

Sie tat das, bis die Kerzenflammen im Wachs ertranken.

Wenn es vorbei war, waren wir erschöpft. Wir schliefen im Geruch des Rauchs auf den Kissen ein, die auf dem Boden lagen. Draußen ging das Treiben der Welt vermutlich weiter, die Metro, die Züge, Menschen, die wie verrückt gewordene Insekten durch die Stadt rannten, Leute, die damit beschäftigt waren, zu kaufen, zu verkaufen, zu zählen, zu vermehren, zu sammeln, zu investieren. Ich vergaß alles. Houriya, Pascale Malika, Béatrice und Raymond, Marie-Hélène, Nono, Mademoiselle Mayer und Madame Fromaigeat. All das glitt vorbei, floss vorüber. Das einzige Bild, das vor mir auftauchte und mich erfüllte, war der große Senegal-Strom und die Mündung des Falémé, die rote Erde der

Uferböschung und das Land von El Hadsch. Dorthin hatte mich Simones Musik versetzt.

Eines Abends kam Martial Joyeux früher nach Hause als gewöhnlich. Er öffnete die Wohnzimmertür und blieb eine ganze Weile auf der Türschwelle stehen, um uns zu beobachten. Draußen war es dunkel. Die halb erloschenen Kerzen erzeugten wohl nur ein schwaches Licht, und ich erriet, dass der Arzt das Halbdunkel mit den Blicken zu durchdringen suchte. Er sagte nichts. Er durchquerte das Wohnzimmer, stolperte über Simones Trommeln und ging direkt ins Badezimmer. Er muss wohl furchtbar wütend gewesen sein, um wortlos durch dieses wilde Durcheinander zu laufen. Simone half mir auf und schob mich zur Tür. »Bitte geh, geh schnell.« Sie wirkte zutiefst verängstigt. Ich sagte zu ihr: »Komm mit. Bleib nicht hier.« Ich war mir sicher, dass sie frei gewesen wäre, wenn sie jetzt hätte mitkommen können. Aber sie kam nicht einmal auf diesen Gedanken. Sie drückte mir etwas Geld in die Hand. »Geh jetzt, nimm dir ein Taxi und fahr nach Hause, es ist kalt.« In diesem Augenblick hatte ich den Eindruck, dass ich sie nie wieder sehen würde, warum, weiß ich nicht. Sie konnte sich nicht entscheiden, deswegen war sie eine Sklavin. Wenn sie sich nur ein einziges Mal hätte entscheiden können, hätte sie vor Martial keine Angst mehr gehabt und auch nicht davor, allein zu sein, dann brauchte sie nicht mehr irgendwelchen Dreck zu sniffen und auch kein Valium mehr zu nehmen. Dann wäre sie frei gewesen.

El Hadsch ging es auch nicht sehr gut. Der alte Soldat hatte Angst vor dem Winter. Ich fuhr, sobald ich konnte, mit dem Zug und dem Bus nach Courcouronnes, in die

Straße nach Villabé. Draußen war es eisig, die Böschungen waren mit Raureif bedeckt. Große graue Felder, über die Krähen hüpften. El Hadsch saß in der kleinen Wohnung im Block B vor dem Fenster. Er hatte einen dicken Pullover über das blaue Hemd gestreift und trug eine gefütterte Mütze, sogar wenn er schlief. Er träumte laut von dem großen Strom, der ganz langsam durch die Wüste fließt, wo das Licht bis in die Nacht erstrahlt. Vielleicht ging ich deshalb zu ihm, damit er mir von dem Strom erzählte. Er sprach auch vom Falémé-Fluss und von den Städten, Kayes, Medina, Matam und seinem Dorf Yamba. Als fahre er noch in einer langen Piroge mit Frauen und Kindern über den Fluss und sehe zu, wie an den Ufern die Häuser vorüberglitten und Kraniche und Kormorane über sie hinwegflogen. Zum ersten Mal erzählte er mir von seiner Enkelin Marima, Hakims Schwester. Sie war im Senegal gestorben, als sie in irgendeinem Sommer ihre Mutter besucht hatte. Sie war während der Regenzeit an Leukämie erkrankt. Die Kälte war in sie gedrungen, hatte sie Tag für Tag mehr erstarren lassen, bis sie daran starb. El Hadsch zeigte mir keine Fotos von ihr. Damit hätte er nichts anfangen können. Er zeigte mir nur ihre Zeugnisse, weil er stolz auf ihre Leistungen war. Sie ging in die Abschlussklasse des Gymnasiums von Saint-Louis.

Manchmal vergaß er, dass sie tot war. Er redete mit mir, als sei ich sie, die neue Marima. Irgendetwas tief in seinem Inneren war zersprungen, wie ein gebrochener Knochen, der ständig wehtut. Er hatte nie in sein Land zurückkehren wollen. »Sie haben alles kaputt gemacht, jetzt gibt es überall Straßen, weißt du, Brücken, Flughäfen, und alle Pirogen sind hinten abgesägt, damit man einen Motor anbringen kann. Was soll ein alter Mann wie ich dort anfangen? Aber wenn ich tot bin, möchte ich, dass du mich mit nach Hause nimmst, damit man mich neben meinem Vater und meiner Mutter in Yamba beerdigt, am Ufer des Falémé. Dort bin ich geboren, dorthin muss ich zurückkehren.« Ich versprach ihm, dass ich mit ihm hinfahren würde, auch wenn ich wusste, dass es ziemlich unmöglich war. Auch ich kannte einen Friedhof, auf dem ich beerdigt werden wollte.

Oder er erzählte, was er in Arabien gesehen hatte, als er den schwarzen Stein des Engels Gabriel geküsst hatte. Erzählte vom Wasser der Quelle Zem Zem, das er in einer kleinen Plastikflasche mitgebracht hatte, und von der Arafat-Hochebene, wo der Wüstenwind den Reisenden in den Augen brennt. Er hatte das Gesicht dem Fenster zugewandt, ich sah die große weiße Wand des benachbarten Wohnblocks, man hörte den Lärm der Hauptstraße in der Nähe, dort, wo sich die Insel der Zigeuner befand. Aber El Hadsch war nicht mehr hier, befand sich woanders, in seinem Licht. Ich blieb bei ihm, bis die Dunkelheit anbrach. Ich kochte ihm einen Tee, spülte, räumte auf. Vielleicht wusste ich insgeheim, dass ich ihn nicht wieder sehen würde. Wie damals, als Lalla Asma plötzlich immer öfter in der Küche hinfiel und ich begriff, dass es bald vorbei sein würde.

Der Winter machte ihm zu schaffen. Er fror ständig. Hakim hatte einen Ölradiator gekauft, der Tag und Nacht eingeschaltet war, und in dem kleinen Raum herrschte eine solche Hitze, dass das Wasser an den Scheiben herablief. El Hadsch hielt inne, um zu husten, es war ein schwerer Husten, der in seiner Brusthöhle rasselte, ein Geräusch, das mir wehtat. Hakim hatte mir gesagt, El Hadsch leide an einem Lungenödem, einer Krankheit, die ihm das Atmen erschwerte. Aber ich glaube, es waren nur die Kälte, der Wind und der Regen, der grau verhangene Himmel und die fahle Sonne, das war der Grund für seine Erschöpfung.

Wenn ich spürte, dass er sehr müde war, ging ich. Ich küsste seine Hand, drückte eine Weile seine Handfläche auf meine Stirn, ließ sie über meine Augen, meine Nase, meine Wangen und meine Lippen gleiten. Er sagte: »Auf Wiedersehen, meine Tochter«, als sei ich tatsächlich Marima. Vielleicht glaubte er wirklich, ich sei sie. Vielleicht hatte er es vergessen. Oder vielleicht war ich Marima dadurch ähnlich geworden, dass ich ihren Großvater so oft besuchte, so oft zuhörte, wie er erzählte, was er dort am Ufer des Stroms erlebt hatte. Ich wusste selbst nicht recht, wer ich war.

Auf dem Weg nach Courcouronnes ging ich über die Insel der Zigeuner. Ich machte immer einen Umweg, um Juanico zu sehen. Eines Abends kam er auf mich zu, als habe er auf mich gewartet. Er machte ein seltsames Gesicht. Er bat mich um eine Zigarette. Er sagte mit leicht erstickter Stimme: »Brona verkauft ein Kind.« Da ich nicht zu begreifen schien, wiederholte er ziemlich ungeduldig: »Es stimmt, was ich sage, Brona verkauft ihr Baby.« Die Dunkelheit brach an. Die Straßenlaternen ließen gelbe Sterne am Rand der Straße aufflammen, und nicht weit entfernt, am Ende des zementierten Platzes, stand das hell erleuchtete Gebäude des Supermarkts wie eine Art Märchenschloss.

Mir klopfte das Herz in der Brust. Ich ging hinter Juanico über den Hundepfad, der direkt auf das Zigeunerlager zuführte. Ich ging sehr schnell. Ich konnte einfach nicht glauben, was Juanico mir gesagt hatte. Es kam mir vor, als sei es meine eigene Geschichte, die er da erzählte, als ich von Unbekannten in einen großen Sack gesteckt, mitgenommen und verkauft worden war, von einem zum anderen, bis ich bei Lalla Asma landete.

Juanico führte mich zu einer Bretterhütte mit einem Blechdach, die an einen weißen Wohnwagen angebaut war. Ein paar Kinder, deren Gesichter von einer auf dem Boden stehenden Gaslampe erleuchtet wurden, waren dort. Die Hütte war umgeben von Abfallhaufen, Kartons, verrosteten Dosen, und daneben stand ein klappriger Einkaufswagen. Im Wohnwagen saßen mehrere Menschen, Frauen und Männer, beim Essen, man hörte das Geräusch eines Fernsehers. Hunde mit gesträubtem gelben Fell lagen an der Kette. Juanico öffnete die Hüttentür. Brona saß auf einem Feldbett mit einer Plastikmatratze, die sich an beiden Enden nach oben wölbte. Neben ihr saßen zwei Kinder, ein etwa sechsjähriges Mädchen und ein zwölfjähriger Junge mit scharfem, klugem Blick. Sie unterhielten sich auf Rumänisch. Juanico stellte der Frau Fragen. Sie hatte ein schmales Gesicht, rotblondes Haar und kleine, sehr grüne lebhafte Augen wie ein Tier. Sie hörte zu, was Juanico sagte, und ihr Blick wanderte zwischen ihm und mir hin und her, als versuche sie, die Wahrheit zu ergründen. Dann stand sie auf, ging ein paar Schritte zurück und schob einen Vorhang beiseite. In der Bettnische stand ein schwarzer Kinderwagen, und in dem Kinderwagen schlief ein Baby. »Es ist ein Mädchen«, sagte Juanico. Dann fügte er leiser, in vertraulichem Ton hinzu: »Ich habe ihr gesagt, dass du reiche Leute kennst, Ärzte, Rechtsanwälte, sonst hätte sie dir ihr Kind nicht gezeigt.« Ich wusste nicht, was ich darauf antworten sollte. Ich betrachtete das schlafende Baby, das unter den Stricksachen und Tüchern kaum zu erkennen war. »Wie heißt sie?«, fragte ich.

Brona schüttelte den Kopf. Ihr Gesichtsausdruck war jetzt hart und verschlossen. »Sie hat keinen Namen«, erwiderte Juanico nach ziemlich langem Schweigen.

»Die Leute, die sie kaufen, können ihr einen Namen geben.«

Aber als ich die Hütte verlassen hatte, sagte Juanico ganz leise: »Übrigens, das stimmt nicht. Das kleine Mädchen hat schon einen Namen. Sie heißt Magda.« Ich dachte an Béatrice, die Redakteurin, an das, was sie über Houriyas Kind gesagt hatte, dass sie es gern adoptieren würde, wenn die Mutter sich nicht um das Kind kümmern könne. Ich sagte zu Juanico: »Hör zu, wenn diese Frau wirklich ihr Kind verkaufen muss, kenne ich jemanden, der es kauft.« Mir war die Kehle wie zugeschnürt, als ich das sagte, denn ich dachte zugleich daran, dass damals, als ich verkauft worden war, irgendjemand das Gleiche gesagt und auch Lalla Asma geantwortet haben muss: »Ich kaufe das Kind.« Es war ein grauer, düsterer Abend, die Autos fuhren auf beiden Seiten an der Zigeunerinsel vorbei und machten dabei ein Geräusch wie ein Fluss, der Hochwasser führt. Juanico begleitete mich bis zur Bushaltestelle, und ich kehrte nach Paris zurück.

11

Drei Tage später starb El Hadsch. Hakim teilte es mir durch einen Freund mit. Ich wollte gerade zum Philosophiekurs ins Café der Hoffnungslosigkeit gehen, als ich die Nachricht erhielt. Ich setzte mich sofort in den Zug nach Evry-Courcouronnes. Der Himmel war noch genauso grau und wolkenverhangen, als sei bisher kein Tag vergangen. Im Radio war sogar von Schnee die Rede.

Die Tür zu der kleinen Wohnung war nur angelehnt. Ich ging leise hinein, als sei er noch da und als wolle ich ihn nicht erschrecken. Die Küche, in der er gewöhnlich saß, war leer, und im Schlafzimmer war das Rollo halb herabgelassen. Als Ersten sah ich Hakim, der neben dem Bett saß und mir den Rücken zuwandte, und dann andere Leute, die ich nicht kannte, vermutlich Nachbarn, ältere Leute, und eine große, füllige Frau, ich dachte, das könne Hakims Mutter sein, aber dafür war sie zu jung, und sie hatte eher arabische Gesichtszüge, weiße Haut und dauergewellte, mit Henna gefärbte Haare. Vielleicht war sie nur die Putzfrau oder die Hausmeisterin des Wohnblocks. El Hadsch lag angekleidet auf dem Bett, wie immer in seinem kragenlosen blauen Hemd und seiner grauen Hose mit tadelloser Bügelfalte. Er trug sogar seine schweren schwarzen Lederschuhe, als sei er im Begriff, auf Reisen zu gehen. So hatte ich ihn noch nie gesehen: Sein Gesicht war verschlossen wie eine geballte Faust, seine Augen mit den geschwollenen Lidern, sein Mund, sogar seine Nase, alles war verschlossen, zusammengepresst, mit einem schmerzhaften, traurigen Ausdruck, und ich dachte daran, was er vom Senegal-Strom erzählt hatte, von seinem Dorf Yamba und dem Fluss Falémé, von allem, was er auf der Welt geliebt hatte, und er war in so weiter Ferne gestorben, allein in seinem Zimmer im achten Stock, Block B, der Wohnsiedlung an der Straße nach Villabé.

Niemand sagte etwas. Hakim blickte mich an, während ich ganz kurz die Stirn seines Großvaters berührte, um mit den Fingerspitzen über die kalte, raue Haut zu streichen. Es war dort viel zu ruhig, viel zu still. Ich wünschte mir, es ginge lärmend zu wie so oft im Film, wenn man Frauen mit langem, leidenschaftlichem, übertriebenem Schluchzen weinen hört und das Stimmengewirr von Männern, die einen Kaffee zu Ehren des Toten trinken, oder das Gemurmel von Gebeten, wie bei den Christen. Oder einen Hund, der im Hof heult, wenn nicht gar die Totenglocke. Aber man hörte nichts. Nur irgendwo oben aus dem Haus das Geräusch eines Fernsehers. Die Besucher zogen sich mit betroffenem Gesichtsausdruck zurück, vermieden es, mich anzusehen. Ich wünschte mir, die Trommler aus der Metro wären da und würden unaufhörlich dröhnende Musik machen wie das Grollen des Donners, das durch den Wald und über den Fluss hallt, und Simone würde mit ihrer tiefen Stimme *Black is the color of my true love's hair* singen. Die dicke Frau mit dem hennafarbenen Haar ging leise hinaus. Ich fand, dass sie Lalla Asma glich. Sie hatte genau den gleichen verstörten Blick wie so viele Kurzsichtige hinter ihren Brillengläsern. Ich hielt sie am Handgelenk fest, warum, weiß ich auch nicht, zog sie ans Bett zurück und sagte: »Bitte bleiben Sie noch ein bisschen, gehen Sie noch nicht.« Sie schüttelte den Kopf. Ihre Stimme war rau und erstickt:

»Er war ein lieber Mensch.« Sie sagte das, als wolle sie sich entschuldigen. Sie befreite sich langsam aus meinem Griff. Sie schob meine Finger zurück, bog sie einzeln auseinander. In ihren grünen Augen lag ein erschrockener Ausdruck, ich hatte den Eindruck, als schwämmen ihre schwarzen Pupillen mitten in der Iris.

Schließlich befreite Hakim sie. Er hielt mich an den Schultern fest, wie man es mit einer hysterischen Verrückten tut. Hakim war mein Bruder. Ich war Marima. Ich spürte auf meinem Gesicht die verarbeiteten Finger von El Hadsch, die langsam über meine Augen, meine Wangen, meine Lippen glitten. Ich konnte kaum noch atmen. Irgendetwas schwoll in mir an, in meiner Brust, und schnürte mir die Kehle zu. »Er war mein Großvater, das stimmt, und was soll jetzt aus mir werden?« Ich stammelte unzusammenhängende Dinge, die Worte erstickten mich. Hakim glaubte, ich weinte, aber es waren keine Tränen, es war Wut, am liebsten hätte ich alles in diesem Haus zerschlagen, den dunklen Himmel zerstochen, der El Hadsch daran gehindert hatte zu sehen, am liebsten hätte ich die Fensterscheiben und die Rollos zerschlagen, die Waggons, die Scheiben der Busse, die Schienen, das Schiff, das so lange brauchte, um die Ufer des Senegal-Stroms und Yamba am Falémé-Fluss zu erreichen.

Hakim hielt mich so fest umklammert, dass ich neben dem Bett zu Boden fiel, und ich sah all das, was El Hadsch das Leben genommen hatte, die Urinflasche, die Kortisonampullen. All das, was auf den Boden gefallen war und was niemand für die Aufbahrung weggeräumt hatte.

Er drückte mich eine ganze Weile an sich, weil auch er wohl das Bedürfnis hatte, getröstet zu werden. Irgendwann küsste er mich, und ich spürte die Tränen auf seinen Wangen. Dann war es vorbei. Ich stand auf und ging weg. Ich warf keinen Blick auf die Leiche des alten Mannes, der angekleidet auf seinem Bett lag. Ich war mir sicher, dass er nicht ans Ufer des Flusses heimkehren würde. Er würde in Villabé bleiben, man würde ein Plätzchen für ihn auf dem Friedhof finden, und anstelle des Flusses würde er das Rauschen der Autos auf der Autobahn hören. Sind solche Dinge eigentlich von Bedeutung? Im Zug, der um diese Zeit leer war, beobachtete ich durch das schmutzige Fenster, wie die Dunkelheit anbrach. Ich glaube, ich dachte mehr an Magda als an El Hadsch. Ich spürte, wie mir die Übelkeit in der Kehle hochstieg. Ich hatte seit dem frühen Morgen nichts gegessen und nichts getrunken.

Kurz vor Paris wurde ich von den Schaffnern erwischt. Normalerweise passe ich gut auf und steige schnell aus, wenn sie einsteigen. Aber an jenem Tag hatte ich nicht Acht gegeben, war in einen Traum versunken, fühlte mich benommen, wie wenn man starke Schmerzen gehabt hat. Vielleicht hatten sie mich schon bemerkt. Als ich sie sah, waren sie bereits auf dem Weg zu mir. Sie kamen direkt auf mich zu, ohne sich um die anderen Fahrgäste zu kümmern. Ein paar Zigeunerkinder – die gleichen, denen ich zum ersten Mal mit Juanico begegnet war – nahmen mit einer obszönen Handbewegung Reißaus, aber die Schaffner hatten es auf mich abgesehen. Anfangs waren sie höflich, fast zeremoniell.

»Mademoiselle, Sie haben keinen Fahrschein, zeigen Sie uns bitte Ihren Ausweis.« Als ich zu ihnen sagte, dass ich erstens keinen Ausweis hätte und sie zweitens, selbst wenn ich einen hätte, nicht das Recht hätten, ihn von mir zu verlangen, wurden sie ziemlich unhöflich. »In dem Fall müssen Sie auf die Wache mitkommen ...«

Sie bildeten ein seltsames Paar, der eine groß und stark mit einem Doppelkinn und einem kleinen blonden Schnurrbart, der andere klein und dunkelhaarig, er wirkte nervös und sprach mit einem Toulouser Akzent. Sie nahmen mich in die Mitte und hielten mich an den Armen fest, und dann gingen wir gemeinsam durch den ganzen Zug bis zur Lokomotive. Ich musste mich zwischen sie auf eine harte Bank neben der Tür setzen. Ich sagte ihnen, das sei Machtmissbrauch, sie hätten kein Recht, Gewalt anzuwenden, aber das ließ sie kalt. Der Zug fuhr weiter in Richtung Paris, und inzwischen war es völlig dunkel. Meine beiden Wärter unterhielten sich über meinen Kopf hinweg, als sei ich nicht da, sie erzählten sich Geschichten aus dem Büro und den neuesten Klatsch. Ich hätte versuchen können, ihr Herz zu erweichen, indem ich ihnen erzählte, mein Großvater sei gestorben, und nur deshalb sei es ihnen gelungen, mich zu erwischen. Aber ich hatte keine Lust, ihr Mitleid zu erwecken, egal aus welchem Grund. Um nichts in der Welt hätte ich El Hadsch dazu benutzt, mir einen Vorteil bei diesen Kerlen zu verschaffen.

An der Gare d'Austerlitz nahmen sie mich in ein kleines Büro hinter den Schalterräumen mit. Dort ließen sie mich eine gute Stunde warten, und in der ganzen Zeit blieben sie vor der Tür sitzen, rauchten Zigaretten oder tauschten irgendwelchen Klatsch aus. Ich dachte, dass ich wohl nur ein kleiner Fisch für so starke Männer in Uniform, mit Handschellen und Pistole sein könne. Aber vielleicht meinten sie, dass es nichts Unbedeutendes im Leben gäbe, mache Leute glauben das ja.

Ihr Vorgesetzter kam und wollte mich vernehmen. Er beugte sich ganz nah an mein Gesicht vor und schrie: »Wie heißen Sie?«

»Laïla.«

»Sind Sie volljährig?«

»Das weiß ich nicht. Ja. Nein. Vielleicht.«

»Wo sind Ihre Eltern?«

»In Afrika.«

Da fing die Sache an, unangenehm zu werden. Der Vorgesetzte war ein kleiner unscheinbarer Mann, der Monsieur Castor hieß, zumindest war das der Name, den ich umgekehrt auf einem Briefumschlag entziffert hatte, der auf seinem Schreibtisch lag.

»Hast du keine Ausweispapiere?«

Das Duzen war ein Zeichen dafür, dass er allmählich die Geduld verlor.

Um die Situation zu entspannen, kam ich auf eine gute Idee.

»Sie können meine Rechtsanwältin anrufen.«

»Soll ich dir eine runterhauen?«

Das war nicht das richtige Mittel, um sie zu beruhigen. Ich räumte ein: »Na gut, sie ist nicht direkt meine Rechtsanwältin. Das ist die Frau, die sich um mich kümmert. Eine Art Pädagogin.«

Das Wort gefiel ihnen. Ich nannte ihnen den Namen und die Telefonnummer von Béatrice. Redakteurin, Pädagogin, das klang nach was. Ich wollte vor allem nicht, dass sie etwas über die Rue du Javelot erfuhren. Nono und Houriya hatten ohnehin schon genug Scherereien. Zum Glück hatte ich gleich nach meiner Ankunft in Paris das getan, was die Kommandos in den Kriegsfilmen immer tun, ich hatte alles weggeworfen, was dazu dienen konnte, meine Identität festzustellen.

Béatrice kam sofort in ihrem kleinen englischen Auto. Sie zahlte alles, den Fahrschein, die Geldstrafe, sie musste sogar eine Strafpredigt über sich ergehen lassen.

Es nieselte. Die Scheibenwischer glitten knirschend

über die Scheibe, als regne es Sand. Ich sagte zu Béatrice: »Ich kann heute nicht nach Hause gehen.«

Sie blickte mich eine Sekunde an und suchte nach einer Antwort.

»Wenn du willst, kannst du bei uns übernachten. Raymond hat bestimmt nichts dagegen.«

Eine größere Freude hätte sie mir nicht machen können. Ich lehnte den Kopf an ihre Schulter. Ich musste mir an jenem Abend unbedingt einreden, dass jemand für mich da war, eine Freundin, eine große Schwester.

Ich blieb eine ganze Weile bei Raymond und Béatrice. Ich glaube, ich war ziemlich erschöpft. Ich hatte es nicht gemerkt, weil ich immer unterwegs war, mit all dem, was ich hinter mir hatte, Houriyas Baby, Nono, dem Unterricht, den Einkäufen und dann Simone, die zu uns gekommen, und El Hadsch, der gestorben war. Auf einmal hatte ich keine Kraft mehr, wie damals, als ich von Madame weggelaufen war und Nono mich in die Rue du Javelot mitgenommen hatte.

Ich blieb zehn Tage oder vielleicht sogar einen Monat, das kann ich nicht sagen. Draußen war es kalt, düster, vielleicht schneite es. Ich blieb in dem Teil des Wohnzimmers, der normalerweise als Arbeitszimmer diente, auf der Matratze liegen, und Béatrice hatte ihren Laptop weggeräumt und ihn im Schlafzimmer angeschlossen. Überall lagen Bücher herum, in Kartons, auf den Regalen. Ich verbrachte die ganze Zeit damit, zu lesen, egal was, Romane, Geschichtsbücher und sogar Gedichte. Ich las Malaparte, Camus, André Gide, Voltaire, Dante, Pirandello, Julia Kristeva, Ivan Illich. Immer dasselbe. Die gleichen Worte, die gleichen Adjektive. Das haute mich nicht um. Tat nicht weh. Frantz Fanon fehlte mir. Ich versuchte mir vorzustellen, was er gesagt hätte, wie er über die Religion gesprochen hätte, sein ironisches Lachen über solche Hirngespinste. Die Poesie blieb mir fremd. Als ginge mich das nichts an, als sei das nichts für mich. Aber zugleich sammelte ich gern Worte. Worte, um zu singen, um sie in den Raum zu werfen, um zu hören, wie sie abprallten, in tausend Stücke zersprangen oder auf den Boden klatschten wie eine überreife Frucht. Ich hatte ein aufgeschlagenes Heft vor mir, und jeden Tag schrieb ich Worte oder Satzfetzen hinein, die ich gefunden hatte:

Klima
Schatten
Leierschwanz
Lerche des Morgengrauens
Diffraktion
brandende Wellen
Klick-Klack des Himmels

Das bedeutete nichts. Béatrice kehrte gegen sechs Uhr heim, sie öffnete die Tür, und mit ihr drangen ein Hauch der Stadt, Lärm und Rauch herein. Raymond kam später heim. Er brachte Wein mit. Wir aßen zu dritt in der Küche, Spaghetti mit Pesto, Käse. Ich fühlte mich bei ihnen wohl. Sie waren so verlässlich und vorhersehbar, so rührend.

Ich zögerte den Moment hinaus, über Magda zu sprechen. Ich sagte mir, dass ich meine Sachen packen musste, sobald ich den Namen aussprach. Dann würde ich wieder auf der Straße stehen, mit Leuten, die mich anrempelten, dem Lärm der Autos und der Zufahrt in die Rue du Javelot, wie ein Gang, der ins Innere der Erde führt.

Sie sprachen über ihren Beruf. Béatrice erzählte von

der Zeitung, vom Toben des Chefs, von den Anrufen und den Problemen, von denen ich nichts verstand, als verständigten sich all diese Leute in einem bestimmten Kode. Raymond war ziemlich einsilbig. Er machte ein Praktikum in einem Rechtsanwaltsbüro in Sarcelles oder in Fleury-Mérogis, irgendwo weit weg, er kümmerte sich um die Angelegenheiten anderer Leute.

Ich versuchte mir Magda bei ihnen vorzustellen, Magda in dem kleinen rosa gestrichenen Schlafzimmer mit einem schönen schneeweißen Bett und den Rasseln, die man in diesem Land über den Babys aufhängt, um ihnen Geduld beizubringen. Magda, die in die Küche läuft, ihre Ärmchen Raymond entgegenstreckt und ruft: »Papa!« Und er: »Julie!« oder: »Romie!« Auf jeden Fall kam es nicht in Frage, dass sie jemals ihren richtigen Namen erfuhren. Eines Tages vielleicht, wenn sie groß war und ich eine Art Tante für sie war, würde ich ihr die Wahrheit sagen: »Ich sage dir heute deinen richtigen Namen, den Namen, den man dir bei deiner Geburt gegeben hat.« Oder vielleicht würde Juanico das sagen. Sie würde ihm in einem Gang in der Metro Réaumur-Sébastopol begegnen, und er würde sie ansprechen, ihr zurufen: »Magda! Meine Cousine!«

Sie haben sie Claire genannt, weil Raymonds Mutter so hieß. Und Johanna, weil Béatrice diesen Namen liebte. Sie sang: »*Gimme hope, Johanna.*« Wie so viele andere war sie fünfzehn, als der Vietnamkrieg ausbrach.

Ich habe nie erfahren, wie viel sie bezahlt haben. Ich war draußen geblieben, im Wind, und lauschte dem Rauschen des Autostroms links und rechts von der Insel. Am Himmel waren Raben, wie am Tag meiner Geburt, aber sie gaben keine gespenstischen Schreie von sich.

Um diese Zeit ist die Sache passiert. Vielleicht lag es daran, dass Houriya zu Monsieur Vu gezogen war. Ich war jetzt allein. Um etwas Geld zu verdienen, hatte ich mich von einem Taubstummenverein anstellen lassen, um in Restaurants Kärtchen und Schlüsselanhänger auf die Tische zu legen und anschließend die Spenden einzusammeln. Ich passte sehr auf, wenn ich meine Schlüsselanhänger in den Restaurants des Einkaufszentrums auf die Tische legte oder in der Metro Réaumur Musik hörte. Ich ging nie zweimal an derselben Stelle vorbei, vermied die leeren Gänge, die Toreinfahrten, blickte niemandem in die Augen.

Ich konnte die Schlägertypen aus der Ferne erkennen. Sie bildeten kleine Banden auf der Straße in der Umgebung von Ivry oder in der Nähe der Place Jeanne-d'Arc. Sobald ich eine Bande entdeckte, schlängelte ich mich zwischen den Autos über die Straße und verkrümelte mich auf der anderen Seite. Ich war so schnell und geschickt, dass mir niemand folgen konnte. Manchmal hatte ich den Eindruck, ich sei im Dschungel oder in der Wüste und diese Straßen wären Flüsse, reißende Flüsse mit strudelndem Wasser, das zwischen Felsblöcken hinabfloss, und ich spränge tänzelnd von einem Felsen zum anderen. Das Hupen und Dröhnen der Motoren kam aus dem Boden, kroch in meinen Beinen hoch und schwoll in meinem Bauch an. Diesen Mann hatte ich jedoch nicht kommen sehen. Er tauchte auf der großen, von Straßenlaternen erleuchteten Esplanade auf, die vom Wind gepeitscht wurde, ein Mann wie jeder andere, mit seinem Regenmantel und seiner Tschapka, die Hände in den Taschen, und einem etwas fahlen Gesicht, und ich war damit beschäftigt, das Geld zu zählen, das ich bei den Vietnamesen eingenommen hatte, hundert oder hundertfünfzig Franc in wenigen

Minuten, ganz einfach, indem ich meine Schlüsselanhänger und mein Taubstummenkärtchen auf jeden Tischrand gelegt hatte.

Im letzten Augenblick sah ich seinen Blick und bekam Angst, weil ich die gleichen harten, durchdringenden Augen wieder sah wie die von Abel, als er damals in den Waschraum gekommen war. Aber es war zu spät. Er packte meine Handgelenke und hielt sie mit unglaublicher Kraft fest, ohne ein Wort zu sagen. Er muss mir gefolgt sein, war dann vermutlich einmal um die Geschäftszeile herumgegangen und stieß genau an der Stelle auf mich, wo er es sich ausgerechnet hatte, nämlich vor der Nische zwischen der Mauer des Hochhauses und den geschlossenen Geschäften.

Ich wollte schreien, doch er drückte mir seine Faust in den Bauch und presste plötzlich so stark, als wolle er mich in zwei Teile teilen. Ich bekam keine Luft mehr und stürzte mit kraftlosen Armen und Beinen zu Boden. Es war ein seltsames Gefühl, denn zugleich wusste ich genau, was mit mir geschah, nur dass ich, wie in einem Albtraum, keine Kraft mehr hatte. Mit einer Hand knöpfte er meine Jeans auf, er war stark und geschickt, und mit der anderen drückte er mich mit dem Rücken gegen die Mauer der Nische. Ich erinnere mich, es roch nach Urin, ein fürchterlicher Gestank, der mich völlig benebelte und von dem mir übel wurde, während er sein Glied herausholte und mit starken Hüftbewegungen in mich einzudringen versuchte, sein hechelnder Atem hallte im Winkel des Hochhauses wider.

Ich weiß nicht, wie lange es gedauert hat, aber es kam mir wie eine Ewigkeit vor, diese Hand, die mir auf die Brust drückte, diese Stöße in den Unterleib, und ich war unfähig zu denken, zu atmen. Ich hatte das Gefühl, als würde es nie enden. Dann zog sich der Mann zurück.

Ich glaube, er erreichte nicht, was er wollte, weil ich zu eng für ihn war oder weil ihn jemand gestört hatte. Er lief schnell weg, und ich blieb frierend und schwach in der Ecke liegen, mein Blut rann auf den Zement. Ich ging die Treppe zur Straße hinab, kehrte in die Kellerwohnung zurück und setzte einen Kessel Wasser auf, um mich in der Badewanne von Houriyas Baby zu waschen. Alles war still, wie erstickt. Es kam mir vor, als sei ich jetzt auf beiden Ohren taub. Ich wusste nicht mehr, wo ich war. Ich glaube, ich habe mich in einer Toilette am Ende des Gangs übergeben. Ich glaube, ich habe geschrien, habe die Eisentür geöffnet und in den Tunnel geschrien, ein heiseres Gebrüll, damit es bis nach oben in die Hochhäuser drang, aber niemand hörte etwas. Die Motoren des Gebläses schalteten sich nacheinander mit dem vibrierenden Geräusch eines Flugzeugs ein. Das übertönte alles. Ich dachte an Simone. Ich hatte wahnsinnige Lust, sie zu sehen und bei ihr zu sein, während sie eine Phrase irgendeines Musikstücks wiederholte. Aber ich wusste, dass es unmöglich war. Ich glaube, in dieser Nacht bin ich erwachsen geworden.

Es war schön, bei Béatrice zu sein, weit weg von allem. Schon lange hatte ich mich nicht mehr so beschützt gefühlt, sorglos, ohne an den folgenden Tag zu denken. Ich konnte tun, was ich wollte, in Ruhe die Wohnung aufräumen und dabei das Baby hüten, wie damals, als Houriya aus dem Krankenhaus zurückgekommen war, aber mit dem Unterschied, dass Licht und Sonne in die Wohnung drangen, es hier warm war und ich nichts zu befürchten hatte. Das Wohnzimmerfenster ging auf einen kleinen Innenhof hinaus, in dem Efeu wuchs, und in den Blättern tummelten sich die Spatzen. Eines Morgens fand ich sogar einen ganz zerzausten Spatz, der bewusstlos auf dem Fenstersims lag. Ich nannte ihn Harry. Ich holte einen Schuhkarton aus dem Schrank und baute ihm aus Watte ein weiches Nest, das ich in das Kinderzimmer neben die Wiege stellte. All das war sanft und freundlich, als gäbe es nichts Hässliches auf der Welt, keine Schlägerbanden und keine Polizisten, keine geschlagenen Mädchen und keine alten Leute, die in Drecklöchern hinter verschlossenen Fensterläden verhungerten. Dann machte ich das Fläschchen für Claire oder Johanna fertig (mir gefiel der zweite Name besser) und träufelte ein paar Tropfen heißer Milch auf ein Stück weiches Brot.

Harry saß in seinem Schuhkarton, er war noch ziemlich struppig, aber allmählich trockneten seine Federn. Er sah zu, wie ich die Kügelchen aus weichem Brot vor ihn legte, ohne sich zu rühren, nur seine schwarzen Augen glänzten, dann gab ich Magda (ich konnte ihren richtigen Namen einfach nicht vergessen) das Fläschchen. Und als das Baby alles ausgetrunken hatte, fing der Vogel an zu piepsen und schüttelte sich in dem Karton.

Ich weiß nicht, ob es ihm gelang, ein Brotkügelchen zu fressen, aber die angenehme Wärme in dem kleinen Zimmer hatte ihn vollends geweckt, und einen Augenblick später flog er piepsend auf und pochte gegen die Fensterscheiben. Draußen im Laub flogen seine kleinen Gefährten hin und her und riefen ihn. Daher öffnete ich das Fenster, und Harry flog sofort hinaus, eine Sekunde später hatte er sich unter die anderen Spatzen gemischt, sie wirbelten durch die Luft wie Blätter im Wind, und kurz darauf war Harry mit ihnen verschwunden.

Während ich Johanna das Fläschchen gab, sah ich unten auf der Straße die Polizeibeamten. Sie trugen ganz normale Kleidung, Regenmäntel, Anoraks und Turnschuhe, aber ich erkannte sie trotzdem. Für solche Leute habe ich einen sechsten Sinn. Sie blickten zu den Fenstern des Wohnhauses hoch, als versuchten sie, durch die Gardinen etwas zu erkennen. Dann betraten sie das Haus und müssen wohl der portugiesischen Concierge, die mich nicht mochte, Fragen gestellt haben. Sie klingelten endlos, und die Schelle brachte Johanna zum Schreien und hallte in meinem Kopf wie ein schrilles Zirpen.

Ich rührte mich nicht, bis sie weggingen. Ich fühlte mich fiebrig. Ich fühlte mich nicht in der Lage, eine Minute länger in diesem Haus zu bleiben, andererseits jedoch konnte ich Johanna nicht schreiend in ihrer Wiege allein lassen. Ich suchte Béatrices Büronummer heraus. Ich war so verängstigt, dass ich den Hörer an mein taubes Ohr drückte und kein Wort verstand. Ich wiederholte immer nur wie ein Papagei den einen Satz: »Béatrice, kommen Sie bitte sofort nach Hause, bitte, kommen Sie sofort nach Hause, es ist dringend, Béatrice, bitte.« Als ich gerade die Tür hinter mir zuziehen wollte, klingelte das Telefon. In dem Hörer an meinem gesunden Ohr hörte ich Béatrices Stimme. »Laïla, was ist los?« Ich sagte ihr, sie müsse nach Hause kommen, weil ich weggehen müsse. Inzwischen war ich wieder ganz ruhig. Ich legte auf, ehe sie mir weitere Fragen stellen konnte. Die kleine Johanna war inzwischen eingeschlafen. Und so ging ich durch die Stadt in Richtung Austerlitz.

Ich kehrte in die Rue du Javelot zurück. Als ich durch den langen Tunnel zur Garagentür mit der Nummer 28 ging, war mir schwer ums Herz. Ich hatte das Gefühl, als könne ich nie mehr dort wohnen, als sei mein Leben woanders, egal wo, Hauptsache, ich verschwand; Juanico sagte manchmal solche Dinge. Er sagte: »Weißt du, manchmal muss ich einfach abhauen. Ich kann nicht anders. Vielleicht komme ich später wieder, aber wenn ich hier bleibe, dann bringe ich dich um, dann bringe ich mich um.« Jetzt begriff ich, was er damit meinte.

In der Wohnung hatte sich nichts verändert. Man erstickte fast, weil der Heizkörper die Elektrizitätswerke tüchtig schädigte. Ich sah, dass Nono weitere Apparate mitgebracht hatte, Fernseher, Videogeräte, eine Stereoanlage. Er hatte auch ein neues rotes Motorrad mit einem Sattel aus Zebrafell. Ich hatte das Gefühl, als beträte ich ein Haus von Kindern, warum, weiß ich auch nicht. Ich hätte am liebsten gelacht und zugleich geweint.

Auf dem Bett lag ein Umschlag mit meinem Namen. Ich kannte die elegante altmodische Schrift nicht. Es stand nur darauf: »Für Mademoiselle Laïla, Paris«. Ich öffnete den Umschlag und wusste erst gar nicht, worum es ging, er enthielt nur einen französischen Pass auf den Namen Marima Mafoba.

Die Kellerwohnung war leer. Keine Spur mehr von Houriya oder Pascale Malika. Die Wiege war nicht mehr da. Das versetzte mir einen Stich, auch wenn ich im Grunde verstand, dass Houriya für immer gegangen war und nicht zurückkommen würde.

In dem Pass, auf der Seite mit dem Foto, lag ein Brief. Ich erkannte Hakims Gekritzel. Ich hatte schon immer Mühe gehabt, seine Unterrichtsprotokolle zu lesen. Was er in dem Brief schrieb, war leicht zu verstehen, und doch las ich ihn immer wieder, ohne die Sache zu begreifen.

»Liebe Laïla,
bevor mein Großvater gestorben ist, hat er den Pass für dich beiseite gelegt. Er sagte, du wärst wie seine Tochter und du solltest diesen Pass bekommen, damit du reisen kannst, wohin du willst, wie alle Französinnen, denn Marima hatte nicht die Gelegenheit, ihn zu benutzen. Du kannst damit tun, was du willst. Mach dir keine Sorgen, was das Foto angeht, du weißt ja, dass für die Franzosen alle Schwarzen gleich aussehen.

Ich hätte dich vor meiner Abreise gern noch einmal getroffen. Ich habe nun doch beschlossen, El Hadsch nach Hause zu bringen. Ich habe ja bei der Bank einen Kredit für mein Studium aufgenommen, aber das Geld kann genauso gut für diesen Zweck dienen, es ist nur schade, dass du nicht mitkommen kannst, um meinen Großvater nach Yamba zu bringen. Aber jetzt, wo du einen Pass hast, kannst du vielleicht irgendwann hinfahren, ich erkläre dir später, wo sein Grab ist.

Alles Liebe
Dein Hakim.«

Als ich endlich die Sache begriff, spürte ich, dass mir die Tränen in den Augen standen, was mir seit Lalla Asmas Tod nicht mehr passiert war. Noch nie hatte mir jemand ein solches Geschenk gemacht, einen Namen und eine Identität gegeben. Aber es kam vor allem daher, dass ich an den blinden alten Mann denken musste, wie er langsam mit seinen verarbeiteten Fingerspitzen über mein Gesicht strich, über meine Augenlider, über meine Wangen. Nicht einmal hatte sich El Hadsch geirrt. Er nannte mich Marima, aber nicht etwa, weil er anfing, wirr im Kopf zu werden, sondern weil das etwas war, was er mir geben wollte, einen Namen, einen Pass und die Freiheit, überallhin zu reisen.

12

Ich begriff, dass der Frühling nicht mehr fern war, als die Bäume vor dem Einkaufszentrum zu blühen begannen. Es waren seltsame kleine Bäume, die die Vietnamesen gepflanzt hatten, Pflaumenbäume, Kirschbäume und Zwergpfirsichbäume, die sich mit einem weißen oder rosa Flaum überzogen. Der Himmel war immer noch grau und kalt, aber die Tage wurden allmählich länger, und diese zarten Blütenkugeln taten mir gut.

Schon seit Wochen hatte ich weder etwas von Nono noch von sonst jemandem gehört. Ich ging nicht mehr in die Station Réaumur-Sébastopol, um die Musik des *jumbé* zu hören. Ich rief Simone an, aber auf dem Anrufbeantworter war nur die Stimme von Dr. Joyeux zu hören, eine vornehme, herablassende Stimme, die mir einen Schauer einjagte. Ich hinterließ nie meinen Namen. Wenn ich nachts allein in der Kellerwohnung war, hörte ich manchmal das klopfende Geräusch des Dieselmotors vor der Tür, und mein Herz klopfte schneller, weil ich Angst hatte. Aber das war nur Einbildung.

Eines Mittags kam Nono wieder. Ich hätte ihn fast nicht wieder erkannt. Er hatte einen glatt geschorenen Schädel. Und er hatte einen seltsam unruhigen, fliehenden Blick, den ich nicht an ihm gewöhnt war. Ich machte ihm etwas zu essen, Crêpes mit Käse, alles, was er gern mochte, Kroketten und Brot mit Nutella. Ich dachte, er würde mir erzählen, was er angefangen hatte, wie weit er war. Aber er sagte nichts. Er aß schnell, trank Cola in großen Schlucken. Es war das erste Mal, dass ich ihn schlecht rasiert sah, mit Bartstoppeln auf den Wangen, dem Kinn, der Oberlippe.

»Warst du im Gefängnis?«

Er antwortete nicht sogleich. Dann nickte er. Sobald er zu Ende gegessen hatte, legte er sich auf seine Matratze, den Kopf in den Armen vergraben. Er schlief sofort ein.

Ich hatte das Bedürfnis, seine Wärme zu spüren. Seit Tagen war ich schon allein in der Kellerwohnung, ohne mit jemandem zu sprechen, und hörte nur Musik aus meinem alten Transistorradio. Ich legte mich neben Nono und schlang die Arme um ihn, doch er wachte nicht einmal auf. Wir blieben stundenlang so liegen, ohne uns zu rühren, ich horchte auf seinen Atem, versuchte zu erraten, wo er in der ganzen Zeit gewesen war, allein dadurch, dass ich seinen Geruch in seinem Nacken, in seinem Rücken einatmete. Als er aufwachte, haben wir uns geliebt, ganz sanft, wie beim ersten Mal. Aber vorher holte er noch ein Kondom aus der Tasche seiner Lederjacke. Er nannte das Ding einen Überzieher. Er bestand darauf und nicht ich, ich glaube, ich wäre nicht einmal auf den Gedanken gekommen. Ich dachte weder an die Zukunft noch an Schwangerschaft noch an Krankheiten.

Anschließend gingen wir gemeinsam über unseren Schleichweg auf das Dach des Hochhauses, erst mit dem Aufzug in den einunddreißigsten Stock, dann durch die Feuerschutztür und schließlich über die Treppe und die Feuerleiter. Der Himmel über uns zeichnete sich wie ein stahlblaues Viereck ab, wie ein Fenster ins Unendliche. In diesem Augenblick wurde mir klar, dass ich von hier weg musste.

Auf dem Dach der Welt pfiff der Wind durch die Wanten der Fernsehmasten. Es war ein seltsames Geräusch, hier, mitten in dieser Stadt, so weit vom Meer entfernt. Und doch hörte es sich genauso an, das Dröhnen der Autos in der Tiefe, aus der Avenue d'Ivry, von der Place d'Italie und noch weiter hinten von den Uferstraßen der Seine oder der Ringautobahn, wie sanfte Wellen in der aufkommenden Flut. Plötzlich spürte ich eine Leere in mir, eine Lust, die in mir aufstieg und mir wehtat. Das kam vom Rauschen des Meeres, ich hatte es schon so lange nicht mehr gehört, es machte mich schwindlig. Gegen den Wind gebeugt ging ich zum Rand des Daches, als könne ich das Meer in der Ferne erkennen. Nono kam schnell hinter mir her. Er begriff nicht: »Was machst du da? Bist du verrückt? Willst du sterben?« Ich dachte nur: »So ist das vielleicht, wenn man aus dem Fenster springen will, weil man glaubt, unten sei das Meer.« Ich klammerte mich an ihn. »Halt mich fest, halt mich ganz fest, Nono, mir ist schlecht.« Er half mir, mich mit dem Rücken gegen den Motorblock des Aufzugs hinzusetzen, ein windgeschütztes Fleckchen. Ich schlotterte vor Kälte, vor Müdigkeit. Nono zog seine schöne Fransenlederjacke aus und legte sie mir um die Schultern. Er sagte nur: »Die schenke ich dir, Laïla, dann denkst du immer an mich.« Sein Gesicht war glatt und ebenmäßig, der Kopf ein wenig zu groß, wie bei Zwergen. Aber seine Augen waren sanft, ganz schwarz und sanft. Ich glaube, er hatte begriffen, dass ich vorhatte, wegzugehen. Vielleicht hatte er es schon vor mir gewusst und war deshalb zurückgekommen.

Jetzt würde sich alles ändern. Eine Epoche ging für mich zu Ende. Ich war auf dem Dach, im zweiunddreißigsten Stock, oben neben der Leiter, ich horchte auf den Wind, und meine Augen weinten über den zu blauen Himmel, wie beim ersten Mal, als Nono mich hier herauf mitgenommen hatte.

Auf der aufgebockten Tischplatte, auf der ich meine Philosophieaufgaben für Professor Hakim gemacht hatte, lag ein Brief des Hausverwalters, in dem stand, dass eine betrügerische Manipulation des Stromzählers entdeckt worden sei und Kilowattstunden auf unerklärliche Weise verbraucht worden seien. Der Vorfall werde umgehend untersucht. Sobald die Schuldigen entlarvt wären, würden sie ausgewiesen und bestraft. Ich ließ den Brief deutlich sichtbar auf dem Tisch liegen, damit Nono Bescheid wusste. Ich schlug die Eisentür mit der Nummer 28 so laut hinter mir zu, dass man den Knall bestimmt bis in den obersten Stock des Hochhauses gehört hat.

13

Wir nahmen den Zug nach Nizza. Ich sage wir, aber in Wirklichkeit hatte nur ich eine Fahrkarte. Juanico stieg mit mir ein, als wolle er sich von mir verabschieden, dann schlich er ins Abteil und legte sich auf die Gepäckablage. Er tat das nur aus Spaß, denn eigentlich hatte er das nicht nötig. Er wusste, wie man die Schaffner reinlegt, das war sozusagen sein Beruf.

Es waren nur drei Personen in dem Abteil. Zwei auf den unteren Liegen und ich auf der oberen. Ich blieb eine ganze Weile auf dem Gang stehen, rauchte eine Zigarette nach der anderen und sah zu, wie die Lichter vorüberglitten. Juanico kam von seinem Hochsitz herab. Er sagte nichts. Der blaue Fleck auf seiner Wange hatte sich inzwischen schwärzlich verfärbt. Als ich erfahren hatte, dass sein Stiefvater ihn schlug, hatte ich beschlossen, dass er mitkam.

Ich weiß nicht, wer als Erster die Idee hatte. Vielleicht er. Er hatte ja schon so oft gesagt: »Eines Tages haue ich ab.« Nun war es so weit.

Er hatte mir von seinem Onkel in Nizza erzählt, dem Bruder seiner Mutter, einem Mann namens Ramon Ursu. Juanico brauchte nur jemanden, der ihn beim Einsteigen begleitete, mit mir war die Sache einfacher. Aber er hätte sich auf jeden Fall davongemacht. Er hätte sich auf dem Großmarkt von Rungis oder an einer Tankstelle einen Lastwagen gesucht.

Ich war ganz gerührt bei dem Gedanken, dass ich jetzt wegfuhr. Ich war schon so lange in Paris, dass ich das Gefühl hatte, als hätte ich Jahre hier verbracht, ich erinnerte mich nicht mehr so recht an meine Ankunft mit Houriya im Bahnhof Austerlitz. So viele Dinge waren seitdem geschehen. Ich kam mir jetzt richtig alt vor, nicht wirklich alt, aber anders, gewichtiger, erfahrener. Jetzt hatte ich nicht mehr vor den gleichen Dingen Angst. Ich konnte den Leuten in die Augen blicken und ihnen etwas vorlügen, ihnen sogar die Stirn bieten. Ich konnte ihnen an den Augen ablesen, was sie dachten, ihre Gedanken erraten und antworten, ehe sie Zeit hatten, eine Frage zu stellen. Ich konnte sogar jemanden anschnauzen, eine Sprache, die sie gut verstehen.

Aber ich hätte nicht mehr tun können, was ich vorher getan hatte, zum Beispiel in einem Kaufhaus stehlen, mich an jemanden heranschleichen und mir vorstellen, er sei mit mir verwandt, oder einem Typen auf der Straße hinterherlaufen und mir einreden, er sei meine große Liebe.

Ich hatte begriffen, dass nicht Martial oder Abel oder Zohra oder Monsieur Delahaye wirklich gefährlich sind, sondern ihre Opfer, weil sie mit ihrer Opferrolle einverstanden sind.

Ich hatte begriffen, dass die Leute, wenn sie zwischen ihrem Glück und dir zu wählen haben, sich nicht für dich entscheiden.

In Lyon wurde ich sehr müde. Ich tastete mich auf die obere Liege vor. Die Dame in Rosa schlief unten, aber auf der mittleren Liege sah ich die Spanierin, deren runder Kopf im Licht des Bahnhofs glänzte. Ich nannte sie so wegen ihres dunklen Haars und ihrer kohlschwarzen Augen. Ich dachte, sie würde etwas sagen, aber sie begnügte sich damit, mich starr anzusehen, ohne zu lächeln. Juanico hatte sich auf der Liege ausgestreckt und schnarchte fast. Er roch stark nach Schweiß und schmutziger Kleidung. Es war, als schliefe ich neben einem Clochard. Ich schob ihn an die Wand, doch durch das Gerüttel rollte er immer wieder zurück. Aber schließlich überwältigte mich der Schlaf, und ich wurde nur ab und zu von aufblitzenden Lichtern und dem Rattern der Räder geweckt.

Juanico riss mich aus meiner Benommenheit. Er war lautlos heruntergestiegen und klammerte sich an die Leiter wie ein Affe. Um nicht schreien zu müssen, sagte er dicht neben meinem Ohr: »Komm, Tante Laïla, komm, sieh dir das an!« Ich tastete mich nach unten. Im Abteil herrschte Halbdunkel, es war heiß, und die Luft war schlecht. Das Fenster im Gang zeichnete sich wie ein blendendes Rechteck ab. Von Häusern und Masten gepeitscht lag das Meer glänzend in der Sonne. Der Zug schlängelte sich an der Küste entlang, fuhr durch Tunnel, kam wieder hervor, und immer noch war das Meer zu sehen, glänzte so tiefblau in der Sonne, dass sich meine Augen mit Tränen füllten.

Juanico tanzte im Gang. Es war das erste Mal, dass er das Meer sah. Als er mit seiner Mutter und seinen Brüdern aus Rumänien eingereist war, waren sie mit dem Zug direkt aus Timisoara gekommen und hatten nur in Deutschland kurz Halt gemacht, um über die grüne Grenze nach Frankreich zu gehen, bevor sie sich im Nomadenlager einfanden.

Ab und zu wandte er sich mit einem breiten Lächeln, das seine Zähne in seinem dunklen Gesicht aufblitzen ließ, zu mir um und sagte: »Siehst du das? Siehst du das?«

Die Leute stiegen nach und nach in den verschiedenen Küstenorten aus, Agay, Saint-Raphaël, Cannes, Antibes. Kurz vor Nizza waren wir allein im Abteil. Der Zug fuhr an einem langen steinigen Strand entlang, neben einer Straße, auf der die Autos genauso schnell fuhren wie wir. Die Wellen rollten schräg heran, und Möwen kreisten wirbelnd über den Abwasserkanälen. Die Sonne brannte durch die Scheibe hindurch. Ich hatte das Gefühl, als wache ich erst jetzt richtig auf, als tauche ich aus einem langen Traum auf, der einer Krankheit glich.

Ohne unseren Platz im Gang zu verlassen, machten wir uns über das Frühstück her, das ich aus Paris mitgebracht hatte, Apfelsinen (aus Marokko), trockenes Brot mit einem Riegel Schokolade. Unter keinen Umständen hätten wir Schinken gegessen, ich, weil es verboten war, und er, weil er sagte, das sei kein Nahrungsmittel für einen Mann. Als wir irgendwann einmal darüber sprachen, hatte er hinzugefügt – ich weiß nicht, wer ihn auf diese Idee gebracht hatte –, dass man uns sehr leicht Menschenfleisch vorsetzen und es für Schinken ausgeben könne. Dabei hatte er sich auf den Hintern geklopft, um zu zeigen, aus welchem Stück man Schinken macht.

Nizza war ganz so, wie ich es mir vorgestellt hatte. Eine schöne weiße Stadt mit Kuppeln und Zwiebeltürmen, vielen Tauben und alten Leuten, großen, von Platanen gesäumten Alleen, und überall waren Autos, sogar auf den Bürgersteigen. Man sah viele Nordafrikaner, und trotzdem hatte die Stadt nichts Afrikanisches. Sie erinnerte nicht einmal an Spanien.

Es war eine Stadt, wo man lachen und träumen konnte, eine Stadt zum Spazierengehen, wie Juanico und ich es taten, Hand in Hand, wie Geschwister.

Die Leute sahen uns merkwürdig an, wegen unseres Aussehens, unserer Kleidung, ich in Nonos Fransenlederjacke, Jeans und Cowboystiefeln und Juanico wie immer in seinen zu großen zerlumpten Klamotten, den drei verschiedenfarbigen T-Shirts, die er übereinander trug, das längste zuunterst und das kürzeste, aber weiteste, das blau-weiß-rot und rosa gestreift war, oben drüber, und dann seine schwarze gelockte Mähne und sein braun gebranntes Indianergesicht. Wir hatten nichts mitgenommen, kein Gepäck, nur ich hatte eine Strandtasche dabei mit meinem alten Transistorradio, den unerlässlichen Utensilien für Frauen und meinem geliebten Frantz Fanon.

Es war herrlich mild. Wir liefen den ganzen Tag aufs Geratewohl durch die Gegend, am Meer entlang, durch die Straßen der Altstadt und sogar über die Hügel voller alter Gärten. Juanico wusste nicht, wo sein Onkel Ramon wohnte. Er hatte nur einen Umschlag, auf dem mit schrägen Schriftzügen dessen Name und Adresse stand:

Ramon
Ursa
Aufnahmelager Crémat

Mittags aßen wir wieder Brot mit Schokolade am großen steinigen Strand, umgeben von einer Schar Möwen. Juanico führte sich auf wie ein junger Hund, er rannte im Zickzack am Meer entlang, ließ sich mitten zwischen den Möwen auf die Kiesel fallen und tat hundert andere verrückte Dinge. So hatte ich ihn noch nie gesehen. Auf einmal wirkte er wirklich wie ein Kind, war frei, die Zukunft existierte nicht mehr. Und auch ich dachte nicht mehr daran, was wir tun könnten, wo wir schlafen und was wir heute Abend zu essen finden würden. Ich warf den letzten Brotkanten den Möwen hin, im Übrigen war er sowieso zu trocken. Wenn ich es fertig gebracht hätte, hätte ich auch meine blaue Strandtasche ins Meer geworfen, mit allem, was darin war. Weder das Transistorradio noch das Buch von Frantz

Fanon hielten mich davon ab, ein Radio ist schließlich nur ein Musikkasten, und ein Buch lässt sich ersetzen. Eher hielten mich der Umschlag mit Marimas Pass und der Brief, den Hakim mir geschrieben hatte, bevor er seinen Großvater nach Yamba am Falémé zurückbrachte, davon ab.

Wir verbrachten den ganzen Monat in Nizza, ohne etwas zu tun, morgens gingen wir auf den Müllplatz und nachmittags an den Strand, oder wir liefen durch die Straßen der Altstadt.

Anfangs war es im Lager etwas schwierig. Es lag weit außerhalb, in einem Tal im Norden, noch weiter weg als die Vororte und die auf Pfeilern verlaufende Autobahn. Es glich dem Douar Tabriket, außer dass das Lager mitten in den Hügeln lag, weit weg vom Meer, in rauen, kahlen Hügeln, wo der Wind in Böen weht und der Staub nach Zement schmeckt. Die Siedlung war unterhalb des Müllplatzes angelegt worden, kleine, aus Zementsteinen errichtete Häuser mit rosa Putz und Ziegeldächern in provenzalischem Stil. Insgesamt etwa fünfzig kleine Häuser, und ich kann mir vorstellen, dass sie am Tag der Einweihung in Gegenwart der Beauftragten des Präfekten und des Bürgermeisters sowie des Direktors der regionalen Kasse für sozialen Wohnungsbau ganz hübsch und fotogen ausgesehen haben müssen, vor allem wenn man die Silos des Müllplatzes übersah. Aber nach ein paar Jahren war die Siedlung zu einem Elendsquartier wie alle anderen verkommen. Der Ruß der Müllverbrennungsanlage hatte sich auf den Mauern abgelagert, auf den Drahtzäunen hingen Papierfetzen und Plastiktüten, und die Straßen hatten sich in ausgefahrene Lehmwege mit schlammigen Pfützen verwandelt.

Schön waren jedoch die Wohnwagen. Vor jedem Häuschen hatten die Nomaden ein oder zwei Wohnwagen aufgestellt, manche von ihnen hatten keine Räder, lagen auf Backsteinen. In einem dieser Wohnwagen brachte uns Ramon Ursu mit seinen drei Kindern unter, die in Juanicos Alter oder jünger waren, Malko, Georg und Éva. Abends rollten wir die Schlafsäcke und Decken aus und schliefen auf dem nackten Boden des Wohnwagens, eng aneinander geschmiegt, um nicht zu frieren.

Ramon Ursu war ein großer, kräftiger Mann mit kohlschwarzem Haar und ebenso schwarzen Augenbrauen, der Hilfsarbeiter auf dem Bau war. Er sprach sehr schlecht Französisch, aber Juanico sagte, er spräche auch nicht besser Rumänisch. Er war schweigsam, das war alles. Wenn er abends von der Arbeit zurückkam, setzte er sich im einzigen Schlafzimmer des Hauses auf den Bettrand, rauchte und sah fern.

Als er Juanico ankommen sah, wirkte er nicht sonderlich erstaunt. Vielleicht hatte man ihn benachrichtigt und erwartete er uns. Ramon Ursu lebte in dem Häuschen mit Éléna zusammen, einer großen blonden Frau mit rötlichem Gesicht. Éva war ihre Tochter, Georg und Malko dagegen waren die Kinder von Ramons erster Frau, die ihn verlassen hatte.

Frühmorgens ging ich mit Juanico und den beiden Jungen auf den Müllplatz. Juanico nannte das »arbeiten«.

Die Müllwagen fuhren einer nach dem anderen in die große Halle, in der der Müll zerkleinert wurde. Die Jungen aus dem Lager standen dort auf beiden Seiten, und sobald der Müll abgeladen war, stürzten sie sich wie die Ratten darauf, ehe die Planierraupe die Ladung erfasste und sie in die Pressen schob.

Ich hatte schon andere Müllabladeplätze gesehen, in Tabriket, aber so etwas hatte ich noch nie gesehen. Die Luft war von feinem, beißendem Staub erfüllt, der in den Augen und in der Kehle brannte, und es roch nach Fäulnis, Sägemehl und Tod. Die Lastwagen fuhren mit aufgeblendeten Scheinwerfern und quäkendem Hupen im Halbdunkel hin und her, und von der Decke fielen Lichtkegel hinab, die sich wie Säulen im Staub abzeichneten. Wenn sich die Pressen in Bewegung setzten, um Holzstücke, Äste und Bettroste zu zerkleinern, herrschte ein ohrenbetäubender Lärm.

Juanico, Malko und Georg durchwühlten die Abfallhaufen und brachten mir ihre Funde. Ramponierte Stühle, verbeulte Töpfe, aufgeplatzte Kissen, Bretter voller rostiger Nägel, aber auch Kleidungsstücke, Schuhe, Spielzeug und Bücher. Juanico brachte mir vor allem Bücher. Er achtete nicht auf die Titel. Er legte sie neben mich auf eine kleine Mauer im Eingang der Halle und rannte wieder zurück, um einen weiteren Müllwagen in Empfang zu nehmen.

Es gab von allem etwas. Alte *Reader's Digest*-Hefte, veraltete *Historia*-Bände, Schulbücher aus der Vorkriegszeit, Krimis, Bücher aus der Reihe *Les Masques*, *La Bibliothèque verte*, *La Bibliothèque rose*, der Reihe *Rouge et or* und der *Série noire*. Ich setzte mich auf die kleine Mauer im Wind und las ein paar Seiten. Aus der *Grasharfe* zum Beispiel:

»Wann war es, dass ich zum ersten Male von der Grasharfe hörte? Lange vor jenem Herbst, als wir im Paternosterbaum lebten, also in einem früheren Herbst, und es war natürlich Dolly, die mir davon erzählte; niemand sonst hätte diesen Namen finden können: die Grasharfe.«

Ich las einfach alles: In dieser höllenähnlichen Mülldeponie hatte ich das Gefühl, die Worte hätten einen anderen Gehalt. Sie waren stärker, ihr Hall dauerte länger an. Selbst solche Romane, die man wegwirft, nachdem man sie gelesen hat: *Die Gottesanbeterin*, *Das Tor, das sich öffnet*, *Das goldene Tor*, *Das schmale Tor*. Und trotzdem springt einem manchmal ein Satz ins Auge und prägt sich ins Gedächtnis ein wie zum Beispiel der folgende:

»Warum sucht man eines Tages das Weite?«

Oder diese Seite aus einem alten Buch, die wie durch ein Wunder mitten in diesen Abfallbergen unversehrt geblieben ist:

Die große Ebene ist weiß
Unbewegt und still.
Kein Ton, kein Laut. Alles Leben ist erloschen.
Aber manchmal hört man, wie eine düstere Klage,
Einen herrenlosen Hund, der am Waldrand heult.

Oh! Welch grausame Nacht für kleine Vögel!
Ein eisiger Wind fegt zitternd durch die Wege.
Jene, die nicht mehr das schattige Asyl der Wiegen besitzen,
Können nicht auf ihren erfrorenen Beinen schlafen.

In den großen kahlen Bäumen voller Reif
Sitzen sie zitternd ohne jeden Schutz.
Mit besorgtem Auge betrachten sie den Schnee,
Warten bis zum Morgen auf die Nacht, die nicht kommt.

Anschließend benutzten Juanico und ich diese Worte wie eine feste Redewendung. Auf der Straße oder wenn wir auf dem Boden des Wohnwagens in unseren Schlafsäcken lagen, sagte er hin und wieder mit seinem seltsamen Akzent: »Welch grausame Nacht für kleine Vögel!«

Oder ich sagte: »Kein Ton! Kein Laut!« Ich glaube, es war das einzige Mal in seinem Leben, dass er ein Gedicht aufsagte!

Jeden Morgen rannte ich mit den Kindern zur Müllhalde. Es war ein Spiel. Ich war ganz aufgeregt bei dem Gedanken, was wir wohl finden würden. Die Müllwagen fuhren den kleinen Hügel hinauf und hinab wie große Insekten. Zahllose Tonnen Müll wurden entleert, verschoben, zerstampft, zerkleinert, und der beißende Staub erhob sich über das ganze Tal, stieg hoch in den Himmel auf und malte einen großen braunen Fleck ins Blau der Stratosphäre. Wie war es möglich, dass sie es in der Stadt nicht spürten? Sie warfen ihre Abfälle weg und vergaßen sie. Wie ihre Exkremente. Aber der Staub, fein wie Pollen, rieselte jeden Tag auf sie herab, auf ihr Haar, ihre Hände, ihre Rosenbeete. Man konnte alles in den Müllhaufen finden. Eines Morgens kam Malko ganz stolz zurück. Er hielt ein Spielzeug in der Hand, ein aus Leder genähtes Kamel, auf dem ein Spahi in roter Uniform, mit weißem Turban und einem Säbel am Gürtel ritt.

Mit einer Gruppe von Spaniern, die schon um die zwanzig waren und geblümte Hemden und Stirnbänder trugen, gab es schließlich eine Schlägerei. Sie beschimpften uns, weil Malko und Georg rumänisch sprachen. Sie kamen her, um zu sehen, was wir gefunden hatten, eine Fahrradfelge, Töpfe, Gardinenstangen, verrosteten Draht, Blechplatten, eine Schreibmaschine, einen unversehrten schwarzen Regenschirm und ein Paar Stiefel. Sie sahen sich meine Bücher an, Spionageromane, einen Band mit italienischen Gedichten von Leopardi oder D'Annunzio. Einer von ihnen durchblätterte die Bücher, warf sie voller Verachtung weg. Er packte mich mit einer schnellen Bewegung am Nacken und versuchte mich zu küssen. Ich stieß ihn zurück, und Juanico stürzte sich auf ihn, hängte sich an seinen Hals und nahm ihn in die Zange. Sie prügelten sich mit ungeheurer Gewalt, rollten durch den Müll, aber ohne zu schreien, nur jedes Mal mit einem ha!, wenn sie mit der Faust zuschlugen oder dem anderen einen Fußtritt versetzten. Die Lastwagen hielten nun an, und die Leute kamen zusammen, um der Schlägerei zuzusehen. Malko und Georg prügelten sich mit einem Spanier, Juanico mit einem anderen. Und ich schrie wie eine Verrückte mit vom Wind zerzauster Mähne, meine Lederjacke mit den Fransen war voller Staub, und neben mir auf der Mauer stand das Paar Stiefel, das ich gefunden hatte.

Dann nahm ein Angestellter der Mülldeponie, ein älterer Mann, der immer rassistische Bemerkungen über die Schwarzen, die Araber und die Zigeuner machte, eine Düse, die dazu diente, den Boden der Halle zu reinigen, und bespritzte uns so heftig mit eiskaltem Wasser, dass Juanico wie eine Kakerlake auf dem Rücken wegrutschte und alle meine Bücher in Fetzen fortflogen.

Das gab mir den Rest, dieser eiskalte Wasserstrahl, hart wie eine Peitsche, der alle meine Bücher zerstört hatte. Ich hasste diesen Kerl. Ich schrie: »Du Schwein! Du Sau! Du Drecksack!« Und dann machte ich mit meinem arabischen Repertoire weiter. Das war das letzte Mal, dass ich auf die Mülldeponie ging.

Dann war da noch Sara. Ich hatte sie zum ersten Mal eher zufällig in der Bar des Hotels Concorde an der Uferpromenade gesehen. Ich mochte dieses Hotel wegen einer großen bronzenen Frau, die zwei Betonklötzen zu entfliehen suchte. Ich ging in die Eingangshalle, um zu fragen, wer sie gemacht hatte, und der Portier nannte mir den Namen des Bildhauers, Sosnovski, er schrieb mir den Namen auf einen Zettel. Es war Spätnachmittag, ich hatte auf Juanicos Begleitung verzichtet, weil man sich nicht mit ihm sehen lassen konnte mit seinen abscheulichen T-Shirts, die er übereinander trug, und seiner struppigen Mähne – ganz zu schweigen von seinem Geruch. Und plötzlich hörte ich aus dem hinteren Teil der Hotelhalle Musik. Das ist seltsam, denn im Allgemeinen höre ich wegen meines linken Ohrs Musik aus solcher Entfernung nicht. Aber diesmal drangen die Klänge, schwer und tief, mit Vibrationen, die auf der Haut und im Bauch kribbelten, bis an mein Ohr.

Von den Klängen geleitet ging ich durch die Halle. Einen Augenblick lang klopfte mein Herz, weil ich glaubte, ich hätte Simone wiedergetroffen, sie sei es, die hinten in der Bar stand und *Black is the color of my true love's hair* sang.

Um besser hören zu können, setzte ich mich ganz in ihre Nähe auf die Stufen des Podiums, und als sie mich sah, lächelte sie mir zu, als kenne sie mich, und ich glaube, ihrem Lächeln habe ich es zu verdanken, dass mich der Barmann, der diese seltsame kleine Schwarze mit dieser krausen Mähne, den Jeans und der Lederjacke mit Fransen bestimmt schräg ansah, nicht wegschickte.

Ich hörte all den Songs zu, bis abends. Die Leute in der Bar plauderten und tranken Scotch, Paare bildeten sich, gingen auseinander. Einige tanzten sogar. Ich dagegen nahm wie gebannt die Worte und die Musik in mich auf, betrachtete die lange Silhouette der jungen Frau, ihr hautenges schwarzes Kleid, ihr Gesicht, ihr kurz geschnittenes Haar.

Anschließend sprach sie mit mir. Ich hatte Mühe, sie zu verstehen, ich versuchte, ihr die Worte von den

Lippen abzulesen. Sie trank ein Glas Perrier an der Bar und sagte mir, sie heiße Sara und komme aus Chicago. Sie nannte mich »Sister Swallow«, warum, weiß ich nicht. Auch sie sagte zu mir: »*I love your hair.*« Sie schrieb mir ihren Namen und ihre Adresse auf einen Umschlag, da sie bald wegfuhr. Auch ich schrieb meinen Namen auf, nur mit der Adresse wusste ich nicht so recht. Und dann gab ich ihr Béatrices Adresse.

Der Pianist begann wieder zu spielen. Sie kehrte aufs Podium zurück. Ich blieb bis zum Schluss, bis abends. Ein großer dunkelhaariger Typ holte sie ab. Er trug einen Anzug, einen grünen Regenmantel und einen weißen Schal wie im Kino. Er nahm Sara mit, sie ging sich in den Hüften wiegend auf den Ausgang zu und schenkte mir noch ein strahlendes Lächeln, das ihre schwarzen Züge erhellte. Sie wirkte wie ein Filmstar, eine Göttin, eine Fee.

Anschließend ging ich jeden Tag wieder hin, von fünf bis neun, und setzte mich in meine Ecke auf den Rand des Podiums. Für den Fall, dass ein Kellner etwas zu mir sagen sollte, hatte ich mir schon eine Antwort bereitgelegt: »Sie ist meine Schwester.« Aber sie muss ihnen wohl Bescheid gesagt haben, denn niemand machte eine Bemerkung.

Sara sang den ganzen Mai für mich. Es gab häufig Gewitter, der Regen war herrlich. Das Meer aufgewühlt, grün, prächtig. Juanico kam jeden Tag mit mir an den Strand oder an den großen Damm aus aufgetürmten Betonblöcken. Aber das war kein geeigneter Ort für Mädchen. Eines Tages, als ich auf Juanico wartete, kam ein Mann und zeigte mir sein beschnittenes Glied. Er hatte einen seltsamen, abwesenden Blick, und ich hatte nicht einmal Lust, ihm zuzuschreien: »*Sir halatik*«, wie ich es damals bei dem alten Mann auf dem Friedhof getan hatte. Und dann die Fischer, die so taten, als holten sie in ihren Booten die Netze ein, aber in Wirklichkeit obszöne Handbewegungen machten, die mir zugedacht waren, oder mir unflätige Dinge zuriefen, die ich nicht verstand. Juanico war wütend. »Ihr Hurensöhne, ich leg euch um!« Er sprang gestikulierend von Fels zu Fels und tat so, als wolle er mit Steinen nach ihnen werfen.

Das machte mich fast wahnsinnig. Nirgendwo auf der Welt ließ sich Frieden finden. Wenn man einen abgelegenen Ort, einen Felsvorsprung, eine Grotte oder ein vermeintlich unberührtes Plätzchen gefunden hatte, stieß man immer auf ein obszönes Zeichen, einen Scheißhaufen oder einen Voyeur.

Daher ging ich jeden Nachmittag ins Hotel, um Sara zuzuhören, deren Gesang mich wie eine Liebkosung umfing.

Und jeden Nachmittag unterhielten wir uns in der Pause. Das heißt, wir unterhielten uns nicht wirklich, denn sie konnte kein Französisch und ich hörte nicht recht, was sie sagte. Sie lächelte und sagte jedes Mal: »*Sister Swallow, I love your hair.*« Das war zu einer stehenden Redewendung geworden.

Ich blieb bis zum Schluss. Jeden Abend holte ihr Freund sie ab, und sie ging an mir vorbei, ohne ein Wort zu sagen, als würden wir uns nicht kennen, nur in ihren Augen lag ein belustigter Ausdruck, ein kleines Lächeln, das ihr Gesicht erhellte, und dann lief sie sich in den Hüften wiegend auf die Tür zu, der Dunkelheit entgegen. Ich war in diesem ganzen Monat in Sara verliebt.

In dieser Zeit bekam ich mit zwei Jungen aus dem Lager Crémat Schwierigkeiten, zwei Brüdern, Dany und Hugues; Dany hatte dunkles lockiges Haar, und Hugues war groß und rothaarig. Indianer. So nannte ich sie, wegen ihrer geblümten Hemden, ihrer Stirnbänder und ihres Autos, einem Chrysler, mit dem sie ab und zu wie verrückt durch die Gegend rasten. Juanico, Malko und ich stiegen bei ihnen ein. Sie drehten aufs Geratewohl Runden durch die Stadt, ließen die Reifen quietschen und stießen dabei ein wildes Geheul aus. Es war der reinste Wahnsinn. Die Straßen zogen in rasendem Tempo vorbei, der Wind fegte durch die offenen Fenster herein, das schien sie wohl zu berauschen, aber außerdem hatten sie den ganzen Nachmittag gekifft und rote Augen.

Ich hatte keine Angst. Ich habe noch nie vor Leuten wie Dany und Hugues Angst gehabt, ich glaube, ich sehe immer noch die Kinder in ihnen, die Blagen, die sie mal gewesen waren, frech, witzig und schwach.

Dany war Anfang zwanzig und sein Bruder achtzehn, genau wie ich. Kurz vor Einbruch der Dunkelheit hielten sie mit ihrem Chrysler auf dem Parkplatz eines großen Kaufhauses für Heimwerker wie etwa Bricoltou oder Maison verte, ich weiß es nicht mehr. Wir stiegen aus, und die beiden Brüder liefen wie zwei Wilde mit ihrem schulterlangen Haar und ihren geblümten, trotz der Kälte halb aufgeknöpften Hemden durch die Abteilungen des Geschäfts, die dick vermummten Leute blieben wie angewurzelt stehen und folgten ihnen mit den Blicken, als würden zwei Wölfe durch das Geschäft rennen. Die beiden redeten laut auf Spanisch, riefen sich von einem Ende des Ladens zum anderen etwas zu, lachten, und dabei blitzten ihre Zähne in ihren dunklen Gesichtern auf. Dann fuhren wir weiter, aufs Geratewohl am Fluss entlang, bis ins Gebirge, kamen durch schlafende Orte, die schon im Nebel lagen, den der gelbe Schein der Straßenlaternen kaum zu durchdringen vermochte.

Wir machten völlig verrückte Sachen. Wir gingen auf einen Friedhof und horchten an den Gräbern, um die

Toten atmen zu hören. Dany war etwas übergeschnappt, glaube ich. Juanicos Onkel hatte uns gewarnt: »Lasst euch nicht mit ihnen ein, die bringen euch nur in Schwierigkeiten.« Ich mochte Hugues gern, ich setzte mich vorn zwischen die beiden Brüder. Wir hielten ab und zu an, um etwas zu trinken, und ich flirtete ein bisschen mit Hugues, während Malko und Juanico auf der Kühlerhaube saßen und rauchten. Aber Dany versuchte, mich zu küssen, und als ich ihn zurückstieß, wurde er wütend. Eine Vene schwoll auf seiner Stirn an, und seine Augen funkelten. Er nahm ein kleines Fläschchen Feuerzeugbenzin aus dem Handschuhfach, begoss mich damit und setzte es in Brand. Ich spürte einen scharfen Luftzug wie eine Ohrfeige und rannte mit brennenden Händen und brennender Brust schreiend nach draußen. Hugues gelang es, das Feuer zu ersticken. Er hüllte mich in seine Lederjacke, rollte mich über die Erde und schlug mit den Fäusten auf mich ein. Ich war wie betäubt, begriff nicht, was geschah. Unterdessen schlugen sich Dany und Hugues und beschimpften einander. Juanico und Malko sahen zu, ohne sich zu rühren. Ich glaube, sie hatten nicht begriffen, was geschehen war. Als ich jedoch die Sache begriff, lief ich weg, rannte über die Straße und ließ die Jungen allein. Gleich darauf wurde ich von einem Autofahrer mitgenommen, der mich zu einer Unfallstation brachte. Er machte einen sehr netten Eindruck und wollte bei mir bleiben, aber ich bedankte mich bei ihm und sagte ihm, es sei nicht weiter schlimm, nur ein kleiner Unfall. Der diensthabende Stationsarzt verband mich, ich hatte Brandwunden auf der Brust, am Hals und an den Armen.

Der Stationsarzt fragte: »Wer hat dir das zugefügt?« Ich wusste, dass sie oft als Spitzel für die Polizei arbeiten. Ich hatte Schmerzen, fühlte mich schwach, aber ich sagte zu ihm, es ginge schon wieder. Ich sagte: »Ach, das ist nichts, nur ein kleiner Unfall beim Feueranzünden.« Er schien mir zu glauben, und ich bat ihn nur, ein Taxi für mich zu rufen, um nach Crémat zurückzufahren.

Nach dieser Sache konnte ich dort nicht länger bleiben. Ramon Ursu sagte nichts, aber Éléna kam in den Wohnwagen. Sie nahm meine Sachen und packte sie in meine Tasche. Sie schenkte mir einen neuen Pullover aus roter und schwarzer Wolle. Sie blickte mich hart an, als hasse sie mich. Malko und Juanico spielten in der ausgefahrenen Straße Ball. Ich sagte zu Éléna: »Und Juanico?« Sie deutete durch ein Zeichen an, dass er bei ihnen bleiben würde. Ich glaube, sie hatte Recht, ich war schuld daran, dass es so weit gekommen war. Ich brachte den Leuten Unglück. Am Eingang stand eine Gruppe von Zigeunern im Kreis um mehrere Metallgerippe und diskutierte, sie wirkten wie Jäger, die ihre Beute zerlegt hatten. Es war früh am Sonntagmorgen, die Müllzerkleinerungsanlage stand still. Ich hängte mir die Tasche wegen meiner Brandwunden über die linke Schulter. Der Himmel war schön blau, Schwalben fegten durch die Luft, ich hörte deutlich ihre Schreie. Ich fuhr mit dem Bus zum Bahnhof, ich hatte noch genug Geld, um mir eine Fahrkarte für den nächsten Zug nach Paris zu kaufen.

14

Bis zum Sommer jenes Jahres gab es ziemlich viele Veränderungen. Zunächst einmal meldete ich mich zum Abitur an, im literarischen Zweig, als externe Kandidatin, und wie vorherzusehen, ich bestand es nicht. In Mathematik und Geschichte gab ich ein leeres Blatt ab. Bei der mündlichen Prüfung in Französisch wollte die Prüferin nicht glauben, dass ich das Abitur ohne jeden schulischen Unterricht vorbereitet hatte. Sie studierte meinen Pass, sah sich meine Akte an und sagte: »Hören Sie auf zu lügen. Auf welcher Schule waren Sie?« Und dann: »Wo ist Ihre Bücherliste?« Und schließlich, als schäme sie sich darüber, in Wut geraten zu sein, sagte sie zu mir: »Über wen soll ich Sie befragen?« Ich erwiderte, ohne zu zögern: »Aimé Césaire.« Der stand nicht auf dem Programm, aber sie war erstaunt und sagte: »Na gut, dann schießen Sie mal los.« Ich sagte die Passage aus *Zurück ins Land der Geburt* auswendig auf, die Frantz Fanon zitiert:

Und deshalb, Herrgott
nimm auf die Menschen mit den zerbrechlichen Hälsen
nimm sie zu dir, sammle sie ein
du verhängnisvoll ruhiges Dreieck
Und lass mir die Tänze
meine Niggertänze

bis:

binde, binde mich, raue Brüderlichkeit
und dann, während dein Sternenlasso die Kehle mir zuschnürt

steige empor, Taube
steige
steige
steige
Ich folge dir, die du eingeprägt bist in die weiße Netzhaut
die mir meine Ahnen vererbten
steige, Belecker des Himmels
und dort, wo das große schwarze Loch ist
darin ich vergangenen Mond mich ertränken wollte
will ich nun fischen die Unheilszunge der Nacht
die bewegungslos ausfegt!

Das Thema in Philosophie war in jenem Jahr der Mensch und die Freiheit oder irgend so etwas, und ich hatte wie im Fieber einen zwanzigseitigen Aufsatz geschrieben, in dem ich ständig Frantz Fanon und Lenin zitierte, und zwar den Satz: »Wenn es auf der Erde keine Möglichkeit mehr gibt, den anderen auszubeuten, und es weder Grundbesitzer noch Fabrikbesitzer mehr gibt, wenn es weder Übersättigte auf der einen Seite und Ausgehungerte auf der anderen Seite mehr gibt, erst wenn all das unmöglich geworden ist, werfen wir die Staatsmaschine zum alten Eisen.«

Folglich fiel ich durch. Ich hatte alles schnell hingeschrieben, ohne eine Pause zu machen, ohne den Text noch einmal durchzulesen, wie im Rausch, und dann hatte ich den Haufen Blätter auf den Schreibtisch des aufsichtsführenden Lehrers geknallt und war hinausgegangen, ohne mich umzusehen. Ich suchte nicht einmal meinen Namen in der Zeitung, ich wusste im Voraus, dass ich ihn nicht finden würde.

In Paris war alles unverändert und zugleich anders. Bei Béatrice war es gemütlich, das große Wohnzimmerfenster glänzte in schönstem Licht, und Johanna war gewachsen, hatte viel mehr Haare als zuvor. Sie hatte immer noch Augen wie Achat und diesen ängstlichen, durchdringenden Blick.

Ich blieb den ganzen Vormittag bei ihr, während Raymond in seinem Rechtsanwaltsbüro und Béatrice bei der Zeitung war. Im Efeu tummelten sich die Vögel, ich saß mit Johanna neben dem offenen Fenster, damit sie das Gezwitscher hören konnte.

Ich hatte beschlossen, wegzugehen. Mit Hilfe eines Lehrers am Kulturzentrum und eines Hauptmanns am U.S.I.S., der in mich verknallt war, erhielt ich ein Visum und konnte bei Sara Libcap in Boston wohnen. Ich schrieb mich sogar für die Auslosung ein, bei der man Greencards für die USA gewinnen konnte, weil in jenem Jahr die Quote für Afrikaner ziemlich hoch war. Nur das Geld fehlte mir noch. Anstatt die Mondsichel meiner Vorfahren zu verkaufen, lieh ich mir 25000 Franc bei Beatrice. Ich schämte mich ein bisschen, aber für mich war es quasi eine Frage des Überlebens. Ich hatte den Eindruck, dass Béatrice und Raymond mir das Geld gaben, damit ich ein für alle Mal aus ihrem Leben verschwand und damit es nichts mehr gab, was Johanna mit ihrer leiblichen Mutter verband.

Ich brauchte nicht einmal richtig Abschied zu nehmen. Die Kellerwohnung in der Rue du Javelot war abgeschlossen. Nonos Freund Yves hatte nach seiner Rückkehr aus Moorea dem Hausverwalter die Anweisung gegeben, das Schloss auszuwechseln. Ich fuhr eines Nachmittags mit dem Taxi daran vorbei, es war ein seltsames Gefühl, die grasgrün gestrichene Eisentür zu sehen und daneben die mit schwarzer Farbe auf die Zementsteine gemalte Nummer 28, als handele es sich um eine Garage, einen Zählerschrank oder irgend so etwas und als habe hier nie jemand gewohnt und es nie jene Nacht gegeben, in der Pascale Malika geboren wurde. Es war seltsam, alles wirkte irgendwie verdreht. Als wir aus dem Tunnel kamen, sagte ich zu dem Taxifahrer: »Machen Sie kehrt.« Er warf mir im Rückspiegel einen Blick zu. Ich wiederholte: »Bitte, ich möchte noch einmal durch den Tunnel fahren.« Wir fuhren langsam, und das Taxi hatte das Standlicht eingeschaltet. Ich betrachtete die Stelle, an der der Mercedes von Martial Joyeux fast die ganze Nacht auf Simone gewartet hatte. Auf der Fahrbahn waren Ölflecken zu sehen, wie Blutflecken. Vielleicht war sie tot. Er hatte immer geschrien, er würde sie umbringen, wenn sie ihn verließe, würde er sie umbringen. Aber sie war seine Gefangene. Nie würde sie ihm entkommen können. Deshalb schnupfte sie ein weißes Pulver und nahm Pillen. Das war ihre Art zu fliehen.

Das Taxi setzte mich auf dem Boulevard Barbès ab, vor Nonos Sportzentrum. Ich ging zwischen dem Kleidergeschäft und dem Hi-Fi-Laden die Treppe hinauf. Die Tür des Sportzentrums im ersten Stock war geschlossen, aber man hörte laute Stimmen. Ich klopfte lange an die Scheibe, bis jemand kam. Ein langer Kerl im Trainingsanzug, ein Nordafrikaner, den ich nicht kannte. Ich fragte ihn: »Wo ist Nono?«

Ich musste die Frage wiederholen. Dann schrie er nach hinten in die Halle: »Kennst du einen Nono?« Er versperrte mir den Weg, hinderte mich daran, einen Blick in den Raum zu werfen. Ein Mann um die vierzig kam herbei. Er war groß, hatte eine matte Gesichtsfarbe, eine dicke Nase und leicht ergrautes lockiges Haar, er glich Monsieur Delahaye. Ich weiß nicht, warum, aber ich erriet gleich, dass er Yves Le Guen war, Nonos Freund. Er blickte mich lange wortlos an. Auch er hatte mich sicher wieder erkannt. Aber er zeigte keinerlei Regung, weder Sympathie noch Abscheu, dabei hatte ich mir Nono mit ihm geteilt. Er deutete mit einer Handbewegung an, dass es vorbei sei, dass alles vorbei sei. Ich las ihm die Worte von den Lippen ab, ohne sie wirklich zu hören, denn er sprach ziemlich leise. »Er ist nicht mehr hier. Nono kommt nicht mehr. Er hat den Boxkampf verloren, er ist am Ende, er boxt hier nicht mehr, er boxt nie wieder.« Ich schrie fast: »Wo ist er? Wissen Sie, wo ich ihn finden kann?« Der Mann zuckte die Achseln. »Ich habe keine Ahnung. Vielleicht ist er nach Afrika zurückgekehrt. Vielleicht hat man ihn ausgewiesen. Er ist erledigt.«

Ich konnte es nicht glauben. Ich stellte mich etwas ungeschickt auf die Zehenspitzen, um ihnen über die Schulter blicken zu können, als würden sie mir etwas verbergen. Ich sah den schmutzigen Saal, den improvisierten Ring, die Jungen, die auf den Sandsack einschlugen und dabei zu tänzeln schienen. Mehrere ganz magere junge Schwarze wie Nono trainierten dort. Dann drehte mir der Mann den Rücken zu, und der Nordafrikaner schob mich mit der flachen Hand zurück, um die Tür schließen zu können. Es roch sehr scharf nach Schweiß und Fäulnis, wie Nono, wenn er vom Training zurückkam. Auf einmal fühlte ich mich ganz allein. Als hätte ich endlich begriffen, dass ich wirklich wegging, denn alle anderen waren schon vor mir gegangen.

Ich kehrte zur Place d'Italie zurück, um Houriya zu besuchen. Monsieur Vu mochte mich nicht, aber das war mir egal. Ich war entschlossen, Houriya zu sehen und Pascale Malika, und sei es nur für eine Minute. In diesem Augenblick war ich mir noch nicht sicher, was ich tun würde. Im Restaurant Vu Thai To war die Tür schon für die Abendgäste geöffnet, aber der kleine

Raum war leer. Monsieur Vu steckte den Kopf durch die Küchentür und sagte mit seiner unangenehmen Stimme: »Was wollen Sie?« Ich versuchte, an ihm vorbeizugehen, doch er versperrte mir den Weg. Für jemanden, der so klein und dünn war wie er, war er ziemlich stark. Er schrie: »Gehen Sie weg! Gehen Sie weg!« Ich hoffte, sein Geschrei würde Houriya anlocken, aber sie tauchte nicht auf. Vielleicht schloss er sie ein. Oder vielleicht hatte sie überhaupt keine Lust mehr, mich zu sehen. Vielleicht brachte ich ja wirklich den Leuten Unglück.

Ich fuhr an jenem Abend viel mit der Metro, sogar in Richtung Réaumur und die Gare de Lyon, bis Denfert-Rochereau. Es waren seltsame Leute in den Abteilen und auf den Bahnsteigen. Entlassene Soldaten, die Wein tranken und sangen, Clochards, Frauen mit wasserklaren Augen, Touristen, die sich verirrt hatten, ungewöhnlich gewöhnliche Menschen mit Einkaufstaschen, Kopftüchern oder Hüten. In der Station Arts-et-Métiers suchte ich nach meinem alten Soldaten aus Eritrea, der wie ein Issa-Krieger wirkt, mit seinem Umhang und den in Lumpen gehüllten Füßen. Ich suchte nach meinem Jesus, der mit gekreuzten Armen und auf den Knien hockend bettelt, und nach Maria Magdalena mit den grünen Augen, dem aufgelösten Haar und dem blutroten Mund, als habe sie gerade jemanden gebissen. Es war seltsam, vermutlich schwiegen die Trommeln zum ersten Mal, und in den Gängen der Station Austerlitz hallte die Stille wie nach einem Gewitter, wie nach einem Glockengeläut. Ich verstand das als Vorzeichen.

Am letzten Tag, bevor ich nach Boston flog, irrte ich durch das Viertel in der Nähe der Rue Jean-Bouton, als gäbe es dort außer ein paar gefallenen Mädchen, kleinen Dealern und der Pension von Mademoiselle Mayer tatsächlich etwas zu sehen. Ich hatte die leise Hoffnung, Marie-Hélène würde aus dem Haus kommen, auf mich zulaufen und mich umarmen und Nono wäre in ihrer Küche, splitternackt, und spielte *jumbé*. Es regnete, die Tropfen warfen auf den schwarzen Pfützen Blasen, nichts hatte sich verändert, und dennoch lag das alles weit zurück, als wäre es in einem anderen Leben geschehen. Ein Kleinbus der Polizei fuhr ganz langsam an mir vorbei, und ich ging schnell fort, das Gesicht zur Seite gewandt, damit man nicht sah, wie schwarz ich war. Obwohl ich Marimas Pass und den Brief des Einreisebüros der amerikanischen Botschaft besaß, in dem mir mitgeteilt wurde, dass mein Name durch eine Auslosung ermittelt worden war, pochte mein Herz so heftig, als würde man mich ausweisen. Und da dachte ich, dass es nirgendwo auf der Welt einen Ort gab, an dem ich mich wirklich zu Hause fühlen konnte, und dass man, wo immer ich auch hinging, zu mir sagen würde, ich sei hier nicht zu Hause und müsse mich darauf gefasst machen, woanders hinzugehen.

15

Im Sommer erstickt man fast in Boston. Über der Stadt lag eine Dunstglocke, in der die Hochhäuser verschwanden. Sara Libcap bewohnte eine kleine Zweizimmerwohnung in einem Backsteingebäude am Charles River in der Nähe der B.U. Morgens unterrichtete sie Musik in einem von der Kirche finanzierten College, und abends sang sie in einem Jazzclub mit ihrem Freund Jup, der Pianist war.

In der ersten Zeit war es sehr schön, ich hatte mich noch nie so frei gefühlt. Es war wie zur Zeit des Fondacos und der Prinzessinnen, außer dass mich hier niemand suchen ließ. Ich nahm die Straßenbahn, fuhr überallhin, war den ganzen Tag draußen, in Back Bay, in Haymarket, in Arlington, am Hafen. Ich ging zu Fuß nach Cambridge, am Fluss entlang und dann über die Fußgängerbrücke. Während Sara unterrichtete, kümmerte ich mich um den Haushalt. Ich spülte und räumte das Geschirr weg, bereitete für mittags und abends etwas zu essen vor. Sara hatte mich nicht darum gebeten, aber als Gegenleistung für das Quartier schien mir das ganz selbstverständlich zu sein, wie bei Béatrice. Außer dass mir weder Sara noch Jup Geld gaben. Sie fragten mich nie, wie viel ich ausgegeben hatte, um ihnen etwas zu essen zu kaufen, und ich wagte nicht, sie darauf anzusprechen. Aber ich sah, wie meine Ersparnisse schrumpften, und ohne die Greencard hatte ich nicht die Möglichkeit zu arbeiten. Ich guckte jeden Tag nervös in den Briefkasten, in der Hoffnung, endlich einen Umschlag mit dem Stempel der Einreisebehörde zu sehen. Und jeden Tag wurde ich ein wenig aufgeregter, hatte das Gefühl, in eine Schlinge geraten zu sein, die sich langsam zuzog, ohne dass ich etwas dagegen tun konnte.

Sara und Jup lebten von der Hand in den Mund. Sie hatten nie Geld. Sara zahlte die Miete von ihrem Gehalt als Musiklehrerin, und den Rest, die Abende mit Freunden, die Restaurantrechnungen und die Kleidung, von dem Geld, das sie im Jazzclub verdienten. Ich glaube, sie nahmen auch Dope. Ab und zu luden sie mich ein. Sie nahmen mich in den C.T. Wayo-Club in Back Bay mit, den Jup Black Bay nannte, weil man dort den besten Jazz hören konnte.

Sara führte mich gern ihren Freunden vor. Sie verkleidete mich in ihrem Stil, mit schwarzen Leggings, schwarzer Bluse und Tellermütze, oder sie flocht mein Haar zu kleinen Zöpfen, wie es die Prinzessinnen im Fondaco getan hatten. Sie war stolz auf mich, sagte, ich sei etwas Besonderes, eine richtige Afrikanerin. Sie sagte zu ihren Freunden: »Marima ist aus Afrika.« Und die Leute sagten: »So?« oder »Oh!« und stellten dumme Fragen wie zum Beispiel: »Was für eine Sprache spricht man denn dort?« Und ich erwiderte: »Dort? Dort spricht man überhaupt nicht.« Anfangs machte ich Saras Spiel mit, aber dann ödete mich die Sache ernsthaft an, diese Fragen, diese Blicke und die totale Unwissenheit dieser Leute. Die Musik in dem Club war viel zu laut, ein schwerfälliger Rhythmus, der mir im Bauch vibrierte, und selbst wenn ich mir das gesunde Ohr zuhielt, drangen die Bässe noch tief in mich ein, taten mir weh. Ich trank Bier, Margarita, Cuba Libre, ich nahm das Licht und den Rauch in mich auf. Ich war betrunken, wie Houriya, wenn sie von ihren Eskapaden zurückkam.

Vielleicht gefiel mir das, vielleicht auch nicht. Es war etwas Neues, ich hatte das Gefühl, als habe man meinen Körper ausgewechselt. Ich war sehr schlank geworden, fast mager, hatte einen fiebrigen Blick und fühlte mich wie elektrisiert, bis in die Finger, bis in die Haarspitzen. Ich spürte, wie der Alkohol meine Venen anschwellen ließ, sie geschmeidiger machte. Ich ging von Gruppe zu Gruppe, Jup legte mir den Arm um die Hüften. Er redete laut und schnell, ich verstand nicht, was er sagte. Und Sara lachte auf seltsame Weise, ein tiefes Lachen, das allmählich schriller wurde und wie ein Wasserfall sprudelte.

Sara Libcap erzählte gern meine Geschichte und wie wir uns kennen gelernt hatten, im Hotel Excelsior oder Concorde, ich weiß es nicht mehr, die Statue der nackten Frau zwischen zwei Mauern, als habe es ein Erdbeben gegeben. Und wie ich jeden Abend auf dem Rand des Podiums gesessen hatte, ein braves kleines Mädchen, um zuzuhören, wie sie Titel von Mahalia Jackson und Nina Simone sang. Sie sei meine große Schwester, sie habe mich gefunden, mich, das Mädchen, das niemanden auf der Welt habe, das Mädchen, das Darbuka spielen und singen könne – sie ist einfach wun-derbar –, und sie habe mich herkommen lassen, nach Boston, in diese miese Stadt, diese Stadt voller beknackter Anglos, in der niemand, vor allem niemand mit Talent es je schaffen werde, seinen Karren aus dem Dreck zu ziehen, dem Dreck, in dem man wohl oder übel hier leben müsse.

So ging das am Anfang. Aber gegen Ende des Sommers gab es einen Sturm, einen Wirbelsturm, der alles durcheinander brachte. Ich weiß nicht, ob der Wirbelsturm wirklich der Grund für das war, was geschah. Seit Anfang August war es sehr heiß und schwül gewesen.

Manchmal war es so dunstig, dass die Spitzen der Hochhäuser am Hafen nicht mehr zu sehen waren. Als der Wirbelsturm am Cape Cod ankam, wurde eine Warnung durchgegeben. Die Leute verbarrikadierten Türen und Fenster, und die hohen Glastürme waren mit breiten Papierstreifen verklebt worden. Aber Sara ging trotzdem in ihr College, um ihre Klavierstunden zu geben.

Jup hatte sich angewöhnt, morgens zu Hause zu bleiben. Er gab vor, er wolle mir beim Aufräumen und beim Zubereiten des Frühstücks helfen, aber in Wirklichkeit legte er sich im Wohnzimmer aufs Sofa, trank Bier und beobachtete mich über den Bildschirm des eingeschalteten Fernsehers hinweg aus den Augenwinkeln.

An jenem Vormittag also spielte sich eine lächerliche Szene ab, die ich später aufrichtig bedauerte. Jup kam auf mich zu, ohne ein Wort zu sagen, als wolle er sich aus der Küche etwas zu trinken holen. Es war sehr heiß, er war nackt bis auf seinen Slip, seine schwarze Haut glänzte vor Schweiß. Ich wischte die Fliesen mit einem nassen Schrubber, und anstatt über den Besen hinwegzusteigen, ging er hinten herum und klammerte sich an mich. Ich dachte erst, es sei ein Scherz, denn er hielt mich in den Armen und versuchte, mich zu küssen. Doch dann schob er eine Hand unter mein T-Shirt, um meine Brüste zu berühren, und ich begann lauthals zu schreien. Da ließ er mich los. Ich glaubte, er habe aufgegeben, aber er packte mich erneut und versuchte mich ins Schlafzimmer zu ziehen, zum Bett. Jup war nicht sehr groß, aber der Alkohol hatte wohl seine Kraft verdoppelt, denn er hob mich hoch und schleifte mich ins Schlafzimmer. Ich schrie wieder und hämmerte mit den Fäusten auf ihn ein. Da schlug er mich, zunächst auf die Schläfen und dann auf die Wangen und den Hals. Zugleich schrie er: »*Bitch!*« oder »*Don't be bitchy!*«. Als er sah, dass es zu nichts führte, oder vielleicht auch aus Angst, die Nachbarn könnten an der Tür schellen, um zu fragen, was da vor sich gehe, ließ er mich los. Er nahm meine Hand und legte sie auf sein steifes Glied. Er wollte, dass ich ihn masturbierte, sagte, er sei krank. Ich glaube, das sagte er, er würde krank, wenn ich ihn in diesem Zustand ließe. Ich schrie: »*Asshole!*«, er könne mich mal, und ging nach draußen.

Ich lief den ganzen Tag durch die Straßen von Boston. Der Wirbelsturm blieb schließlich aus. Er fegte über die Halbinsel Cape Cod hinweg und riss die Dächer von den Holzhäusern der reichen Leute in Martha's Vineyard.

Nachmittags regnete es, und ich ging auf die andere Seite des Flusses, durch die kleinen, an England erinnernden Straßen in Cambridge. Die Leute kamen aus den Häusern, ich sah Studenten, Liebespaare unter Golf-Regenschirmen auf den Rasenflächen. Durch den warmen Regen roch es nach Gras und Erde.

Ich fühlte mich ganz leer und erschöpft. In einem Café neben der Straßenbahnhaltestelle lernte ich Jean Vilan kennen. Er erzählte mir, dass er hergekommen sei, um ein paar Kurse in Harvard zu belegen, und dass er an der Alliance française in Chicago Französisch unterrichte. Er war nicht sehr groß und hatte eine leichte Stirnglatze, aber er hatte schöne, grüne, ein wenig trübe Augen und ein freundliches Lächeln. Wir verbrachten den restlichen Tag damit, uns zu unterhalten, durch die Straßen zu schlendern und von Café zu Café zu gehen. Er hatte eine tiefe Stimme, die ich gut verstand, und schöne große Hände. Ich glaube, ich habe noch nie so viel geredet, es kam mir vor, als hätte ich schon seit Jahren nicht mehr so viel geredet, es war wie damals mit Hakims Großvater. Wir suchten unter Bäumen in Parks vor dem Regen

Schutz, und wenn wir zu nass geworden waren, setzten wir uns in ein Café. Und als es dunkel wurde, gingen wir schließlich in sein Zimmer in *The Inn*, ein Zimmer im letzten Stock mit Blick auf die Massachusetts Avenue.

Wir unterhielten uns nicht mehr richtig, wegen meines kranken Ohrs, das andere war müde. Ich spürte eine Leere, die sich in meinem Kopf ausbreitete, wollte nicht daran denken, was bei Sara geschehen war. Ich redete einfach drauflos, und Jean erzählte seinerseits. Er sprach über seine glückliche Kindheit, seine Geschwister, in der Bretagne, in Paris. Ab und zu lachten wir, als habe gerade jemand einen guten Witz gemacht.

Es war zu spät, um nach Hause zu fahren. Um nichts in der Welt wäre ich zu Sara zurückgekehrt. Wir aßen das Salzgebäck aus dem Kühlschrank, tranken die kleinen Flaschen Alkohol, Gin, Wodka.

Als es Morgen wurde, hatte ich noch kein Auge zugetan. Jean hatte sich aufs Sofa gelegt, er sah blass und müde aus, die Bartstoppeln verliehen seinem Gesicht einen dunklen Schimmer. Ich sagte mir, dass die Leute im Hotel, wenn sie uns zusammen sehen würden, bestimmt dachten, ich sei seine Geliebte oder vielleicht eine Nutte auf der Durchreise.

Wir frühstückten in der Cafeteria, im Innenhof des Hotels. Viel Tee, Eier, Bohnen. Jean musste gegen Mittag wieder nach Chicago fliegen.

Ich kehrte zu Sara zurück.

Aber an den folgenden Tagen wurde es unerträglich. Ich weiß nicht, was Jup Sara erzählt hat, aber sie wurde brutal und gemein zu mir. Ich dachte zwar daran, ihr die Wahrheit zu sagen, aber wozu schon? Sie hätte mir doch nicht geglaubt. Die Frauen ergreifen immer Partei für ihre Männer, selbst wenn sie sich irren und der Mann sie betrügt.

Und daher kaufte ich mir einen Fahrschein für einen Greyhound, packte meine Sachen in eine Strandtasche – wie immer mein altes Transistorradio voller Farbspritzer und zur Erinnerung an Hakim das Buch von Frantz Fanon – und fuhr nach Chicago.

Ich hatte vor nichts mehr Angst. Ich war fähig, der Welt die Stirn zu bieten. Zwei Tage nach meiner Ankunft fand ich einen Job in einem Hotel in der Canal Street, das von Mr. Esteban, »El Señor«, einem Exilkubaner, geführt wurde. Ich musste zur Happy Hour – wenn die Fahrgäste der Greyhounds hier einkehrten – die Gläser in der Bar einsammeln und spülen. Eine schwarze Bluessängerin, die Sara aber überhaupt nicht glich, sang, begleitet von einem müden Pianisten, ziemlich jämmerlich. Ich mietete mir ein Zimmer in einem Haus in South Robinson – es hing nur ein kleines Schild unten im Fenster, wie im Kino. Ein altes verkommenes graues Holzhaus mit einer Außentreppe, einem Dach mit grünen Schindeln und zwei hohen Schornsteinen aus Ziegeln.

Einige Zeit später wurde der Pianist krank, und ich setzte mich ans Klavier. Der Unterricht bei Simone und Sara zahlte sich aus. Ich spielte aus dem Gedächtnis, brauchte keine Noten. Alles war sehr einfach geworden: Ich verdiente jeden Abend fünfzig Dollar, und mit vier Abenden konnte ich meine Unterkunft bezahlen. Ehe ich aufs Podium stieg, aß ich im Hotel zu Abend, Steaks und Riesengarnelen, und so konnte ich es mit einer Schale Milch und Shredded Wheat bis zum folgenden Abend aushalten. Der Hotelinhaber mochte meine Musik. Er setzte sich in den Salon, wenn ich spielte, trank Sprudel und hörte zu. Und als auch die Sängerin wegging, engagierte er mich als Sängerin und

Pianistin. Ich sang aus Saras Repertoire, Titel von Billie Holiday, Nina Simone. Manchmal improvisierte ich, und dann spielte ich wieder jene Musik, die wir in den Gängen der Station Réaumur-Sébastopol oder auf dem Dach des Hochhauses in der Rue du Javelot gemacht hatten. Nur einen schwerfälligen Rhythmus auf dem Klavier, wie das Grollen eines fernen Gewitters, das dumpfe Dröhnen der Autos auf den Boulevards und Schreie, Rufe, das schnaufende Gebrüll der Schnitter auf den Zuckerrohrfeldern in Santo Domingo: »Auha! Hua!«

El Señor sagte nicht viel, aber an der Art, wie er sich mit geschlossenen Augen auf seinem Stuhl zurücklehnte und an seiner Zigarette zog, sah ich, dass ihm das gefiel. Ich achtete nicht auf die Leute, die an der Bar tranken, ich glaube, ich sang vor allem für ihn. Ich versuchte, mir sein Leben vorzustellen, was er alles erlebt hatte, ehe er hier gelandet war. Vielleicht war er früher Hauptmann in der kubanischen Armee gewesen oder Friedensrichter, vor der Castro-Zeit. Ich fand, dass er ganz nach einem Friedensrichter aussah. Abgesehen von den Abenden in der Bar, wenn er vor seinem Glas Sprudel saß, sah ich ihn nie. Er lebte allein in einem Nebengebäude des Hotels, am Ende eines Sandwegs. Er kümmerte sich um nichts, nicht einmal um den Lohn der Angestellten. Sambo, sein Faktotum, gab mir jeden Abend nach der Veranstaltung das Geld.

Ich traf Jean Vilan wieder. Er wohnte mit einer Frau namens Angelina in einem vornehmen Etagenhaus in Pine Grove, in der Nähe von Lakeshore. Ab und zu verbrachte ich einen Nachmittag mit ihm, um alles andere zu vergessen. Wir gingen in ein Hotel in der Stadtmitte, ganz oben in einem Hochhaus. Wenn ich mit ihm zusammen war, war alles so ruhig und friedlich, wie in einem Salon der Luxusklasse. Durch die große, nach Osten gehende Fensterwand betrachtete ich, als schwebte ich in einer Höhe von dreißigtausend Fuß, die blaue Dunkelheit, den See, die Lichter der Autos, die sich tief unten über die Autobahn schlängelten. Wir unterhielten uns noch hin und wieder, aber nicht mehr wie damals im Hotelzimmer in Harvard. Wir liebten uns, aßen etwas, und dann versank ich bis zum Abend in tiefen Schlaf. Wenn ich aufwachte, war Jean meistens schon weggegangen, um seine Kurse zu geben. Er schrieb an einer Doktorarbeit in Soziologie über die mexikanischen Einwanderer in den südlichen Vororten von Chicago. Ein- oder zweimal nahm er mich in die Viertel Roselle, Tinley, Naperville oder Aurora mit, er lud sich zu Hochzeitsfeiern und Taufen ein. Es war, als ginge er auf den Planeten Mars. Ich bin mir nicht sicher, ob er mit all seinen Diplomen besser verstand, was er dort sah, als ich.

In Robinson gab es seltsame Leute. Abends, kurz vor Einbruch der Dunkelheit, kamen sie aus ihren Häusern heraus, deren Fenster mit Brettern vernagelt waren. Sie verkauften eine kleine Dosis Koks oder einen Riegel Harz. Ich hatte mir angewöhnt, ihnen aus dem Weg zu gehen. Aber meinem Zimmerfenster genau gegenüber, auf der anderen Straßenseite, wohnte Alcidor. Er war ein Riese, groß wie ein Schwarzbär, und hatte ein kindliches Gesicht. Er trug jeden Tag denselben Overall aus Jeansstoff und ein rotweißes T-Shirt, sogar bei Nordwind. Er wohnte mit seiner Mutter, einer kleinen schwarzen Frau, die in einem Café arbeitete, in einem windschiefen Häuschen. Er hatte sich mit mir angefreundet. Jeden Morgen, wenn ich gegen elf oder zwölf nach draußen ging, um Einkäufe zu machen, saß Alcidor auf den Stufen vor seinem Haus und winkte mir zu. Aber er konnte nicht richtig sprechen, er war nicht ganz klar im Kopf. Er nickte, wenn ich etwas zu ihm sagte, glich einem großen Hund, riesig und ungefährlich. Die Kinder aus dem Viertel machten sich über ihn lustig, bewarfen ihn mit Kernen, aber er geriet nie in Wut. Er konnte stundenlang auf dem Treppenaufgang sitzen, Cracker essen und auf seine Mama warten. Die Dealer ließen ihn in Ruhe. Um sich einen Spaß zu erlauben, ließen sie ihn manchmal eine Haschischzigarette rauchen, um zu sehen, welche Wirkung das auf ihn hatte. Alcidor rauchte die Zigarette und aß dann ruhig seine Cracker weiter. Vielleicht lachte er etwas mehr, aber das war auch alles. Er hatte unglaubliche Kraft. Eines Tages fuhr ein Betrunkener in einem Lieferwagen auf den Bürgersteig und rammte die Mauer eines Gebäudes ganz in der Nähe. Ein Balken stürzte halb auf den Bürgersteig, lag auf der Kippe auf einem der Stützpfeiler. Alcidor kam herbei, hängte sich an den Balken, der in die Luft ragte, und hebelte ihn allein durch sein Körpergewicht wieder an seine Stelle zurück. Angeblich hatte ein Boxkampfveranstalter ihn engagieren wollen, aber Alcidor war zu sanft, zu nett, er hatte keine Lust, sich zu schlagen. Er konnte sich kaum unterhalten. Alles, was er sagte, drehte sich um das Wetter, das wir im Winter haben würden: »*Maybe rain, maybe snow, I don't know.*«

Seine Mutter beschützte ihn. Eines Tages saß ich mit einem Comic-Band neben Alcidor auf den Stufen vor seinem Haus, ich hatte mir in den Kopf gesetzt, ihm das Lesen beizubringen. Seine Mutter kam hinzu, und als sie mich sah, wurde sie wütend: »Was macht denn diese Negerin hier? Was wollen Sie von meinem Sohn?« Ich versuchte es nie wieder.

Und doch hat es eines Tages diese furchtbare Geschichte mit der Polizei gegeben. Der Bürgermeister hatte wohl Anweisungen gegeben, ein paar Dealer festzunehmen, nur um schnell ein Foto machen zu lassen und einen Artikel über sich in der Zeitung zu haben. Ich weiß nicht, warum sie ausgerechnet diese Straße in Robinson wählten – vermutlich, weil hier nie etwas geschah. Auf einmal tauchten jede Menge Streifenwagen auf, blockierten die Straße. Die Bullen stürmten mehrere Häuser, vor allem die Häuser am Ende der Straße, deren Fenster mit Brettern vernagelt waren. Sie nahmen wohl ein paar junge Kerle fest, und plötzlich sahen sie Alcidor. Der Riese hatte gerade seinen Mittagsschlaf beendet und stand auf der Türschwelle seines Hauses, wie immer in seiner Latzhose aus Jeansstoff und seinem rotweißen T-Shirt, und als er die aufblinkenden Warnleuchten sah, zog ihn das an, und er ging ein paar Schritte vor, um zu sehen, was da los war. Oben auf den Holzstufen wirkte er noch größer, noch kräftiger, ein richtiger Bär, der aus dem Wald kam. Mir schnürte es das Herz zusammen, denn mir war klar, dass er die Gefahr nicht begriffen hatte und die Polizisten Angst vor ihm hatten. Ich hätte ihm am liebsten zugeschrien: »Alcidor! Geh weg, geh nach Hause!« Die Lautsprecher der Polizei brüllten Befehle, aber Alcidor begriff natürlich nichts. Er ging mit selbstgefälligem Wiegen auf die Polizisten zu, die Hände in den Taschen. Dann stürzten sich drei Bullen auf ihn und versuchten, ihn zu Fall zu bringen, aber er stieß sie mit einer Armbewegung zurück. Er glaubte, es sei ein Spiel. Er blickte auf ihre Waffen, die auf ihn gerichtet waren, ohne etwas zu begreifen, und ging mitten auf der Straße weiter. Aber er hatte nicht mehr die Hände in den Taschen. Als die Bullen sahen, dass er nicht bewaffnet war, machten sie sich nach Herzenslust über ihn her. Sie stürzten sich auf ihn und prügelten auf ihn ein, auf den Rücken, auf die Arme, auf den Kopf. Alcidor blutete aus der Nase und am Schädel, aber er stand noch immer aufrecht, drehte sich mit ausgestreckten Armen grunzend im Kreis, als suche er Halt. Dann schlugen ihm die Bullen auf die Beine, und er stürzte zu Boden. Sie prügelten weiter mit Gummiknüppeln auf ihn ein, und zwar so heftig, dass es mir vorkam, als könne ich die Schläge hören. Sie beschimpften und schlugen ihn. Schließlich sah ich, wie Alcidor weinend auf der Erde lag und die Hände schützend über den Kopf gelegt hatte. Er schrie und grunzte, rief seine Mama um Hilfe.

Die alte Frau tauchte auf, als sie Alcidor gerade in einen Wagen verfrachteten. Er war so riesig, dass es ihnen nicht gelang, ihn aufrecht hinzusetzen, und daher schoben sie seinen Kopf als Erstes in das Fahrzeug und schlugen ihm auf die Beine, damit er sie anwinkelte. Die alte Schwarze rannte kreischend hinter ihnen her, versuchte sie zurückzuhalten. Dann fuhren sie ab, und die Frau kehrte nach Hause zurück, schloss die Tür hinter sich. Sie war überzeugt, wir alle in dieser verfluchten Straße hätten die Bullen beauftragt, ihren Sohn abzuholen. Und zwei Tage später, als er zurückkam, hatte sich etwas geändert. Alcidor setzte sich jetzt nicht mehr draußen hin, um die Leute vorbeigehen zu sehen. Er blieb im Haus und schloss sich ein. Er hatte Angst. Einige Zeit darauf hing ein Schild am Haus. Die alte Frau war mit Alcidor in ein anderes Viertel gezogen, und ich habe nie wieder etwas von ihm gehört.

Danach ließ ich mich treiben. Ich hatte genug davon, mir Jean mit Angelina zu teilen. Ich ging mit Bela, einem Ecuadorianer, der in Joliet wohnte, er war groß und schlank, hatte langes Haar, wie die Indianer im Film, und einen kleinen Brillanten im linken Ohr. Er träumte von Reggae, Ragga und hätte gern ein eigenes

Label gegründet. Bis dahin jedoch dealte er mit Hasch, Amphetamintabletten und ein bisschen Koks. Er fixte auch, aber das wusste ich nicht. Ich ging mit ihm in Bars, Blueskeller, lernte Musiker kennen. Ich blieb die ganze Nacht weg. Wir trafen Basketballstars, ausgeflippte *Scratcher*, DJs ohne Anlage, Groupies, die sich für Janet Jackson hielten, wenn sie *Run away if you want to survive* singt, Jamaikaner, die sich für Ziggy Marley, Haitianer, die sich für die Fugees hielten. Ich mochte die Roots: Razhel »The Godfather of Noise«, Black Thought, Hub, ? Question Mark, Kamel. Und außerdem Common Sense, KRS one und Coed. Ich hatte das alte Transistorradio gegen einen Walkman eingetauscht, und immer, wenn ich irgendwohin ging, war mein gesundes Ohr voll lauter Musik, als sei die ganze Welt stumm. Ich kleidete mich wie sie, ging, rauchte wie sie, redete wie sie, sagte: »*You know what I'm saying?*« Niemand hätte geglaubt, dass ich vom anderen Ende der Welt kam. Einmal sprach ich über Marokko, doch die Leute verstanden Monaco. Ich habe es nie wieder versucht. Niemand wusste, was es hieß, aus Afrika zu sein, und außerdem hatte ich noch nicht den kleinen grünen Plastikfetzen bekommen, der mir alle Rechte einräumte. Ab und zu sah ich Jean wieder, aber er mochte mich nicht mit jemandem wie Bela teilen. Und da er noch nie energisch gewesen war, sah er noch trauriger aus.

Dem Señor hatte ich es zu verdanken, dass ich sozialversichert war und den Führerschein machen konnte. Eines Abends hatte er, ohne es mir vorher zu sagen, Mr. Leroy in seine Bar eingeladen, damit er mich singen hörte. Als ich mit meiner Nummer fertig war, gab mir Mr. Leroy seine Visitenkarte und einen Termin für den folgenden Tag. Ich ging ganz allein in das Aufnahmestudio, ohne Bela, Jean oder sonst jemandem davon zu erzählen. Ich wusste nicht genau, was Mr. Leroy von mir wollte. Ich zog eine enge Hose und einen weiten schwarzen Rollkragenpullover an, für den Fall, dass er aufdringlich werden sollte. Das Studio befand sich im Kellergeschoss eines Gebäudes in Ohio, es bestand nur aus einem großen, mit schwarzem Isoliermaterial verkleideten Raum, in dem ein weißes Klavier stand. Es war ziemlich Furcht einflößend. Ich spielte so, wie ich es bei Simone im Haus auf der Butte-aux-Cailles gelernt hatte, über die Tasten gebeugt, um den rollenden Rhythmus der tiefen Töne besser zu hören. Ich sang Titel von Nina Simone, *I put a spell on you* und *Black is the color of my true love's hair.* Und dann spielte ich meine eigene Komposition, das Stück, in dem ich wie ein Zuckerrohrschnitter schnaufte, wie ein Mauersegler am Himmel über Lalla Asmas Hof schrie, wie die Sklaven sang, die am Rand der Plantagen im Meerwasser standen und ihre *loas*-Großväter riefen. Ich nannte meinen Song *On the roof*, in Erinnerung an die Rue du Javelot und die Feuerleiter, die auf das Dach der Welt führte. Mein Herz klopfte zum Zerbersten. Um mir Mut zu machen, dachte ich an Djemaas witzige, helle Stimme, die ich damals in meinem ans Ohr gepressten Radio im Douar Tabriket gelauscht hatte, wenn sie Cat Stevens auf Radio Tangiers ankündigte, *The Voice of America.*

Nach all den Jahren wusste ich jetzt, was ich hören wollte: dieses ununterbrochene dumpfe, unter die Haut gehende Dröhnen, das Tosen des Meeres gegen den Sockel der Erde, das endlose Rattern der Räder auf den Schienen, das anhaltende Grollen des Gewitters, das am Horizont aufzieht. Wie ein Seufzer oder ein dumpfes Geräusch aus dem Unbekannten, wie das Pochen des Bluts in meinen Adern, wenn ich nachts aufwache und mich allein fühle.

Jetzt spielte ich, hatte vor nichts mehr Angst. Ich wusste, wer ich war. Sogar der gebrochene kleine Knöchel hinter meinem linken Ohr war unwichtig geworden. Auch der schwarze Sack, die gleißend helle Straße und der krächzende Schrei des Unglücksvogels. Und auch Zohra, Abel, Madame Delahaye und selbst Jup, all die Menschen, die überall lauerten, jagten und ihre Netze auswarfen. Ich sang sehr lange, ohne dabei richtig Atem zu holen, die Fingerspitzen taten mir weh. Ich hatte das Gefühl einer großen Leere, wie in den Metrogängen, wenn alle Leute weggehen. Mr. Leroy sagte nichts. Ich verließ das Studio mit beklommenem Herzen, hatte den Eindruck, für immer gescheitert zu sein. Ich suchte mit Jean Vilan im Hotel Zuflucht.

Zwei Tage und zwei Nächte schlief ich fast ununterbrochen. Ich war am Ende meiner Kräfte. Nachdem ich gesehen hatte, wie der Riese Alcidor von den Bullen zu Boden geworfen und geprügelt worden war, bis er wie ein kleines Kind nach seiner Mama schrie, konnte ich nicht mehr in meine Straße in Robinson zurückgehen. Ich hatte noch die gellenden Sirenen der Streifenwagen im Ohr, als sie die Straße blockierten. Da war zwar der herbstlich blaue Himmel, die rötlichen Bäume und all das, aber das war nicht anders als in der Rue Jean-Bouton, nicht einmal so anders als in Lalla Asmas Hof oder auf der gleißend hellen Straße, wo man mich geraubt hatte, als ich klein war.

Im November, kurz bevor der Schnee kam, erhielt ich den Brief der Einwanderungsbehörde mit der Arbeitsgenehmigung, und zugleich schlug mir Mr. Leroy einen Termin vor, um *On the roof* aufzunehmen. Im Studio befanden sich der Produzent, ein paar Assistenten und die Techniker. Ich spielte und sang den ganzen Morgen, der Song wurde in mehreren Etappen aufgenommen. Ich musste immer wieder zurückgehen, von vorn anfangen. Und als ich damit fertig war, unterschrieb ich einen Vertrag für eine Single und für alles, was ich in den nächsten fünf Jahren produzieren würde. So viel Geld hatte ich noch nie besessen. Ich begriff nicht recht, was geschah. Am Abend ging ich mit Bela und den Musikern, Mr. Leroy und den Produktionsassistenten in ein Restaurant in Grand, das Magic Johnson gehört. Mir schwirrte der Kopf, ich hatte das Gefühl, keine Grenzen mehr zu kennen. Eine Journalistin mit ebenholzfarbenem Gesicht stellte mir Fragen, ich gab ihr irgendwelche Antworten, ich sei Französin, ich sei Afrikanerin. Als sie mich nach dem Namen meines nächsten Songs fragte, erwiderte ich, ohne zu zögern: »*To Alcidor with love.*« Ich war innerlich aufgewühlt, zitterte vor wieder erwachter Wut. Ich hatte den Eindruck, als wäre die Trommelmusik aus Réaumur-Sébastopol überall in der Luft, im Rauch der Bars und in dem rötlichen Schein, der bis zum Morgengrauen über Chicago liegt.

Morgens ließ ich sie allein. Ich ging am See entlang. Es war sehr kalt, und ich hatte nur meine Lederjacke an und auf dem Kopf die schwarze Tellermütze, die ich mir bis über die Ohren zog. Die Zitterpappeln waren leuchtend rot, der Himmel tiefblau. Die Sonne ging über dem See auf. Ich sah Reiherschwärme, die in Richtung New Mexico flogen.

Ich wartete brav in den Gängen der Alliance française. Jean Vilan erkannte mich nicht sogleich wieder, wegen meiner schwarzen Lederjacke und meiner Tellermütze. Er entschuldigte sich bei den Schülern und sagte, er habe etwas Wichtiges, Eiliges zu tun. Wir liefen die breiten Straßen entlang, frühstückten wie in Harvard. Wir gingen bis zum Park am Seeufer, der die Kläranlage umgibt. Auf den Rasenflächen waren schon Leute, Jogger, die von ihren Königspudeln hinter sich hergezogen wurden, und alte Leute in Trainingsanzügen, die Tai-Chi praktizierten. Es war kalt. Als wir an einem Hochhaus in Sheridan vorbeikamen, mietete ich mir eine Einzimmerwohnung und zahlte gleich, einen Monat Kaution und einen Monat im Voraus. Ich wollte so tun, als hätten Jean und ich geheiratet, ohne Trauzeugen, ohne Kirche, ohne Papiere. Ohne Zukunft. Ich glaube, an dem Tag wurde ich schwanger.

16

Ich weiß nicht, welcher böse Geist mich dazu verleitete, mit Bela in sein Appartement im La Plaza in Joliet zurückzukehren. Vielleicht war er der böse Geist. Oder vielleicht war es Jean Vilan, weil er mich so lange hatte warten lassen und so viel von mir erwartete. Ich glaube nicht, dass sich irgendjemand so viel gelangweilt hat wie ich.

In Sheridan war ich in einem Käfig aus Glas und Eisen eingesperrt, hoch über der Stadt und dem vereisten See, in einem so hermetisch verschlossenen Raum, dass ich das Gefühl hatte, auf beiden Ohren taub geworden zu sein. Ich wartete den ganzen Tag. Ich wartete, dass Jean mit seinem Unterricht fertig war, wartete, dass er mit den Schülern fertig war, mit seinen Professoren, mit seinen Artikeln. Und dann wartete ich, dass er mit Angelina fertig war. Gegen vier Uhr kam er in aller Eile, brachte Blumen, eine Flasche Wein und Apfelsinen mit, als mache er einen Krankenbesuch. Wir liebten uns direkt auf dem Teppichboden, vor der leeren Bucht, über der es bereits dunkel wurde. Ich schlief eng umschlungen mit ihm ein, wie damals, wenn ich mich an Lalla Asmas Rücken schmiegte. Gegen Mitternacht schlich er sich auf den Zehenspitzen davon. Eines Tages bat ich ihn, mir ein Foto seiner Freundin zu zeigen. Sie stand auf einer großen grünen Wiese vor einem Swimmingpool und lächelte ziemlich dümmlich. Angelina war ein Name, der gut zu ihr passte. Sie war groß, blond, engelhaft, kurz gesagt, genau das Gegenteil von mir. Sie war Russin oder Litauerin, ich weiß es nicht mehr. Sie war Ärztin.

Auch Bela war das genaue Gegenteil von Jean. Er war schlank wie eine Tanne, sanft und zugleich heftig, erfüllt von einer Art unterdrückter Wut. Er verwendete große Sorgfalt auf die Wahl seiner Kleidung, seiner Schuhe und seiner schwarzen Seidenhemden. Jeden Morgen polierte er den Brillanten in seinem Ohr, er sagte, er habe ihn von seiner Schwester, sie habe ihn ihm gegeben, ehe sie bei ihren Eltern in Washington an einer Überdosis gestorben sei. Wenn ich mit ihm zusammen war, spürte ich die Leere nicht mehr so, die Langeweile, warten zu müssen. Ehrlich gesagt wartete ich auf nichts mehr. Wir lebten in den Tag hinein, hörten Musik, gingen in Bars, in Nachtlokale, auf Veranstaltungen. Mr. Leroy mochte Bela nicht. Eines Tages rief er mich an, ich weiß nicht, wie er die Telefonnummer herausgefunden hat. Er sagte zu mir: »Das ist kein Typ für dich, er ist zu schwach, er bringt dich zu Fall.« Ich war wütend, beschloss, mich nicht mehr im Studio sehen zu lassen.

Das war, bevor es Frühling wurde, Bela hatte finanzielle Probleme, hatte seit mehreren Monaten die Miete nicht bezahlt. Wir hatten vor, mit dem Auto nach Kalifornien zu fahren, aber konnten uns nicht entschließen. Nachts trieben wir uns bis um vier oder fünf Uhr in Nachtlokalen herum, tranken und rauchten, und wenn wir aufwachten, war es schon zu spät. Ich wusste nicht einmal mehr, welcher Wochentag es war. Bela wurde aus seiner Wohnung im La Plaza herausgeworfen. Eines Nachmittags kam ich mit Milch, Nudeln und anderen Dingen für das Abendessen nach Hause, und da war das Türschloss ausgewechselt worden. Dann kam Bela, so wütend hatte ich ihn noch nie gesehen. Unsere Sachen waren in Müllsäcken vor die Treppe in den Regen gestellt worden. Bela trat mit den Füßen gegen die Tür, fluchte und schimpfte. Der Hausmeister kam mit einem elektrischem Schlagstock und einem Handy herbei. Bela machte Anstalten, auf ihn loszugehen, da versetzte ihm der Hausmeister mit dem Stock einen elektrischen Schlag und rief anschließend die Bullen an. Ich klammerte mich an Bela und schrie aus Leibeskräften. Ich zog ihn an den Haaren zum Parkplatz. Es war lächerlich, grauenhaft. Wir packten unsere Müllsäcke in den Wagen und fuhren los, bevor die Bullen kamen. Um sich zu rächen, warf Bela eine Flasche mit Tomatensaft gegen die Fassade, der einen langen roten Fleck auf der Wand hinterließ. Zugleich heulte er wie ein räudiger Wolf. Wir suchten bei einem seiner Freunde im Chinesenviertel Zuflucht und beschlossen dann, nach Kalifornien zu fahren. Wir fuhren quer durch die Vereinigten Staaten, fast ohne anzuhalten, wechselten uns Tag und Nacht am Steuer ab, schliefen auf Parkplätzen. Irgendwo in Arkansas, in Oklahoma wurde es eiskalt, auf den Böschungen lag Schnee, und ich wurde krank. Ich zitterte, hatte Kopfschmerzen, Brechreiz. Bela sagte: »Das ist nicht schlimm, das geht vorbei, das ist eine Erkältung.« Aber es ging nicht vorbei. Es war keine Erkältung, sondern eine Hirnhautentzündung. Als wir in Kalifornien ankamen, war ich sterbenskrank. Mein Rücken und mein Nacken waren steif, in den Ohren hämmerte ein stechender Schmerz, und ich hatte das Gefühl, mein Herz bliebe stehen. Ich konnte nicht mehr sprechen, hörte nicht mehr, was Bela sagte. Ich hatte die Augen Tag und Nacht geöffnet, als fiele ich durch den Weltraum. In San Bernardino verlor ich unter großem Blutverlust das Kind, und Bela hatte große Angst, ich könnte in seinem Wagen sterben. Er setzte mich mit meiner Tasche vor der Tür eines Krankenhauses ab. Ich weiß nicht, was er ihnen erzählt hat, er habe mich auf der Straße aufgelesen, per Anhalter, oder irgend so etwas, denn ich sah ihn nicht wieder. Vielleicht haben ihn die Bullen festgenommen, weil er mit Koks und Tabletten dealte. Und ich habe einen meiner goldenen Ohrringe verloren, die Lalla Asma mir geschenkt hatte, aber ich war zu krank, um mir darüber Gedanken zu machen.

Als ich ins Krankenhaus in San Bernardino kam, war ich so gut wie bewusstlos. Ich lag die ganze Zeit zusammengerollt unter der Bettdecke, um mich vor dem Licht zu schützen. Durch das Fieber und den Wasserverlust war meine Zunge schwarz und geschwollen, meine Lippen bluteten. Ich merkte nicht einmal, dass ich taub war. Ich fühlte mich wie in einem Wattepolster, auf den Grund einer Höhle, auf den Grund meines Leidens. Mein Bauch war meine Seele, mein Gemüt, er war so ausgekratzt, ausgeschabt, ausgeleert worden, dass ich nur noch durch ihn lebte. Manchmal kam jemand, zwang mich aufzuwachen, in ein Becken zu urinieren, oder gab mir eine Spritze. Ich spürte, wie eine Nadel in meinen Rücken, zwischen die Wirbel drang, ich schrie vor Schmerz. Dann fiel ich wieder erschöpft aufs Bett zurück.

Um diese Zeit sah ich Nada zum ersten Mal. Ich nannte sie insgeheim Nada, weil sie mir ihre kühle Hand, frisch wie Morgentau, auf die Stirn legte. Ich sah ihr hübsches, glattes dunkles Gesicht, ihre kohlschwarzen, mandelförmigen Augen, ihr zu einem einzigen armdicken Zopf geflochtenes Haar. Sie saß neben meinem Bett, ich betrachtete ihre Augen, versenkte mich in ihren Blick. Ich klammerte mich an ihre Hand, wollte nicht, dass sie wieder wegging.

Dann habe ich geschlafen, zum ersten Mal seit Wochen. Ich träumte, ich schliefe nicht, sondern glitte auf einer Welle nach hinten. Jeden Morgen wartete ich darauf, dass Nada kam, wartete auf ihre kühle Hand, auf ihre Augen. Sie war die Einzige, die mich an die Oberfläche geleitete, ans Licht. Ich kam allmählich aus meiner Höhle heraus. Nur sie konnte mich an die Schwelle zurückführen, dorthin, wo man das Singen der Kinder hört, die Schreie der Vögel und sogar das Dröhnen der Autos auf der Straße. Für sie sammelte ich Schlaftabletten. Ich schob sie in ein Taschentuch unter mein Kopfkissen, und morgens schenkte ich sie ihr. Ich hatte ihr nichts anderes anzubieten.

Eines Morgens kam der Chefarzt mit seinen Studenten. Er hielt einen Vortrag, und die Studenten schrieben mit. Ich blickte sie so lange an, bis sie die Augen senkten. Die Jungen grinsten. Mir war das völlig egal, ich wartete auf Nada.

Sie kam abends, bevor sie in ihr Viertel in die Mission San Juan zurückkehrte. Sie hieß nicht Nada, sie hatte ein kleines Schild, das an ihren weißen Kittel geheftet war, mit dem Namen CHAVEZ. Sie war eine Juanera-Indianerin. Sie verständigte sich nur in Zeichensprache mit mir, mimte mit den Händen und dem Gesicht, was sie mir sagen wollte. Sie malte Buchstaben mit den Fingern. Und ich lernte, ihr zu antworten, lernte zu sagen Frau, Mann, Kind, Tier, sehen, sprechen, wissen, suchen. Sie wusste das mit dem Baby. Zu all den anderen Schwierigkeiten, die sie mit mir im Krankenhaus hatten, war auch noch diese hinzugekommen. Sie stellte mir keine Fragen. Sie zeigte mir in einer Zeitschrift irgendwelche Männer, Hugh Grant, Sammy Davis, Keanu Reeves, Bill Cosby, und ich begriff. Wir haben sehr gelacht. Ich glaube, sie hatte Angst, dass mein Kind die Folge einer Vergewaltigung gewesen sein könnte.

Und da habe ich auf die Zeitschrift den Namen Jean Vilan geschrieben und hinzugefügt, dass das tatsächlich ein Männername sei.

Eines Morgens gab ich ihr durch ein Zeichen zu verstehen, dass ich fortwollte. Nada dachte einen Augenblick nach, dann brachte sie mir meine Kleider. Sie ging ein paar Schritte zurück und öffnete die Tür meines Zimmers. Es war seltsam, denn bis zu diesem Augenblick hatte ich nur ihr Gesicht gesehen, das ein reines Oval war wie die Goldmasken der Inkas, ihre geschwungenen Brauen, ihre Augen, die wie zwei kohlschwarze Tränen wirkten, und ihr glattes schwarzes, glänzendes Haar. Doch als sie vor der offenen Tür stand, sah ich, dass sie sehr dick, unförmig war. Sie muss mir wohl mein Erstaunen an den Augen abgelesen haben, denn sie malte lächelnd mit der Hand breite Hüften in die Luft.

Ich schlüpfte in meine enge schwarze Jeans, zog meine knallrote Bluse an und stülpte mir die schwarze Tellermütze auf den Kopf, an der ich den letzten Hilal-Ohrring festgesteckt hatte. Ich setzte die besagte schwarzblaue Brille auf, die Bela mir gegeben hatte, bevor wir losfuhren. Eine Brille zum Zeichen der Trauer, dabei hatte ich mich selbst verloren. Ich wollte Nada etwas zur Erinnerung zurücklassen, ich schenkte ihr mein Exemplar von Frantz Fanon, das ganz abgegriffen und zerfleddert war wie ein unbebilderter Prospekt, den man ganz unten aus der Mülltonne holt. Aber das war das Kostbarste, was ich besaß.

Als ich Nada Chavez umarmte, gab sie mir ein kleines Bündel Dollar, zusammengerollte, mit einem Gummiband zusammengehaltene Banknoten, wie damals Houriya, als wir aus Tabriket abfuhren. Ich lief die Treppe hinab, ging sehr aufrecht an der Aufsicht vorbei, ohne mich umzuwenden.

Ich war schon so lange nicht mehr draußen gewesen, dass sich mir alles im Kopf drehte und ich mich kaum auf den Beinen halten konnte, und ich wäre fast zurückgekehrt. Ich hörte das Geräusch meiner Schritte auf dem Bürgersteig, das Pochen meines Blutes in den Adern, das Rauschen des Windes in meinen Lungen. Aber sonst hörte ich nichts.

17

Ich laufe tagelang. Bis ans Ende der Straßen, bis ans Meer. Bis ans Ende der Welt, bis in den Tod. Ich gleite zwischen den Leuten, den Autos hindurch, renne oft. Ich bin die Schnellste. Nichts kann mich aufhalten. Ich habe vor langer Zeit gelernt zu rennen, als ich Lalla Asmas Hof verließ. Ich habe gelernt, Fallen, Gefahren oder Zohras Schergen aus dem Weg zu gehen. Ich blicke prüfend aus den Augenwinkeln nach links und rechts, stürme los, balanciere wie ein Seiltänzer auf der Mittellinie der Fahrbahn. Die Lastwagen, die Omnibusse, die silberglänzenden Ungetüme streifen mich fast. Der Wind peitscht mir ins Gesicht, ich spüre den Geruch ihrer zehn Reifen, die beim Fahren feinen schwarzen Staub aufwirbeln.

Ich laufe in Gegenrichtung zu den Autos, das sagt mir der Instinkt. Wenn du in Fahrtrichtung läufst, siehst du sie nicht kommen. Dann bist du das Wild, das Opfer. Die Autos verlangsamen, fahren im Schleichtempo mit ihren langen, glänzenden Motorhauben, ihren getönten Scheiben am Bürgersteig entlang. Türen öffnen sich, Arme versuchen dich zu ergreifen, dich ins Auto zu ziehen.

Wenn du jedoch in Gegenrichtung zu ihnen läufst, dann kann das nur heißen, dass du verrückt bist, dann haben sie in ihren Blechpanzern, hinter ihren Scheiben Angst vor dir. Sie weichen aus, lassen dich in Ruhe. Sie hupen natürlich, stoßen ein Wolfsgeheul aus. Aber du hast die Sonne aus dem Westen im Gesicht, sie brennt dir auf die Brust, aufs Haar, und du hörst nichts.

Ich denke an Nada Chavez, meine Prinzessin aus dem Fondaco in San Bernardino. Wie schön sie ist, mit ihren breiten Hüften, ihrem Indianergesicht, ihren Augen, in denen ich in der gleitenden Strömung auf der Wasseroberfläche lesen konnte, ihre taufrische Hand. Nur sie hat mir keine Fragen, keine Fallen gestellt. Jeden Morgen, wenn sie kam, setzte sie sich auf den Plastikstuhl ans Kopfende des Betts und hielt die Hand auf, damit ich das Papierkügelchen mit den rotweißen Pillen hineinlegen konnte, den Pillen, die jeden Verrückten schlafen lassen. Dann legte sie mir die Hand auf die Stirn und gab mir ihre Kraft. Und eines Tages wusste sie, dass ich so weit war, und hielt mir die Tür auf, damit ich fortgehen konnte.

Um etwas zu essen, Schatten zu finden oder sich vor dem Nieselregen in der Frühe zu schützen, gibt es die großen Einkaufszentren. Vom Greyhoundbahnhof an der Ecke Seventh Avenue und Alameda bis nach Santa Monica braucht man eine Stunde mit dem Bus oder einen halben Tag zu Fuß. Wenn ich dort ankomme, bin ich in meinem Reich. Ich verschwinde in der Menge, gehe durch die Gänge, überquere die kleinen Plätze, die Esplanaden, fahre die Rolltreppen hinab, steige in die durchsichtigen Fahrstühle. Ich gehe überallhin, sogar in die Kellergeschosse, die Tiefgaragen. Ich bin sehr beschäftigt. Ich gehe nicht aufs Geratewohl irgendwohin. Ich kenne jeden Winkel, jeden Durchgang. Wie früher auf dem Dach in der Rue du Javelot, aber hier ist mein Reich so groß wie eine Insel, so groß wie ein Kontinent.

Ich kenne die Namen, die Gesichter, die Dekoration der Schaufenster. Ich habe die Männer vom Überwachungsdienst entdeckt. Auch sie haben mich entdeckt.

Ich glaube, sie haben mich wohl erst auf ihren kleinen Bildschirmen gesehen und sich untereinander folgende Nachricht gesandt: »Da ist ein seltsames Mädchen, eine Farbige mit einer roten Bluse und einer schwarzen Tellermütze, sie hat irgendetwas auf ihrer Mütze, einen Stern oder einen Mond. Verliert sie nicht aus den Augen!« Man folgt mir, Schatten schleichen hinter mir her, bleiben mir auf der Spur wie die Wölfe in den kanadischen Wäldern, wie die Haie in der Bucht von Copacabana. Ich ziehe die Schatten hinter mir her, ich weiß genau, wo sie sind, was sie tun. Ich kann sie loswerden, wann ich will, aber es macht mir Spaß zu wissen, dass sie da sind, sich ablösen, mir mit den Blicken folgen. Und dann tue ich so, als wollte ich mich verstecken, ich sehe mir eine ganze Weile Kaschmirjacken an, probiere sie über meiner roten Bluse an, zögere, befühle den Stoff, betrachte mit seitlich geneigtem Kopf das Etikett, wie ein zögerndes Huhn. Dann lasse ich alles da und gehe mit großen Schritten fort. Einmal nahm man mich fest. Ich wurde in einer Kabine von einer groben, dicken Frau durchsucht. Sie wusste nicht, wen sie vor sich hatte. Sie wusste nicht, dass ich auch im Hinterkopf Augen habe. Seit ich auf einem Ohr taub bin, kann ich kilometerweit sehen, kann ich erkennen, wie sich ein Aufsichtsbeamter am anderen Ende der Halle am Oberschenkel kratzt. Ich habe nicht vor, etwas zu stehlen, um ihnen nicht die Freude zu machen, mich zu erwischen.

Ich probiere Kleider an, das ist alles. Das ist meine Art, jemand anders zu sein, das heißt, ich selbst zu sein. Kurze Röcke aus schwarzem Leder, aus Kunstseide, hautenge Kleider aus weißem Stretch, lange Hosen, Leggings, extraweite Baggy-Jeans. Jacken, Seidenblusen, Pullover von T. Ilfiger, von Nautica, Polohemden von Gap, R. Loren, C. Klein, Lee, weiße Blusen von

L. Ashley. Ich gehe in die Herrenabteilung, probiere dreiteilige Anzüge an, Trainingsanzüge, Overalls von Oshkosh, Windjacken der Marke The Men's Store at Sears. Dann ziehe ich wieder meine schwarze Jeans und meine knallrote Bluse an, setze mir die Tellermütze auf und gehe. Ich bin ständig auf der Suche nach meinem Spiegelbild. Es flößt mir Angst ein und zieht mich an. Ich bin's, und zugleich bin ich es nicht mehr. Ich drehe mich im Kreis, betrachte die leuchtenden Farben, die glänzenden Stoffe. Meine Augen sind nicht mehr meine Augen. Sie gleichen einer Zeichnung, sind breit, geschwungen, blätterförmig wie Nadas Augen, flammenförmig wie Simones Augen. Ich habe schon kleine Lachfalten in den Augenwinkeln wie die alte Tagadirt. Oder tiefe Ringe wie Houriya, kurz bevor sie ihr Baby unter der Erde zur Welt brachte.

Ich will mich mit meinem Körper ausdrücken. Ich gehe durch einen Flur auf den Spiegel zu, wie eine Prinzessin auf ihrem Balkon. Ich gehe, drehe mich zur Seite, wiege mich in den Hüften und spüre die Blicke, die auf mir ruhen, die Linsen der unsichtbaren Kameras. Manchmal bleiben die Verkäuferinnen stehen, betrachten mich. Oder ein paar Kinder, Jugendliche. Einmal ist ein junges Mädchen mit einem kleinen Heft auf mich zugekommen, sie wollte, dass ich ihr meinen Namen hineinschrieb, als sei ich ein Starlet aus Hollywood. Ich schrieb NADA Mafoba. Sie war vierzehn, hatte ein hübsches Gesicht wie ein Kätzchen, große, braune mandelförmige Augen, das Haar zu einem Knoten geschlungen und eine zu große, an den Knien abgewetzte Jeans. Ich habe sie gebeten, mir ihren Namen auf eine Seite ihres Notizbuches zu schreiben: Anna.

Zum Essen kaufe ich mir billige Sandwichs. Manchmal gehe ich in ein Restaurant in Wilshire, Halifax oder

La Cienega und verdrücke mich vor dem Nachtisch. Es kommt auch vor, dass Männer mich einladen. Sie laufen im Einkaufszentrum hinter mir her, und ich lotse sie in eine Cafeteria. Sie setzen sich an meinen Tisch, ich lächele ihnen zu und weiß, dass ich nichts zu bezahlen brauche. Wenn sie feststellen, dass ich taub bin, bekommen sie Angst. Oder sie werden gemein. Ich esse und trinke, und ehe sie etwas merken, bin ich schon draußen, renne über die Straße, biege in Gegenrichtung in eine Einbahnstraße ein. Einmal ist es mir passiert, dass ein Mann sich die Sache nicht hat gefallen lassen. Er kurvte so lange durch das Viertel, bis er mich fand. Er war groß, sah gut aus und war gut angezogen, aber er war ein richtiger Hund. Er rannte auf mich zu und versetzte mir einen solchen Fausthieb, dass ich zu Boden stürzte und meine schwarze Brille und der Inhalt meiner Tasche ringsumher auf die Erde flogen. Niemand half mir, aufzustehen. Die Leute dachten wohl: »Sieh da, eine Nutte, die eine Abreibung bekommt!«

Bevor es dunkel wird, nehme ich den Bus zur Seventh Avenue. Ich gehe am Fahrer vorbei, ohne eine Münze einzuwerfen. Manchmal sagen sie nichts. Falls einer wütend wird, gebe ich ihm durch ein Zeichen zu verstehen, dass ich nichts höre, und halte ihm einen Vierteldollar hin. Das Nachtasyl ist ein großes Backsteingebäude in der Nähe von Alameda. Dort steht immer eine lange Schlange von wartenden Menschen, hauptsächlich Leute wie ich mit dunkler Haut und schwarzen Haaren. Um sechs Uhr werden dort Kaffee und Sandwichs verteilt. Der Schlafsaal für Frauen befindet sich im hinteren Teil, mitten auf einem vergilbten Rasen mit großen Yuccas. Wenn ich auf meinem Bett liege, sehe ich die schwertförmigen Yuccablätter, die sich vor dem malvenfarbenen Himmel abzeichnen. Es gibt hier einen

Duschraum aus grau gestrichenem Zement, wo sich die Frauen in Gruppen waschen. Niemand sieht irgendjemanden an, aber ich schiele auf ihre müden Rücken, ihre Brüste, ihre gelbe, graue oder schokoladenfarbene Haut, ihre Bäuche mit den violetten Operationsnarben, ihre Beine mit den Krampfadern. So ist das eben, ich denke an nichts, ich existiere nur durch meine Augen. Dann stelle ich mich unter den heißen Wasserstrahl, der am Mund brennt, da, wo mich dieser Hund geschlagen hat.

Ich schlafe nicht. Oder ich schlafe mit offenen Augen.

Die Musik hat mich schließlich gerettet.

Ich hatte den schönen schwarzen Flügel in Beverley gesehen. Jedes Mal, wenn ich dort vorbeikam, konnte ich den Blick nicht mehr von ihm lösen. Und eines Nachmittags war nicht viel los, und der Mann, der den Flügel beaufsichtigte, war neu. Ein ganz junger blonder Mann mit Brille und wenig Kinn, der Jean Vilan glich. Er saß auf einem Stuhl und las ein Buch.

Ich näherte mich dem Flügel, berührte das schwarze Holz, die elfenbeinfarbenen Tasten. Ich warf einen Blick auf den Aufseher: Er las weiter, ohne mich zu beachten. Ich dachte: Vielleicht ist ja auch er taub.

Ich setzte mich auf die Klavierbank und begann zu spielen. Ich glaube, anfangs erinnerte ich mich noch nicht an alles, meine Finger verhakten sich in den Tasten, und ich versuchte, im Kopf die Töne wieder zu finden, summte, murmelte. Ich beugte den Kopf zur Seite, um die Klänge einzufangen, wie Simone es getan hatte, als sie mich unterrichtete. Und auf einmal kam alles wieder. Meine Finger rollten über die Tasten, ich fand die Akkorde wieder, die Melodien, die Riffs. Ich spielte Titel von Billie, Titel von Jimi Hendrix, Stücke, die sich von mir losrissen, die hervorsprudelten. Ich spielte alles, was mir in den Sinn kam, alles durcheinander, ohne Pause, ich improvisierte, wie in Chicago, wie auf der Butteaux-Cailles, ich ging ein paar Takte zurück, fing wieder von vorn an, vergaß alles, und die Töne strömten aus mir hervor, aus dem Mund, aus den Händen, aus dem Bauch. Ich sah nichts, war mit offenem Mund im Gehäuse des Flügels. Mein Bauch, meine Kehle, selbst meine Beine waren mit Klängen erfüllt, als ginge ich draußen durch die Sonne, als würde ich rennen.

Jetzt hörte ich die Musik, aber nicht mit den Ohren, sondern mit dem ganzen Körper, ein Beben hüllte mich ein, glitt mir über die Haut und tat mir bis in die Nerven, bis in die Knochen weh. Die unhörbaren Klänge stiegen mir in die Finger, verschmolzen mit meinem Blut, mit meinem Atem, mit dem Schweiß, der mir über Gesicht und Rücken rann.

Der junge Mann war näher gekommen. Er stand ein wenig abseits, ich konnte sein Gesicht nicht sehen. Aber ich sah, dass viele Leute in der Eingangshalle des Geschäfts stehen geblieben waren. Kinder saßen auf der Erde, Paare, Arm in Arm, alte Männer in Trainingsanzügen nuckelten an ihrem Sodawasser. Irgendwann sah ich das junge Mädchen, das mich um ein Autogramm gebeten hatte, die kleine Anna. Sie hatte sich mitten im Geschäft niedergelassen, auf eine Stufe des Podiums gesetzt, so wie ich, als ich im Hotel Concorde in Nizza zum ersten Mal Sara zugehört hatte.

Ich spielte für sie alle, für Anna, ich fand meine Musik wieder, das dumpfe Dröhnen der Trommeln in Réaumur-Sébastopol, Tolbiac, Austerlitz. Simones Stimme, die die Rückreise an die Küsten Afrikas besang, die Sirenen der Bullen und die Schläge mit dem Gummiknüppel, die in Chicago auf Alcidor einhagelten, in der Straße in Robinson. Ich spielte jetzt nicht nur für mich, das hatte ich begriffen, sondern für all die, die mich begleitet hatten, die Leute aus den unterirdischen Gängen, die Menschen, die in den Kellern der Rue du Javelot wohnten, die Emigranten, die mit mir auf dem Schiff gewesen waren, auf dem Weg nach Valle de Aran, und weiter noch, die Leute aus dem Souikha, aus dem Douar Tabriket, die an der Flussmündung warteten und ununterbrochen mit den Augen die Linie des Horizonts absuchten, als könne irgendetwas ihr Leben ändern. Für sie alle, und plötzlich dachte ich an das Baby, das mir das Fieber genommen hatte, auch für dieses Baby spielte ich, damit meine Musik es an dem verborgenen Ort erreichte, an dem es sich befand.

Ich war von der Musik gefangen, hörte, wie sie über die Haut meines Gesichts glitt, wie ein Blinder das Knistern der Sonne und das langsame Wogen des Meeres spüren kann. Ich spürte, wie mir die Tränen aus den Augen quollen. Es war das erste Mal seit langem, seit Yamba El Hadsch Mafoba ganz allein in seinem Bett in Evry-Courcouronnes erstarrt war.

Ich hätte so weiterspielen können, bis die Welt zu Ende ging. Ich spürte, wie die Hände der Aufseher mich sanft hochhoben. Ich streckte noch die Finger nach den Tasten aus, aber plötzlich war da nichts mehr, nur noch die Stille. Ganz langsam, wie bei einer Prozession, trugen mich die Aufseher durch die Halle, und auf beiden Seiten applaudierten stumm die Leute. Die kleine Anna lief eine Weile neben mir her, sie applaudierte nicht, sagte nichts, sie hatte nur ihre Hand nach mir ausgestreckt, und ihr Kätzchengesicht war ganz verzerrt, ich sah kurz ihre länglichen Augen, die glänzten, weil sie weinte. Die Aufseher brachten mich in einen weißen Lieferwagen, und hinten in dem Lieferwagen saß ein älterer Herr, der Monsieur Rouchdi glich, dem Lehrer aus meiner Bibliothek. Er drückte mich an sich, als kenne er mich. Ich war so müde, dass ich mich gehen ließ, ich legte meinen Kopf an seine Schulter, und ich glaube, ich bin eingeschlafen.

Jetzt bin ich endlich im Schatten, sitze in einem kühlen, sauberen kleinen Zimmer, das nach Norden geht und dadurch völlig vor der Sonne geschützt ist. Es hat kein Fenster, nur oben unter der Decke eine vergitterte Luke, durch die man den Himmel sieht, der im Augenblick blau ist. Neben dem Bett stehen ein Plastikstuhl und ein Nachttisch, in dem ein Becken verborgen ist, und in einer Schublade liegt die schwarze Tasche, mit der ich in San Bernardino angekommen bin und die all meine Habe enthält, das heißt, im Wesentlichen meine schwarzblaue Brille und meine Tellermütze, an die ich meinen letzten Hilal-Ohrring gesteckt habe.

Jeden Morgen stattet mir der Professor einen kurzen Besuch ab. Ich weiß nicht, ob er wirklich Professor ist, aber ich habe ihn so genannt in Erinnerung an den netten Monsieur Rouchdi aus meiner Bibliothek in der Nähe des Museums. Meine Art, mit der englischen, französischen und spanischen Sprache zu jonglieren, belustigt ihn. Er spricht nicht, sondern schreibt mir Fragen auf ein großes Blatt Papier, das er mit einem Ruck von seinem Block abreißt. In markanter großer Schrift stellt er mir zum Beispiel folgende Fragen: Ihre geistige Verfassung? Ihre bevorzugte Süßspeise? Aber er möchte auch gern wissen, woher ich komme, was mir zugestoßen ist, Dinge über meine Familie und den Namen des Mannes, der mich geschwängert hat.

Wenn er mir Fragen über meine Familie stellt, schreibe ich Namen auf, die er aufmerksam, wie etwas Verschlüsseltes, liest: Nada, Sara, Anna, Magda, Malika. Er glaubt, ich stamme aus Mexiko oder aus Haiti oder vielleicht aus Guyana.

Heute ist Chavez zum ersten Mal gekommen. Ich weiß nicht genau, wie sie mich wieder gefunden hat. Vielleicht führen die Krankenhäuser gemeinsame Karteien, oder sie hat in einer Lokalzeitung mein Foto gesehen und einen Artikel gelesen, der die folgende Überschrift gehabt haben könnte:

KENNEN SIE DIESE JUNGE FRAU?

Sie trug nicht ihre Krankenschwestertracht, sondern eine weite Hose und eine geblümte Bluse für schwangere Frauen, aus Solidarität, vermute ich. Wir umarmten uns, als wären wir alte Freundinnen, sie setzte sich auf den Stuhl und ich aufs Bett. Wir unterhielten uns und lachten viel, und dann führte sie mich in den Garten. Hier ist es nicht wie in San Bernardino. Ich bin im Mount Zion Hospital in Beverley. Hier gibt es Palmen, überall Laub, saftig grünes Gras - und viel Geld. Es gibt keine Umzäunung, keinen Wärter. Ich könnte einfach aufstehen und weggehen. Vielleicht bin ich deswegen geblieben.

Jeden Morgen kommt Chavez mit dem Professor. Sie hat sich wohl Urlaub genommen, um ihre Arbeit unterbrechen zu können. Oder vielleicht bin ich ihre Arbeit. Wir steigen in den Wagen des Professors und fahren planlos durch die Stadt. Er stellt mir Fragen, wie immer auf seinem Block Papier. Er möchte herausfinden, wer ich bin, was ich getan und wo ich das Klavierspielen gelernt habe. Wir sind gemeinsam in das Einkaufszentrum zurückgekehrt, zu dem Flügel, aber das hat mich nicht gereizt. Es war ein anderer Aufseher da, nicht mehr der junge Mann, den ich so gern mochte. Und der

Flügel war riesig, stand ganz allein mitten im Geschäft wie eine Höllenmaschine. Und so nahm ich sie in eine Buchhandlung mit, um Modezeitschriften zu kaufen, und blätterte auf gut Glück in ein paar Büchern. Auf einmal entdeckte ich das Foto des Professors auf dem Umschlag eines Philosophiebuchs. Der Titel lautete *Hypnos & Thanatos* oder irgend so etwas. Und unter dem Titel stand Edward Klein, ich freute mich, dass ich seinen Namen erfuhr, und er schien ein bisschen verlegen zu sein, aber auch zugleich erfreut. Er lächelte leicht, als wollte er sagen: »Ja, ja, das bin ich.« Später gab er mir sein Buch mit der Widmung: »*To my dearest unknown!*«.

Eines Nachmittags ging die Tür in meinem Zimmer im Zion Hospital auf und Mr. Leroy stand vor mir.

Und dennoch wunderte ich mich nicht darüber. Ich bin an einem Punkt angelangt, wo alles seltsam normal und zugleich völlig unverständlich ist.

Da es für alles eine Erklärung gibt, nehme ich mal an, dass Nada Chavez dafür verantwortlich ist. Ich hatte in meinem Buch *Die Verdammten dieser Erde* die Kopie meines Vertrags mit Canal Plus liegen lassen. Sie rief in Chicago an, und Mr. Leroy traf mit dem nächsten Flugzeug ein. Er bringt mir eine Einladung für das Jazzfestival in Nizza mit. Dort muss man alles gesehen haben, selbst eine taube Pianistin. Aus der gleichen aufrichtigen, wenn auch ungeschickten Regung heraus ließ sich Chavez bei der Auskunft Jean Vilans Telefonnummer geben. Es wird sicher zu einem großen Krach mit Angelina kommen, denn Jean trifft morgen hier ein. Es kann sein, dass er auf seine litauische Ärztin verzichten muss. Gott kann bezeugen, dass ich niemanden um etwas gebeten habe.

18

Ich bin wieder da, unter einem anderen Namen, mit einem anderen Gesicht.

Ich habe schon lange auf diesen Augenblick gewartet, das ist meine Revanche. Vielleicht habe ich, ohne es zu merken, alles getan, damit es dazu kam. Simone, die sich damit auskannte, sagte immer, es gebe keinen Zufall.

Die Organisatoren des Nizzaer Festivals haben mich in dem Hotel am Meer untergebracht, vor dem die Frau aus Bronze immer noch versucht, den Mauern zu entkommen, die sie erschlagen. Auf dem Podium stand immer noch ein Klavier, und eine schleppende Stimme sang vermutlich Stücke von Billie Holiday. Auch ich sang abends auf dem Podium mein Lied. Bei unglaublicher Schwüle ging ich jeden Tag unter einem bleifarbenen Himmel durch die Straßen von Nizza, als könne ich irgendetwas wieder erkennen. Der lange Steinstrand war schwarz vor Menschen, die Straßen waren von Autos verstopft. Überall untätige, müde Menschenmengen.

Ich ging dorthin, wo ich mit Juanico gewesen war. Fuhr mit dem Bus am ausgetrockneten Flussbett entlang, bis zu den Pfeilern der Autobahn, und suchte den Eingang des Lagers. Ich muss wohl wirklich jemand anders sein, denn kaum war ich durch das Tor zum Lager zwischen den Stacheldrahtzäunen gegangen, versperrte mir ein Mann mit seinem Lieferwagen den Weg. Er hatte einen brutalen, bösen Blick. Als ich den Namen Ramon Ursu nannte, machte er sich über mich lustig. Er rief den anderen etwas zu, das ich nicht verstand, einen entstellten Namen: »Roussou! Roussou!« Ein anderer Mann mit einem kleinen Schnurrbart kam dazu, groß und elegant, trotz seiner zerlumpten Kleidung. Er deutete mir durch ein Zeichen an, dass niemand mehr da war, dass sie alle das Lager verlassen hatten. Er begleitete mich zum Eingang zurück.

Ich versuchte, Jean anzurufen, um ihm zu sagen, er solle sofort kommen. Um ihm von dem Kind zu erzählen, das wir machen würden, sobald ich zurück war. Aber wegen des Zeitunterschieds erreichte ich nur seinen Anrufbeantworter. Ich wusste nicht, was ich sagen sollte, sagte, ich würde ihn wieder anrufen. Mir war übel, ich hatte Seitenstiche. Ich musste an Houriya zurückdenken, als sie mit dem Kind im Bauch durchs Gebirge gelaufen war. Warum hatte ich nicht genauso viel Mut, obwohl ich doch nichts mehr im Bauch hatte? Plötzlich erstickte mich die Musik. Ich wollte nur noch Stille, Sonne und Stille.

Ich hinterließ den Organisatoren des Festivals eine Nachricht, sagte alles ab. Ich verließ nachmittags das Hotel, nahm den Nachtzug nach Cerbère, nach Madrid, nach Algeciras. Es waren Ferien, es wimmelte von Touristen. Die Hotels waren voll belegt. In Algeciras verbrachte ich zwei Tage auf einem staubigen Parkplatz voller abgestellter Autos und Wohnwagen. Eingerollt in eine Wolldecke schlief ich auf der Erde. Eine marokkanische Familie teilte mit mir Wasser, Fanta, Brot. Die Kinder spielten zwischen den parkenden Autos, tanzten zur Musik ihres Kassettenrekorders. Manchmal gingen mit Maschinenpistolen bewaffnete Grenzpolizisten hinter dem Stacheldrahtzaun in der Ferne auf und ab. Die Sonne brannte hoch am weißen Himmel. Aber die Nächte waren sanft und kühl. Wir verständigten uns durch Zeichen, erzählten Geschichten, zählten die Stunden, die Tage auf einem Kalender. Anfangs machten sich die Kinder über mich lustig, weil ich taub war, und dann gewöhnten sie sich daran. Für sie war es ein Spiel, nicht mehr.

Am Abend des dritten Tages gingen wir an Bord der Autofähre. Ich wusste nicht mehr genau, warum ich dort war. Ich folgte dem Menschenstrom, ohne etwas zu begreifen. Ich war nicht auf der Suche nach Erinnerungen und auch nicht nach dem Schaudern der Nostalgie. Es war keine Rückkehr ins Land der Geburt, im Übrigen habe ich keins. Und auch nicht an die beiden Ufer. Mein Ufer ist jetzt das des großen blauen Sees im kalten Wind, der aus Kanada herüberweht. Es war eher ein Faden, der sich bis ins Innere meines Bauchs spannte und mich an einen Ort zog, den ich nicht kenne.

Ich fuhr mit dem Bus nach Süden. Mit deutschen Touristinnen in Shorts, Französinnen mit Hut und Amerikanerinnen in Schaumgummisandalen. Wir legten einen Teil des Wegs gemeinsam zurück, dann schlugen sie eine andere Richtung ein. Von Marrakesch fuhr ich mit dem Bus ins Gebirge, und sie fuhren ans Meer, nach Agadir, Essaouira, TanTan Plage.

In Tizin Tichka kaufte ich bei einem Chleuh-Berber ein riesiges Ammonshorn für Jean, während der Busfahrer einen Tee trank. Da der Stein zu schwer für meine Tasche war, bastelte mir der Berber aus einem alten Raffiasack einen Rucksack. Der Mann war groß und stark, hatte rote Haut wie ein Indianer und trug einen weiten Mantel aus grober Wolle. Er zeigte mir eine Ansichtskarte, die ihm sein Bruder aus Amerika geschickt hatte und auf der ein Dorf im Wald des Bundesstaats Washington abgebildet war.

So kam ich nach Foum-Zguid. Im Süden führt die

Straße nach Tata, im Norden nach Zagora. Vor mir sind nur die von Lastwagen ausgefahrenen Pisten und Ziegen- und Kamelpfade. Eine öde, zerklüftete Ebene, ausgetrocknete Brunnen und Hütten aus Lehm und Stein, Wespennestern gleich.

Jetzt bin ich da. Weiter kann ich nicht gehen. Als wäre ich am Rand des Meeres oder am Ufer einer endlosen Flussmündung.

Ich ließ meine Tasche und das Ammonshorn in einem Zimmer im Dorf.

Dem Fremdenführer, den ich mir im Hotel nahm, wollte ich zum ersten Mal die Frage stellen, die mir schon so lange auf der Zunge liegt: »Ist hier vor fünfzehn Jahren ein Kind geraubt worden?« Aber ich sagte nichts. Ich wusste ja sowieso, dass es keine Antwort darauf gab. Seit ich hierher zurückgekommen bin, hat sich mein Gehör deutlich gebessert, aber reicht es denn, wenn man Stimmen und Worte einer Sprache hört, um auch wirklich zu verstehen?

Die Menschen hier, die Menschen, die ich sehe, und jene aus den Dörfern, die ich nicht sehe, gehören zu dieser Erde, so wie ich nie zu irgendeiner Erde gehört habe. Sie führen Krieg, manche eignen sich ein Stück Land an, das ihnen nicht gehört, graben einen Brunnen an einer Stelle, die nicht ihr Eigentum ist.

Was sollen die Menschen hier schon tun, die Menschen aus Asaka, Nakhila, Alougoum, die Ouled Aïssa, die Ouled Hilal? Sie kämpfen, es gibt Verletzte, Tote. Die Frauen weinen. Kinder verschwinden. So ist das hier nun mal, was sollen wir dagegen tun?

Hier ist es, jetzt bin ich mir sicher. Das Licht im Zenit ist so gleißend hell, die Straße so menschenleer. Das Licht lässt die Augen tränen. Der sengende Wind treibt den Staub an den Mauern entlang. Um mich vor dem

Wind und dem Licht zu schützen, habe ich mir einen großen blauen Haik gekauft, wie ihn die Frauen hier tragen, und habe mich so vermummt, dass nur noch ein Schlitz für die Augen frei bleibt. Es kommt mir vor, als spürte ich schon in meinem Bauch die sanften Stöße des Kinds, das ich haben werde und das leben wird. Auch für dieses Kind bin ich hergekommen, hierher, ans Ende der Welt.

Der Fremdenführer war es leid, mir bei meinem Hin und Her auf dieser verlassenen Straße zu folgen. Er hat sich im Schatten einer Mauer auf einen Stein gesetzt, raucht eine englische Zigarette und überwacht mich aus der Ferne. Er ist kein Ouled Hilal, kein Aïssa und auch kein Khriouiga, der Klan der Eroberer. Er ist zu groß, man sieht, dass er aus der Stadt kommt, aus Zagora oder aus Marrakesch, vielleicht sogar aus Casablanca.

In der Ferne, am Ende der Straße, vor dem letzten Haus, dort, wo die Wüste beginnt, sitzt eine alte, schwarz gekleidete Frau auf einem Hocker vor der Türöffnung ihres Hofs. Ihr Gesicht ist nicht mit einem Schleier verhüllt, es ist schwarz und faltig wie versengtes altes Leder. Sie sieht mich an, ohne die Augen zu senken, während ich näher komme, ihr Blick ist scharf wie ein kantiger Stein. Sie scheint ebenso alt und hart zu sein wie das Ammonshorn für Jean. Sie ist eine echte Hilal, aus dem Volk der Mondsichel.

Ich setze mich neben die alte Frau. Sie ist klein und mager, reicht mir kaum bis an die Schulter, wie ein Kind. Die Straße in der drückenden Wüstensonne ist menschenleer. Meine Lippen sind trocken und gesprungen, als ich sie kurz zuvor mit dem Handrücken berührt habe, war Blut zu sehen. Die alte Frau spricht mich nicht an. Sie hat sich nicht gerührt, als ich mich neben sie gesetzt habe. Sie hat mich nur angesehen, die

Augen in ihrem Gesicht aus schwarzem Leder sind glänzend und klar, sehr jung.

Weiter brauche ich nicht zu gehen. Jetzt weiß ich, dass ich endlich am Ziel meiner Reise angelangt bin. Hier ist es und nirgendwo anders. Die wie Salz gleißende Straße, die regungslosen Mauern, der Schrei des Raben. Hier bin ich vor fünfzehn Jahren, vor einer Ewigkeit, geraubt worden, von einem Mann aus dem Klan der Khriouiga, einem Feind meines Klans der Hilal. Ein Streit um Wasser, um einen Brunnen, eine alte Rache. Wenn du das Meer berührst, berührst du das andere Ufer. Mit meiner Hand im Wüstenstaub berühre ich die Erde, auf der ich geboren bin, berühre ich die Hand meiner Mutter.

Morgen kommt Jean, ich habe sein Telegramm in Casablanca im Hotel erhalten. Jetzt bin ich frei, nun kann alles beginnen. Wie mein berühmter Vorfahre (noch einer!) Bilal, der Sklave, den der Prophet befreit und in die Welt geschickt hat, bin ich endlich dem Bann der Familie entwachsen und komme ins Alter der Liebe.

Ehe ich fortgegangen bin, habe ich die Hand der alten Frau berührt, eine glatte, harte Hand wie ein Stein vom Meeresgrund, habe sie nur einmal berührt, ganz leicht, um nichts zu vergessen.